Le diamant noir

Du même auteur chez NiL éditions

Une année en Provence
Provence toujours
Une année en Provence,
aquarelles de Paul Hogarth (édition illustrée)
Hôtel Pastis
Une vie de chien
La femme aux melons

Titre original : *Anything considered*
© 1996 by Escargot Productions, Ltd.

© NiL éditions, Paris, 1999 pour la traduction française.

PETER MAYLE

LE DIAMANT NOIR

Traduit de l'anglais par
Jean Rosenthal

NiL
éditions

Pour Jeremy

Note de l'auteur

Je tiens à remercier Elizabeth O'Hara-Boyce et Richard La Plante qui m'ont si généreusement aidé en me fournissant de la documentation sur la production des truffes et sur le karaté. Toutes les erreurs sont de mon fait : ils n'y sont pour rien.

Il s'agit d'une œuvre de fiction. Les personnages et les noms sont inventés et n'ont rien à voir avec la réalité – à l'exception, peut-être, de Lord Glebe.

1

Quelque chose allait se présenter, ne cessait de se répéter Bennett. Les bons jours, les jours où le soleil brillait et où il n'y avait pas de facture au courrier, il réussissait sans mal à se persuader que cette pauvreté soudaine n'était qu'un détail qui venait gâcher le paysage de l'existence, un hoquet du destin, un contretemps passager. Il ne pouvait malgré tout ignorer la réalité des faits : il avait les poches vides, ses chèques présentaient une fâcheuse tendance à être sans provision et, dans l'ensemble, ses perspectives financières – comme le lui avait fait remarquer le directeur de sa banque avec la sinistre délectation qu'éprouvent les banquiers à vous annoncer de mauvaises nouvelles – étaient vagues et peu satisfaisantes.

Mais Bennett souffrait d'optimisme et n'avait aucune envie de quitter la France. Aussi, sans autres qualifications que l'œil d'un amateur éclairé pour les propriétés et un besoin pressant de toucher des commissions sur les ventes, il avait rallié la meute errante des agents immobiliers qui passent leur vie à écumer la campagne provençale. Comme eux, il consacrait ses journées à rechercher des ruines ayant du caractère, des granges aux multiples possibilités, des porcheries riches de promesses, des bergeries qui aient du cachet, des pigeonniers abandonnés et autres édifices branlants que, avec d'énormes efforts d'imagination et des sommes encore plus considérables, on pourrait transformer en attrayante résidence.

Ça n'avait pas été facile. La concurrence était acharnée : certains jours, Bennett avait l'impression que sur ce sol pierreux on rencontrait plus d'agents immobiliers que de clients. Le marché s'était tassé et le franc français en était responsable. Il était trop fort, surtout pour les Américains, les Britanniques, les Hollandais et les Suédois. Les Suisses avaient de l'argent mais, prudents et patients comme toujours, ils attendaient que le franc baisse. Les rares clients étaient des Allemands croulant sous les marks ou des Parisiens cherchant à investir des liquidités qu'ils avaient découvertes sous le matelas de grand-mère. Mais ceux-là étaient rares.

Et puis, l'été précédent, quelques remarques désinvoltes – une plaisanterie qui n'était pas du meilleur goût, Bennett devait bien en convenir – l'avaient amené à une activité secondaire mais riche de possibilités, susceptible d'améliorer sa position de pourvoyeur de domaines pour l'aristocratie anglaise.

Il avait été invité à une de ces réceptions données par des membres de la communauté d'expatriés qui chaque année s'abattent sur la Provence pour y trouver leur ration annuelle de soleil, d'ail et d'huile d'olive. En sa qualité de célibataire présentable et anglophone – autrement dit, d'inestimable invité de dernière minute –, Bennett n'était jamais à court d'invitations. En échange d'un estomac bien rempli, il subissait les bavardages sans intérêt.

L'ennui était un des risques du métier, avec pour antidote la malice : ç'avait été le cas par cette lumineuse soirée d'août, les dalles de la terrasse encore tiédies par le soleil de la journée, la vue s'étendant sur la vallée jusqu'à la silhouette crénelée de Bonnieux. Légèrement éméché et un peu abruti par les spéculations sans fin des autres invités sur l'avenir de la politique britannique et les perspectives d'emploi pour les plus jeunes membres de la famille royale, Bennett s'était amusé à inventer un nouveau cauchemar pour les riches propriétaires de maisons de vacances.

Entre deux bouchées de saumon fumé, il leur asséna qu'une nouvelle et malveillante variété de bousiers avait été récemment observée dans la région : ces insectes envahissaient toute fosse septique laissée à l'abandon, provoquant un malodorant chaos dans toute l'installation. Naturellement, précisa-t-il, les autorités s'efforçaient d'étouffer l'affaire car bousiers et touristes ne faisaient pas bon ménage. Mais les bousiers étaient bien là, attendant le moment où les maisons se videraient et où ils pourraient avoir libre accès aux canalisations.

Son auditoire, deux sœurs venues d'Oxford et flanquées de maris aux mêmes joues roses, l'avait écouté avec une consternation croissante. À sa stupeur elles le prenaient au sérieux.

– Mais c'est *épouvantable*, dit une des sœurs, avec cette diction précise de la grande banlieue londonienne. Que faut-il faire ? Vous comprenez, en hiver, notre maison reste vide pendant des mois.

– Ma foi, dit Bennett, la seule méthode efficace, c'est d'actionner régulièrement la chasse d'eau, au moins deux fois par semaine. Il faut noyer les petits démons, voilà la solution. Vous comprenez : ils ne sont pas amphibies.

Il sourit, s'excusa et traversa la terrasse pour rejoindre une jeune beauté qui ne demandait qu'à être sauvée des griffes d'un décorateur d'intérieur. En approchant, il entendit le ronronnement d'un mantra familier sur le charme, le charme éternel du vieux chintz : il se précipita pour aller prêter assistance à l'infortunée.

À l'insu de Bennett, les sœurs d'Oxford répandaient la nouvelle de l'invasion des bousiers : à la fin de la soirée, le phénomène avait pris les proportions d'une véritable épidémie qui menaçait les installations sanitaires de toute maison inoccupée entre Saint-Rémy et Aix. Confrontés à cette commune menace, une demi-douzaine de propriétaires formèrent aussitôt une sainte alliance et arrêtèrent Bennett au moment où il s'apprêtait à partir.

— Cette histoire de bousiers, dit le porte-parole du groupe, un ministre déchu qui se reposait en attendant la prochaine élection, me paraît susceptible d'être assez ennuyeuse. (Des visages graves et colorés par le soleil acquiescèrent aussitôt.) Et nous nous demandions tous si cela ne vous ennuierait pas de jeter un coup d'œil sur nos maisons quand nous partirons. D'être en quelque sorte notre homme sur le terrain. (Il baissa le ton, comme le font les Anglais quand ils sont dans l'obligation d'aborder un sujet vulgaire.) Bien entendu, nous vous dédommagerions : cela se passerait sur les bases d'une proposition commerciale convenable récompensant des services rendus. Pas question sans cela de vous demander de vous en charger.

Ces hommes fortunés et entre deux âges avaient à n'en pas douter de nombreux amis fortunés et entre deux âges. D'instinct, il prit aussitôt sa décision.

– Bien entendu, fit-il. Je serais ravi de vous donner un coup de main. Mais je ne veux pas entendre parler de rémunération pour cela.

D'un geste royal, il écarta leur proposition : les services rendus avaient le don de déclencher des présentations, puis des ventes. La plupart des agents immobiliers s'acquittaient de tâches pour leurs clients absents : remplir le réfrigérateur, ou congédier le jardinier alcoolique. Aucun d'eux, il en était certain, n'avait reçu cette ultime marque de confiance, pas plus que la position qui l'accompagnait : opérateur officiel de la chasse d'eau, gardien de la fosse septique, inspecteur sanitaire. Dans les calmes mois d'hiver à venir, il deviendrait le spécialiste du bousier provençal.

Il appuya sur la manette recouverte de porcelaine, écouta d'une oreille approbatrice le vigoureux déferlement de l'eau et cocha un nom sur sa liste : Carlson, de Nottingham, le roi de la moutarde. Il avait fait sa fortune sur ce que les gens laissaient dans leurs assiettes. Bennett descendit du trône surélevé, traversa le sol recouvert de mosaïque et alla se laver les mains. Il regarda par la fenêtre ce que Carlson, avec une feinte humilité, appelait son petit bout de jardin – quelques hectares soigneusement entretenus en terrasses, où poussaient en rangs serrés des oliviers parvenus à maturité. Importés d'Italie, lui avait confié Carlson : pas un seul n'avait moins de deux cents ans. Bennett en avait un jour estimé le prix et il était arrivé à une somme rondelette.

Il descendit parmi les masses grises de meubles enveloppés de leur housse et, avant de sortir, il brancha le système d'alarme. S'arrêtant sur le gravier de l'allée, impeccablement ratissé et sans une mauvaise herbe, il aspira une profonde bouffée d'air frais et songea à la matinée qui l'attendait. Elle annonçait sans ambages le printemps, avec une brume qui se dissipait au fond de la vallée et des amandiers en fleur, lumineux sous un ciel sans nuage. Comment pourrait-il songer à vivre ailleurs ? Il se rappela le commentaire d'un ami, quand voilà tant d'années il était venu s'installer en France. « Un pays merveilleux, mon vieux. Dommage qu'il y ait les gens. Absolument impossibles. Tu ne resteras pas. » En fait, il s'était pris d'affection pour les Français, et il était resté.

Mais combien de temps encore pourrait-il tenir ? Les contacts et les ventes qu'il avait espéré obtenir ne s'étaient pas concrétisés. Les heureux propriétaires s'étaient montrés reconnaissants. Ils avaient envoyé des cartes de Noël, des photographies de leurs enfants sur des poneys, des puddings de chez Fortnum & Mason, parfois une bouteille de porto. Mais, jusqu'à maintenant, pas un client. Bientôt, ce serait Pâques. On allait retirer les housses qui protégeaient les meubles raffinés et les propriétaires allaient revenir pour se charger eux-mêmes de ce que Bennett avait fait tout l'hiver à leur place avec diligence. Bah, une fois la saison lancée, il se présenterait bien quelque chose.

En regagnant sa petite maison de Saint-Martin-le-Vieux, il envisagea les solutions qui s'offraient à lui. La perspective de se remettre à produire des films publicitaires pour la télévision, comme il l'avait fait pendant dix ans à Londres et à Paris, n'avait rien de séduisant. Il avait pris la fuite juste au moment où la profession tombait aux mains de jeunes gens mal rasés avec des boucles d'oreilles, des illusions de créativité et ce symbole du tempérament artistique, la queue de cheval. Il n'avait plus la patience de se prêter à leurs caprices. C'est vrai qu'il avait été gâté : il avait travaillé avec des réalisateurs véritablement talentueux qui maintenant faisaient carrière à Hollywood. Les nouveaux venus utilisaient les effets spéciaux pour masquer leur absence d'idées et vivaient dans l'attente d'un coup de téléphone qui leur proposerait de tourner un clip pour un groupe rock. Non, il ne se voyait pas reprendre ça.

Il pourrait sans doute essayer de racler les fonds de tiroir pour partir à la recherche du petit salopard qui lui avait volé son bateau. Mais les Caraïbes, c'était grand et le bateau avait pu changer de nom tout comme Eddie Brynford-Smith. Il se souvenait de cette soirée euphorique au Blue Bar de Cannes où, dans la brume du champagne, on avait baptisé l'élégant yacht de treize mètres : on l'avait appelé *La Livre flottante* et les projets allaient bon train. Bennett avait avancé l'argent – tout ce qu'il avait gagné dans la production – et Brynford-Smith devait s'occuper de l'affrètement. Il avait levé l'ancre pour La Barbade avec un équipage exclusivement féminin, et depuis lors aucune nouvelle. Les lettres de Bennett étaient restées sans réponse et, quand il avait téléphoné au yacht-club de La Barbade, on n'avait jamais entendu parler du bateau ni de son skipper. Eddie-le-Rapide avait disparu. Dans ses moments de dépression, Bennett espérait qu'il avait sombré quelque part dans le triangle des Bermudes.

Bennett devait bien en convenir, c'était à cela que se ramenaient ses actuelles possibilités commerciales : un retour au film publicitaire ou bien une ruineuse expédition à la poursuite d'une aiguille flottant dans une

meule de varech. Il était temps de réfléchir un peu
sérieusement à son avenir. Il traversa la nationale 100
pour prendre la route qui montait en lacets jusqu'au
village.

C'était son maire, un vieux communiste plein de
méfiance pour le gouvernement, la bourgeoisie et le
progrès, qui avait évité à Saint-Martin de devenir à la
mode. Ce village était le dernier du Luberon à avoir des
rues pavées et des canalisations d'eau en surface. Les
demandes présentées par des étrangers empressés pour
restaurer les façades de pierre fanées et croulantes, dont
certaines étaient vieilles de trois ou quatre siècles, se
heurtaient à la résistance acharnée du maire. Rien que
pour cela Bennett aurait voté pour lui. Il aimait vivre
dans un anachronisme pittoresque, pratiquement épar-
gné par la main de l'architecte ou du décorateur, avec
des maisons qui ne connaissaient ni le chintz ni les ten-
tures de soie, ni les toilettes montées sur une estrade.
Les hivers à Saint-Martin étaient froids et tranquilles.
En été, les senteurs du thym et de la lavande luttaient
contre des bouffées qui montaient sans cesse des tuyaux
d'écoulement. Les touristes arrivaient et repartaient : ils
ne restaient jamais. C'est qu'il n'y avait nulle part où
rester.

La maison de Bennett, dans une étroite venelle qui se
terminait en escalier au bout de la grand-rue, avait
l'immense avantage de ne coûter pratiquement rien à
son occupant. Elle appartenait au médecin du village,
un autre célibataire que Bennett avait rencontré à un
dîner et qui partageait son intérêt pour les jeunes
femmes et les vieux vins. Ils s'étaient liés d'amitié et,
quand le médecin avait accepté pour trois ans un poste
à l'île Maurice, il avait proposé la maison à Bennett. La

seule condition était que la femme de ménage, une robuste créature prénommée Georgette, devait continuer à s'en occuper.

Bennett ouvrit la porte d'entrée en chêne tout éraillé et sursauta en entendant le fracas des cuivres de Radio Monte-Carlo qui arrivait de la cuisine : de la musique pop apparemment prisonnière des années 70 et qui gémissait pour qu'on la libère. Ses efforts pour initier Georgette aux joies de Mozart et de Brahms étaient restés absolument sans résultat. Quand elle travaillait, Georgette aimait le rythme.

Tous les meubles – simples, massifs et sombres – avaient été repoussés contre les murs du salon et Georgette, à quatre pattes, sa croupe oscillant aux accents de la musique, s'attaquait au carrelage déjà lustré avec un mélange d'eau et d'huile de lin. La maison pour elle n'était pas tant un travail qu'une passion, un joyau qu'il fallait frotter, polir, cirer et astiquer. La poussière était interdite de séjour, tout désordre était criminel. Bennett s'était dit plus d'une fois que, s'il demeurait immobile assez longtemps, il se retrouverait plié et bien rangé dans un placard.

Il hurla pour se faire entendre par-dessus la radio.
– Bonjour, Georgette.

Avec un grognement, la silhouette agenouillée se releva et se retourna pour l'inspecter, les poings sur les hanches, une mèche de cheveux noirs striée d'argent s'échappant de la casquette Ricard jaune vif qu'elle portait pour les gros travaux ménagers. Georgette était ce que les Français décriraient galamment comme une femme d'un certain âge, ce qui la situait dans cette période mystérieuse qui va de quarante à soixante ans. Elle allait bien avec le mobilier : basse sur pattes, trapue, bâtie pour durer. Son visage brun et ridé exprimait la désapprobation.

— Vous avez encore bu du cognac au lit, déclara-t-elle. J'ai trouvé le verre par terre. En plus, du linge et des chemises jetés dans le bidet, comme si je n'avais pas assez à faire. (D'un geste impérieux, elle le congédia.) Ne restez pas planté là, sur les carreaux humides. Il y a une tartine et du café dans la cuisine.

Elle le regarda traverser à pas de loup le salon et pénétrer dans la microscopique cuisine étincelante où elle lui avait préparé le plateau du petit déjeuner : un napperon amidonné, un bol de café en faïence blanche, du miel de lavande et une baguette coupée en deux sur laquelle était étalé du beurre de Normandie. Bennett brancha la cafetière, baissa le volume de la radio jusqu'à le rendre supportable et mordit dans la croûte tiède du pain. Il passa la tête par l'entrebâillement de la porte.

— Georgette ?

La casquette jaune interrompit son inspection du sol.

— Qu'est-ce qu'il y a ?

— Combien de temps comptez-vous rester ici ? Je pensais travailler à la maison aujourd'hui.

Nouveau grognement. Georgette, toujours accroupie, le regarda.

— Impossible. Vous croyez que la maison se nettoie toute seule ? Il faut la préparer pour le printemps. Joséphine vient ce matin m'aider à retourner les matelas. Et puis Jean-Luc, avec son échelle pour les carreaux. Ensuite, il va falloir battre les tapis.

Elle essora la serpillière comme si elle tordait le cou à un poulet :

— Vous seriez dans nos jambes. D'ailleurs, vous pouvez travailler au café.

Elle lança un coup d'œil sévère aux pieds de Bennett et renifla :

— Laissez tomber vos miettes sur le sol là-bas.

Bennett battit en retraite, s'essuyant la bouche d'un air coupable. Elle pouvait le houspiller comme un écolier désordonné, mais elle le soignait comme un prince : elle lui faisait la cuisine, raccommodait ses affaires, le dorlotait quand il avait la grippe. Une fois il l'avait entendue dire de lui : « Mon petit *milord* anglais. » Toutefois, les paroles et les compliments qui s'adressaient directement à lui ne faisaient pas partie du service et, quand il quittait la maison après le petit déjeuner, elle le priait de ne pas revenir avant la fin de l'après-midi et de bien s'essuyer les pieds avant d'entrer dans la maison.

Il descendit la grand-rue jusqu'à la boulangerie, avec ses râteliers à pain en cuivre étincelant que des antiquaires voulaient toujours acheter. Il savait qu'ils n'y parviendraient pas tant que Barbier était à son poste : un vrai boulanger, avec le dos voûté qui était la marque de son métier, une pâleur permanente causée par la farine et un attachement obstiné aux méthodes traditionnelles. Cette idée plaisait à Bennett et il s'arrêta pour humer l'odeur de miches fraîches et de gâteaux aux amandes.

— Jeune homme !

Par la porte ouverte de l'épicerie mitoyenne, Mme Joux lui faisait signe. Il obéit aux injonctions de ce doigt insistant, prêt au pire. Son compte chez elle était largement débiteur. Dans un village français qui se respecte, on considère toujours avec méfiance les facilités de crédit : on allait lui supprimer cela, il le sentait.

Il saisit la main de Mme Joux et se pencha courtoisement, inhalant les arômes de roquefort et de saucisse fumée qui s'accrochaient encore à ses doigts.

– Madame, dit-il. Comme toujours, vous ajoutez à la beauté du matin.

Un sourire minaudant s'esquissa sur le visage de l'épicière : il décida qu'il pouvait sans risque aborder le sujet :

– Je suis désolé. Je suis à court de chèques. Vous ne pouvez pas savoir combien ces banques de nos jours font mal leur travail. Moi-même...

Mme Joux l'interrompit d'un revers taquin sur la poitrine.

– Un détail, fit-elle. J'ai confiance en vous comme si vous étiez mon fils. Écoutez... ma petite Solange vient d'Avignon ce week-end. Venez dîner en famille avec nous.

Le sourire de Bennett faillit s'effacer. Il n'avait rien contre cette petite : elle était tout à fait charmante, et à la fête du village, l'été dernier, il avait failli se laisser emporter par la passion à la faveur d'un paso doble échevelé. Mais l'idée de devenir un apanage de la dynastie Joux l'avait sauvé.

– Madame, dit-il, rien ne me ferait plus plaisir. Si ce n'était ma vieille tante...

– De quelle tante s'agit-il ?

– Celle de Menton, qui a des varices. Je dois passer ce week-end à son chevet. On parle d'une opération.

Mme Joux pinça les lèvres et hocha la tête. Bennett lui tapota l'épaule et prit congé sans lui laisser le temps de suggérer que la tante imaginaire devrait venir passer sa convalescence à Saint-Martin. Il lui faudrait adopter un profil bas pendant le week-end et se préparer à de nombreuses questions d'ordre chirurgical pour la semaine suivante. Tout en continuant à descendre la rue, il songeait aux complexités de la vie villageoise et se rendait compte à quel point il les appréciait.

Il se pencha pour franchir la porte étroite du bureau de poste. Saint-Martin – ou plutôt son maire – avait refusé un service de livraison du courrier à domicile considéré comme élitiste et inutile : les gens du village étaient donc obligés d'aller chercher leur courrier chez le beau-frère du maire, M. Papin, qui portait un vif intérêt à tout ce qui arrivait. Il accueillit Bennett avec de petits claquements de langue et secoua la tête.

– Pas de lettre d'amour aujourd'hui, monsieur. Pas de billet doux. Rien que deux factures. (Il glissa les enveloppes de couleur terne sur le plastique taché du comptoir.) Oh, et votre journal.

Bennett fourra les factures dans sa poche, salua de la tête Papin et emporta son *Herald Tribune* au café Crillon voisin ; c'était le centre d'attraction de Saint-Martin, siège du club de boules du village, et chaque jour à midi on y servait un déjeuner à cinquante francs. La salle était longue et sombre, avec d'un côté un bar au comptoir en zinc grêlé, des tables et des chaises disposées au hasard sur le sol carrelé et une machine à jeux vidéo qui deux ans auparavant était sortie perdante d'une discussion avec un joueur trop enthousiaste et qui était en panne depuis lors.

Pour l'ambiance, il ne fallait compter que sur Anne-Marie et sur Léon, le jeune couple qui avait abandonné une vie de bureau à Lyon pour faire carrière dans l'hospitalité. On les considérait au village avec une certaine méfiance : des étrangers, d'un entrain peu naturel, il leur faudrait bien une vingtaine d'années avant d'être acceptés. Bennett, un autre étranger qui n'en avait pas appris assez sur la vie pour perdre son optimisme, trouvait qu'ils offraient un merveilleux changement auprès des paysans ne s'exprimant que par monosyllabes qui chaque jour jouaient aux cartes au fond de la salle en attendant que retentisse la trompette du Jugement dernier.

Léon leva le nez de son exemplaire du *Provençal* étalé sur le comptoir :

— Bonjour, chef. Du champagne ?

Il serra la main de Bennett en haussant les sourcils :

— Bière ? Pastaga ?

Un bon client, aux yeux de Léon, était un homme qui se mettait à boire peu après le petit déjeuner. Bennett lui commanda un café.

— Avec un petit quelque chose, peut-être ? insista-t-il. J'ai du calva maison.

Bennett secoua la tête :

— Peut-être après le déjeuner. Qu'est-ce que mijote Anny aujourd'hui ?

Le visage rose et lunaire de Léon rayonna et il baisa le bout de ses doigts boudinés.

— Un triomphe... Des lentilles, du bacon et de la saucisse de Lyon. C'est trop bon pour cinquante francs. (Il haussa les épaules.) Mais que voulez-vous ? Ici, ils s'attendent à un banquet pour rien.

— Ah, Léon, la vie est dure.

— Je pense bien. Et ensuite on meurt.

Il eut un grand sourire et se servit une bière tandis que Bennett emportait son café jusqu'à une table près de la fenêtre où il déplia son journal.

Le *Herald Tribune* était la petite indulgence quotidienne de Bennett. Il en aimait le format maniable, le contenu éditorial équilibré et sa façon réservée de traiter les chroniques d'indiscrétions politiques. Il avait renoncé à lire la presse britannique dès l'instant où il s'était aperçu qu'il ne reconnaissait plus les noms des gens qu'on clouait au pilori dans ses pages.

Buvant son café à petites gorgées, il passa en revue l'état du monde. Agitation en Russie. Chamailleries au sein de la Communauté européenne. Querelles au Sénat des États-Unis. Décès d'un vénérable acteur de Hollywood. Le *Tribune* n'était pas dans un de ses jours de liesse, songea-t-il et il contempla par la fenêtre la place du village où de petits drapeaux français claquaient dans la brise au-dessus du monument aux morts. Le soleil était plus haut maintenant, le ciel d'un bleu plus profond, les montagnes d'un vert grisâtre dans la brume du lointain. Il serait navré de quitter cet endroit pour la triste routine d'un bureau dans une morose ville du Nord.

Mais une question le tenaillait sans cesse : comment pourrait-il se permettre de rester ? Il griffonna au dos d'une enveloppe. Actifs : excellente santé, français parlé couramment grâce à ses années passées à Paris, aucune charge de famille, une garde-robe patinée mais de bon ton, une montre Cartier qui avait jusque-là évité le mont-de-piété, une Peugeot d'occasion et environ vingt mille francs sur son compte en banque. Passifs : factures diverses, gages de Georgette et décourageante absence de brillantes idées susceptibles de rapporter de l'argent. Il avait de quoi tenir encore deux ou trois mois, à condition de se montrer frugal. Mais l'économie n'avait jamais été un de ses vices et dix ans de notes de frais dans la production n'avaient rien arrangé.

Il repoussa l'enveloppe et s'approcha du comptoir.

– Léon ? J'aimerais une coupe de champagne. Mais du bon. Pas ce vinaigre que vous vendiez au réveillon du nouvel an.

Il glissa sur le zinc un billet de cent francs. L'expression affable de Léon ne changea pas.

– Il n'était pas cher.

– Mon ami, il était épouvantable.

– Bien sûr, à dix francs la coupe, il était épouvantable. (Léon brandit un doigt.) Je vais vous trouver une merveille.

Il franchit une porte derrière le bar et revint en serrant dans ses bras une bouteille qu'il soumit à l'approbation de Bennett.

– Tenez. Un perrier-jouët 1988. (Il posa la bouteille et en ôta la collerette.) Vous fêtez quelque chose ?

Bennett le regarda tourner le bouchon jusqu'au moment où il sauta avec un soupir étouffé. Il savoura la familière étincelle de bien-être et d'optimisme que provoquait toujours chez lui le champagne.

– Je suis sur le point d'avoir une bonne idée.

Hochant la tête, Léon emplit la flûte. Bennett écouta le délicat pétillement du vin et pencha la tête pour en humer le bouquet propice aux toasts. Les vieux paysans du fond de la salle se retournèrent pour observer ce nouvel exemple d'extravagance étrangère, secouèrent la tête d'un air désapprobateur et revinrent à leurs cartes et aux verres de rosé qu'ils allaient siroter tout au long de la matinée.

Bennett sentit déferler sur sa langue le picotement des bulles, puis il ouvrit son journal à la page portant l'inscription « Petites annonces internationales » où l'on proposait des paradis fiscaux et des perspectives commerciales à côté de services d'un caractère plus personnel. Sur le côté gauche de la page, une agence matrimoniale de réputation mondiale proposait « à des personnes responsables » de leur faire connaître des industriels d'élite à la personnalité hors pair. Sur le côté droit, au cas où ça ne marcherait pas, s'étalait un numéro à appeler si l'on voulait pour quatre cent quatre-vingt-quinze dollars un divorce rondement mené. Bennett regardait la sélection de voitures hors taxes, d'appartements de grand luxe à Paris et d'agences d'hôtesses à travers le monde, de Mayfair à Wiesbaden... quand il eut bel et bien une idée.

Pourquoi attendre que quelque chose arrive ? Il allait prendre l'initiative et être lui-même l'artisan de sa chance.

Après quelques tentatives, des corrections et une seconde coupe de champagne pour conforter l'inspiration, il se carra sur sa chaise et relut le fruit de ses efforts :

ANGLAIS LIBRE DE TOUTE ATTACHE,

la trentaine, présentant bien, parlant français couramment, cherche poste intéressant même si inhabituel, de préférence entre Aix et Avignon. Étudie toute proposition sauf mariage.

Dans l'après-midi, il téléphonerait au *Herald Tribune* pour faire paraître l'annonce. La saison allait bientôt commencer. Il devrait recevoir des douzaines de réponses. Son pouls s'accéléra tandis que naissait en lui un sentiment d'aventure imminente et son appétit s'épanouit. Bennett reporta son attention sur la cuisine d'Anne-Marie.

2

— Celui-là ne fera pas un autre été, déclara Georgette, en brandissant le dernier pantalon de toile blanche qui restait à Bennett. Il est usé jusqu'à la corde. Fini.

— Il m'a l'air très bien, Georgette. Culotté. J'aime bien les vieux vêtements.

— Non. Il a souffert. Je l'ai frotté trop souvent. Du vin, de la soupe, de la sauce... Chaque fois que vous mangez, c'est une catastrophe. Les Anglais n'utilisent donc jamais de serviette de table ?

Elle secoua la tête et jeta le pantalon sur un tas de chemises et de caleçons qui n'arrivaient pas à la hauteur de ses exigences vestimentaires. Elle porterait tout cela plus tard à la mission des Pénitents Blancs.

— Georgette, c'est impossible de manger des écrevisses tout habillé sans qu'il arrive un petit accident. Malheureusement, même en France, on n'a pas le droit de dîner tout nu.

Georgette frissonna.

— Quelle horreur ! Imaginez Papin. Ou Mme Joux.

— Inutile de personnaliser, Georgette.

— D'accord. Mais le pantalon s'en va.

Ramassant la pile qui gisait sur le sol, elle disparut dans la cuisine avec un caquètement triomphant.

Bennett regarda sa montre. Onze heures. Le courrier avait dû arriver. Sa petite annonce avait paru voilà plus de deux semaines et il avait passé le plus clair de cette période avec un client de Zurich qui avait fini par décider que son idée de la félicité rurale ne correspondait pas à la Provence mais à un appartement de Genève. Laissant Georgette monter le volume de la radio dans la cuisine, Bennett s'éclipsa.

M. Papin le dévisagea par la fenêtre de son guichet, lui fit bonjour de la tête et prit dans un casier derrière lui un journal et une grande enveloppe beige. Il tendit le journal et soupesa l'enveloppe dans sa main.

– Un important paquet, dit-il, venant de Paris.

– Ah bon ! fit Bennett.

– Sept francs cinquante à payer pour affranchissement insuffisant.

C'était ce que dans le village on appelait le pourboire de Papin : le petit supplément qu'il ajoutait quand il estimait que le marché le supporterait. Trois francs par-ci, cinq francs par-là : cela lui permettait de s'acheter quelques bonnes bouteilles à Noël. Bennett lui remit les sept francs cinquante et réclama un reçu. Papin lui dit qu'il lui en préparerait un. Les deux hommes se séparèrent dans une atmosphère de froide courtoisie.

Le café était silencieux : on n'entendait que le ronronnement du réfrigérateur et le claquement des cartes sur la table au fond de la salle. Quand Bennett entra, les vieux tournèrent la tête à l'unisson. Il les salua. Les têtes reprirent leur position initiale. Bennett prit son verre de rosé et s'installa à une table près de la fenêtre. L'enveloppe lui paraissait volumineuse et prometteuse : avant de l'ouvrir et d'en déverser le contenu devant lui, il porta en silence un toast au saint patron des Anglais nécessiteux.

Une invitation à investir un quart de million de francs dans Pizza Sympa, la chaîne au développement le plus rapide de la Côte d'Azur, ce fut la première qu'il mit de côté comme ne présentant aucun intérêt. Vint ensuite une lettre, écrite à l'encre bleu lavande, émanant d'un habitant de Neuilly, en quête d'un jeune compagnon pour partager son goût de la nature. Une agence d'hôtesses de Cannes promettait une rémunération substantielle à des gentlemen ayant du goût et de l'éducation et réclamait une photographie du candidat dénudé pour ses dossiers. Bennett songea à donner la lettre à Papin.

Il y avait aussi une proposition à laquelle il pouvait au moins répondre tout habillé. Un prince saoudien avait besoin pour l'été d'un chauffeur interprète : basé au cap Ferrat, un choix de trois Mercedes, logé et nourri, indemnité d'uniforme, références indispensables. Cela pourrait faire l'affaire, songea Bennett, si seulement il parvenait à trouver les références. Georgette ? Léon ? Ses clients des fosses sceptiques ? Il avait encore une petite réserve de papier à lettres portant l'écusson de la Chambre des lords, abandonné là par un comte qui l'été dernier avait loué une des maisons. Il pourrait l'utiliser pour s'écrire lui-même des références. La lettre princière alla amorcer une pile de possibilités.

Mais, à mesure que Bennett triait le reste des réponses, la pile ne s'épaississait guère. Il renonça à devenir témoin de Jéhovah, guide touristique, instructeur à mi-temps dans une école de langues, rabatteur pour une agence d'excursions en mer d'Antibes. Ses souvenirs maritimes étaient encore trop frais et trop douloureux. Il ne resta enfin qu'une seule enveloppe.

De ce bleu somptueux que préfère la haute société britannique, elle évoquait pour Bennett la papeterie Smythson de Bond Street, où des messieurs en costumes à rayures se rassemblent pour se pencher sur des détails aussi mystérieux qu'essentiels comme les en-tête gravés et le papier à barbes. Elle était doublée de papier de soie d'un bleu plus soutenu, assorti à l'en-tête figurant en haut de la lettre.

DOMAINE DES ROCHERS

Je vous écris en réponse à votre annonce. Il est possible que nous puissions trouver un domaine d'intérêt mutuel. Si vous souhaitez en discuter, veuillez me téléphoner au 04.90.90.00.77.

Julian Poe

Bennett examina les caractères assurés et anguleux tracés à l'encre d'un noir profond. Il brandit le papier à la lumière et distingua le bord d'un filigrane. Tout ceci suggérait le bon goût et la prospérité : Bennett s'était déjà levé et avait traversé la moitié de la salle pour utiliser le téléphone du café quand il se rendit compte qu'il était près de midi. Des gens comme Julian Poe ne s'attablaient-ils pas pour déjeuner à midi pile ? Le déranger à table serait un mauvais début. Bennett hésita un instant puis décida de prendre le risque.

La voix à l'autre bout du fil était française, pleine de

réserve et impersonnelle. La voix d'un domestique. Bennett demanda M. Poe.

— De la part de qui ?

— Bennett. Non, attendez. Dites que c'est la boîte 84, du *Herald Tribune*.

Il y eut un déclic pendant qu'on le mettait en attente et Bennett fit signe à Léon de lui verser un autre verre de vin. Il se sentait empli d'un espoir insensé. Tel est l'effet qu'un papier à lettres luxueux peut avoir sur un homme qui vient de perdre son dernier pantalon blanc.

Nouveau déclic.

— Tout cela m'a un air très clandestin. Faut-il que je vous appelle boîte 84, ou bien avez-vous un nom ?

La voix correspondait au papier à lettres : suave, ample et sûre d'elle. Une voix d'aristo. Avec cette habitude instinctive des Anglais de classer les gens d'après leur accent, Bennett situa aussitôt Poe tout en haut de l'échelle sociale. Sans doute un ancien d'Eton, comme cette petite crapule de Brynford-Smith.

— Oui. Pardonnez-moi. Je m'appelle Bennett.

— Eh bien, monsieur Bennett, il faut que nous nous rencontrions. Je présume que vous n'êtes pas très loin de Bonnieux ?

— À Saint-Martin-le-Vieux, en fait. À environ une demi-heure.

— Splendide. Pourquoi ne passeriez-vous pas ce soir, vers six heures ? Si nous n'éprouvons pas une immédiate aversion l'un pour l'autre, nous pourrons dîner ensemble.

Bennett nota les indications pour se rendre à la maison de Poe, il s'offrit un déjeuner et repensa à leur brève conversation. Poe lui avait paru plaisant et détendu et, à en juger par la description qu'il avait faite de sa propriété, il semblait posséder la majeure partie d'une colline dominant Bonnieux. Bennett se demanda quelle tenue conviendrait à cette rencontre.

Planté devant le miroir de sa chambre, il s'efforçait de mesurer l'effet qu'il aurait sur un employeur éventuel. Avec un peu moins d'un mètre quatre-vingts, il était mince comme souvent les célibataires aux habitudes alimentaires irrégulières. Il avait le visage allongé et la peau lisse, avec de petites rides que le soleil avait laissées autour de ses yeux bleus et deux rides bien marquées de chaque côté de la bouche. Ses cheveux, raides et châtain foncé, étaient un peu longs, mais brillants : Georgette l'avait depuis longtemps convaincu de l'effet bénéfique sur le cuir chevelu du savon de Marseille.

À partir du cou, il était irréprochable. Chemise rose pâle, cravate en tricot de soie bleu marine. Blazer et pantalon gris coupés pour lui par Hayward à Londres voilà bien longtemps, quand l'argent arrivait à flots. Chaussures en chevreau d'un bottier de Saint-James, classiques plutôt qu'à la mode, en vertu du principe qu'un air de prospérité était un capital, surtout quand les affaires n'allaient pas trop fort. Les milliardaires pouvaient se permettre de s'habiller comme leurs jardiniers. Bennett n'avait pas ce luxe. En fait, il aimait les vêtements qui semblaient s'améliorer avec l'âge.

Il choisit dans un tiroir une pochette en soie et il la disposait dans la poche de poitrine de son blazer quand ses doigts rencontrèrent un petit obstacle. Souriant, il retira un sachet de lavande séchée. Georgette assaisonnait ses vêtements et il trouvait sans cesse parmi son linge et ses chaussettes des brins de thym et de romarin ou de petites savonnettes parfumées au mimosa. Mais les sachets de lavande, c'était une nouveauté. Il remercia le ciel qu'elle n'eût pas choisi l'ail comme parfum du mois. Ayant ajusté une dernière fois sa pochette, il quitta la maison et partit vers le Domaine des Rochers.

La D 36 se déroule en lacets au sud de Bonnieux pour devenir la D 943 et continuer à travers le Luberon jusqu'à la campagne plus plate et moins sauvage des environs de Lourmarin. C'était une petite route en tire-bouchon, taillée dans le roc, le décor rêvé la nuit pour de modernes bandits de grands chemins. Dans les cafés de village, il n'était bruit depuis quelque temps que de vols à main armée, et l'histoire était toujours la même. Une voiture, apparemment en panne, bloque la route, un personnage solitaire debout à côté. L'automobiliste sans méfiance s'arrête pour proposer son aide. Des amis du personnage isolé jaillissent alors de leurs cachettes dans les buissons, souvent l'arme au poing. L'infortuné automobiliste est abandonné là avec quinze kilomètres à faire à pied pour rejoindre la civilisation, tandis que dans un garage au fond d'une ruelle de Marseille, on maquille sa voiture avant de la revendre.

Mais, par ce beau soir de printemps, avec le soleil qui éclairait encore les hauts sommets calcaires, la route offrait quelques paysages spectaculaires et Bennett était de la meilleure humeur du monde lorsqu'il ralentit pour franchir les grilles marquant l'entrée de la propriété de Poe. L'allée de gravillons était bien entretenue et s'incurvait pour suivre les contours du terrain qui continuait à monter. Poe s'était excusé de sa longueur au téléphone – près de quinze kilomètres – mais il avait dit que, quand on était arrivé, le spectacle valait le trajet.

C'était vrai. Bennett déboucha du dernier virage et arrêta la voiture pour regarder, stupéfait, le panorama qui s'étalait devant lui.

La crête de la montagne paraissait avoir été découpée afin de former un immense plateau assez uni pour qu'on construise dessus. Juste devant la voiture de Bennett, une large allée bordée de vieux platanes menait jusqu'à une arche massive percée dans un haut mur de pierre. Derrière la muraille, Bennett apercevait les pentes d'un toit de tuiles d'une chaude couleur terre cuite un peu fanée dans le soleil du soir, avec la tour d'un pigeonnier au coin de ce qui semblait être une cour. Dans le lointain, par-delà les constructions, le grand Luberon s'étendait à l'horizon de l'est. Au nord, la crête chauve et blanche du mont Ventoux. Au sud, les plaines qui menaient à Aix, à Marseille et jusqu'à la Méditerranée. Nulle part dans tout ce panorama la moindre trace d'un câble électrique, d'un pylône ou de quelque autre construction. C'était le domaine le plus parfaitement situé que Bennett eût jamais vu.

Il descendit lentement l'allée de platanes, en se demandant ce que faisait le propriétaire d'un endroit pareil si par une nuit de pluie il se trouvait à court de lait ou de cigarettes. Il est vrai que des gens comme Poe ne tombaient jamais à court de rien : des serviteurs s'en assuraient.

Avec un sentiment d'impatience grandissant, Bennett franchit l'arche pour venir s'arrêter à côté de la Range Rover vert foncé et de la longue Citroën noire garées d'un côté de la vaste cour. Il se dirigea vers la maison, passant devant une fontaine dont aurait pu s'enorgueillir un village de taille moyenne, avec ses trois grandes gargouilles de pierre qui crachaient de l'eau dans un bassin circulaire. Il cherchait quelque chose d'aussi moderne qu'une sonnette quand la haute porte à deux battants en bois sculpté s'ouvrit devant lui. Un homme en costume noir, de haute taille pour un Japonais, inclina la tête.

– Monsieur Bennett ?

Bennett s'inclina à son tour.

– Veuillez me suivre, je vous prie.

Ils s'engagèrent dans un long couloir dont les dalles de pierre polie étaient adoucies par des tapis persans aux couleurs sobres. Bennett passa subrepticement le doigt sur le plateau d'une table à jeu ancienne en chêne : pas un grain de poussière. Georgette aurait approuvé, songea-t-il, puis il émit un petit sifflement : ils venaient d'entrer dans un espace assez grand pour occuper ses talents jusqu'à ce que sonne pour elle l'âge de la retraite.

On avait supprimé le plafond bas de la classique ferme provençale et remplacé les traditionnelles petites fenêtres par de grandes baies vitrées insérées dans les murs de pierre. Cela avait pour effet d'amener le paysage dans la maison. Par-delà les rangées de lavande et les bouquets d'oliviers, Bennett apercevait la barrière d'un enclos où un cheval bai contemplait le coucher de soleil. Il se retourna pour contempler l'intérieur, non moins photogénique.

Les flammes d'un feu de bois dansaient et crépitaient dans une vaste cheminée de pierre dont le linteau avait la taille d'un homme debout. Une douzaine de toiles et des photographies de collection en noir et blanc étaient accrochées aux murs couleur mastic, offrant toute une variété de cadres et de styles : Sisley à côté de Hockney, Hopper voisinant avec Lartigue. Les sièges massifs avaient des contours doux et étaient tendus de ces tissus tristement décolorés qui font se pâmer les décorateurs d'intérieur. C'était une pièce confortable, qui avait du cachet et, tournant le dos à ce décor, son profil se découpant sur la baie vitrée, le téléphone portable à l'oreille, se dressait la silhouette d'un homme dont Bennett supposa que c'était Julian Poe.

– Monsieur ?

Bennett se retourna brusquement : il aurait fait tomber du plateau la coupe de champagne si, avec l'habileté d'un boxeur esquivant un coup, le Japonais n'avait pas fait prestement un pas en arrière. L'homme salua Bennett d'un signe de tête.

– Vous voudriez peut-être vous asseoir.

Bennett prit le champagne et sourit.

– Non, merci, je crois qu'en fait je vais rester debout. Ça me dégourdira les jambes.

Le Japonais s'inclina de nouveau et se retira d'un pas silencieux tandis que Bennett s'approchait de la cheminée pour regarder de plus près les tableaux. Il était certain d'en avoir vu un ou deux dans des musées à Paris. Poe les avait-il prêtés pour une exposition ? Pouvait-il s'agir de copies ? Ils n'en avaient assurément pas l'air, mais de nos jours on ne savait jamais. Il se demandait si c'était un sujet trop délicat à aborder quand il entendit des pas derrière lui. Se retournant, il aperçut le visage souriant et la main tendue de son hôte.

– Boîte 84, je présume ?

3

Julian Poe était une gravure de mode : depuis sa tête aux cheveux grisonnants impeccablement coiffés jusqu'aux pointes éblouissantes de ses chaussures marron foncé qui possédaient cet éclat profond obtenu après des années passées à les cirer avec diligence. Il avait un cardigan de cachemire noir jeté sur les épaules et une chemise de soie sauvage couleur de crème caillée. Le tout assorti d'un pantalon de gabardine beige. Bennett se félicita de s'être mis sur son trente et un pour l'occasion et nota dans sa tête de payer la facture de son tailleur dès qu'il serait de nouveau en fonds.

— Je vois que Shimo vous a déjà proposé un verre. Je me demande s'il en a préparé un pour moi.

Le regard que Poe promenait autour de lui rencontra le Japonais qui glissait dans sa direction.

— Ah, parfait. (Il prit la coupe et tendit son téléphone à Shimo.) À votre santé, monsieur Bennett.

Bennett leva son verre tout en regardant Poe boire sa première gorgée d'un air songeur. Il lui donnait une cinquantaine bien conservée, avec un visage hâlé à peine ridé, le corps droit et svelte, le ventre plat.

— Voilà qui est mieux. (Poe sourit à Bennett.) J'ai

constaté que si je bois à déjeuner, les après-midi sont un peu embrumés. Si je m'abstiens, vers six heures je meurs de soif. J'espère que vous n'avez pas eu trop de mal à nous trouver ?

Bennett secoua la tête :

— Je dois le dire, vous avez ici une merveilleuse propriété. Je connais assez bien le Luberon, mais je n'ai jamais rien vu de pareil.

— C'est qu'il n'y a rien de pareil. J'ai mis cinq ans à la trouver et presque aussi longtemps à en faire quelque chose de civilisé. (Il se tourna vers la fenêtre.) Pourquoi ne pas faire un saut dehors pour voir les derniers rayons du soleil ?

Il tira de sa poche une petite gaufrette noire de la taille d'une carte de crédit et la braqua sur la baie vitrée qui glissa aussitôt dans le mur. Les deux hommes sortirent sur la terrasse et se dirigèrent vers le paddock.

— En remontant l'allée, dit Bennett, je me demandais ce que vous faites pour les détails pratiques : électricité, le pain qu'on a oublié. On ne peut pas dire que le supermarché soit la porte à côté.

— Oh, nous nous débrouillons, fit Poe. Il y a deux générateurs dans cette grange, une demi-douzaine de domestiques qui habitent sur place et nous allons une fois par semaine à Nice nous ravitailler. C'est à peine à trois quarts d'heure. Regardez là-bas, du côté de la rangée de cyprès. On l'aperçoit tout juste.

Bennett suivit la direction que Poe indiquait nonchalamment du menton et vit l'hélicoptère, posé comme une énorme sauterelle vert foncé derrière le rideau d'arbres. Il allait se mettre à discuter hélicoptères quand le bruit sourd d'une galopade leur fit tourner la tête. Deux chevaux et leurs cavaliers surgirent d'en bas du paddock, galopant à bride abattue. Bennett entendit un rire féminin, puis un cri : les chevaux changèrent de direction et remontèrent vers eux.

La femme sauta à terre d'un geste souple. Son compagnon, un gaillard au teint sombre de gitan, salua Poe en portant la main à sa casquette et emmena les deux chevaux vers les écuries.

Poe était rayonnant et Bennett comprenait pourquoi. La jeune femme devait mesurer dans les un mètre quatre-vingts, avec des cheveux bruns lui tombant en désordre sur les épaules, une grande bouche aux lèvres pleines et des couleurs aux joues qui faisaient ressortir ses hautes pommettes saillantes. Sa culotte de cheval était assez ajustée pour montrer qu'elle n'avait pas de problèmes de poids et, comme elle accourait vers eux, Bennett put constater avec ravissement qu'elle ne croyait pas aux soutiens-gorge. Il était certain de l'avoir déjà vue mais n'arrivait pas à croire qu'il ait pu oublier où.

— Salut, chéri.

Elle offrit ses deux joues aux baisers de Poe, tourna vers Bennett le regard de ses yeux verts de félin légèrement bridés en haussant un peu les sourcils.

— Chou-Chou, je te présente M. Bennett. Il habite Saint-Martin.

Chou-Chou tendit une main gantée. Bennett aurait préféré la joue et se demanda s'il s'agissait de la fille de Poe ou d'un autre accessoire parfaitement choisi.

— Enchanté.

Poe prit Chou-Chou par la taille et posa une main sur sa hanche. C'était un geste, se dit Bennett, plus possessif que paternel et il écarta à regret la thèse de la postérité.

– Il commence à faire frais, dit Poe. Entrons donc bavarder un peu.

Chou-Chou s'excusa : elle monta prendre un bain et se changer. Les deux hommes s'installèrent devant le feu, leurs coupes de nouveau remplies par l'omni-présent Shimo. Bennett remarqua avec un amusement un peu pincé qu'ils avaient machinalement adopté l'un la position du riche, l'autre celle du pauvre : Poe carré dans son fauteuil, Bennett penché en avant dans le sien.

– Quelque chose m'a intrigué dans votre annonce, expliqua Poe. Vous vous souvenez ? « Étudie toute proposition sauf mariage. » Vous n'avez pas l'air d'un homme marqué par les cicatrices de la vie conjugale. (Il pencha la tête de côté.) Ou bien ont-elles aujourd'hui cicatrisé ?

Bennett haussa les épaules.

– Non, je n'ai jamais essayé. L'exemple de mes parents a été plutôt dissuasif.

Encouragé de temps en temps par un sourire ou un hochement de tête de Poe, il évoqua brièvement son ascendance. Elle était italienne : une soprano de qua-lité avec un ego de diva. Son père était un de ces excen-triques dont l'Angleterre a la spécialité. Ni écrivain, ni explorateur, un inadapté qui n'était pas né au bon siècle. Constamment en voyage : parcourant l'Hima-laya à bicyclette, étudiant la flore des Andes, vivant avec les nomades de l'Hindu Kush. Les lieux élevés et isolés l'attiraient et il revenait aussi peu que possible à Londres. Mais ce fut au cours d'une de ses visites qu'il rencontra la mère de Bennett, qui chantait un rôle mineur à Covent Garden. Égarés par la passion et pre-nant cela pour de l'amour, ils s'étaient mariés. Bennett était le fruit de cette union, mais la vie familiale était sans attrait pour les deux parents. On confia le bébé à une parente éloignée du Dorset, après quoi on le mit en pension. Son père disparut, avec pour tout bagage un sac à dos et un manuel de conversation en bantou. Sa mère s'enfuit à Milan avec un jeune ténor qui avait la jambe faite pour les collants. Bennett grandit en compagnie d'autres garçons aux parents vagabonds.

Bennett s'interrompit pour reprendre haleine et un peu de champagne. Poe hocha la tête.

— Oui, dit-il, j'imagine volontiers que cela ait pu vous donner une vue désenchantée des joies de la vie de famille. Est-ce que vous les voyez jamais... votre mère et votre père ?

Bennett repensa aux années passées. Il ne reconnaîtrait pas sa mère s'il la rencontrait dans la rue. La dernière fois qu'il avait vu son père, il avait dix-huit ans : celui-ci l'avait convié à déjeuner à son club à Londres pour discuter de sa carrière. Il s'en souvenait fort bien : cuisine de nursery, blême et sans goût, excellent vin, le visage émacié et marqué de son père, avec le regard lointain et un peu flou d'un homme habitué à des panoramas qui s'étendent sur cent cinquante kilomètres et que la compagnie des autres met mal à l'aise. Au café, il avait conseillé Bennett sur le choix d'une carrière : « Peu importe au fond ce que tu décides de faire, dès l'instant que tu n'es pas danseur de ballet. » Il avait accompagné cette perle de sagesse d'un chèque de mille livres et d'un verre de porto. Depuis lors, Bennett n'avait pas revu son père : il avait pourtant reçu une carte postale du Cachemire, lui souhaitant un heureux vingt et unième anniversaire. Il avait à l'époque vingt-quatre ans.

Poe riait.

— Pardonnez-moi, dit-il, mais votre histoire a des côtés amusants. (Il regarda sa montre.) J'espère que vous pourrez rester pour dîner. J'aimerais en entendre davantage et ce soir nous avons notre dernier menu d'hiver. Vous découvrirez, je pense, que c'est un des aspects les plus agréables de la vie domestique.

Bennett se fit un plaisir d'accepter. Il avait manifestement franchi avec succès la première épreuve et il se prenait à trouver Poe sympathique, comme on a toujours tendance à le penser de quelqu'un qui sait écouter. Il termina son champagne en se demandant si Chou-Chou allait pour la soirée passer une petite robe décolletée.

— Si vous voulez vous laver les mains avant le dîner, c'est par là, juste en sortant dans le vestibule.

Bennett, devenu maintenant un juge avisé en matière de toilettes et de salles de bains, profita de cette occasion pour faire une visite désintéressée : il se trouva dans une pièce qui ressemblait à un petit musée de la photographie. Les murs étaient tapissés de souvenirs d'une vie sportive : Poe à ski, sur des bateaux, avec des fusils et diverses créatures mortes, sans doute en Afrique, ou bien debout auprès d'un poisson monstrueux accroché à un treuil. Les compagnons vivants de Poe étaient tous des hommes, tous bronzés, toujours souriants dans ce soleil perpétuel qui illumine l'existence des riches et des privilégiés. Tout en se demandant ce que faisait Poe pour se payer tout cela, Bennett s'essuya les mains sur une serviette au monogramme discrètement brodé, puis s'en retourna rejoindre son hôte.

Poe était de nouveau au téléphone. Bennett

s'apprêtait à reprendre son étude des toiles entourant la cheminée quand Chou-Chou fit son entrée, évoluant avec la démarche ondulante d'un mannequin à un défilé de mode. La robe était élégamment étriquée, les jambes longues, les talons très hauts. Machinalement, Bennett rajusta sa cravate.

Chou-Chou sourit.

– Julian est toujours au téléphone quand j'ai besoin de lui. Pouvez-vous m'aider? (Elle tendit à Bennett une lourde chaîne aux anneaux d'or.) C'est une fermeture très compliquée.

Lui tournant le dos, elle releva ses cheveux. Bennett, juché sur la pointe des pieds, humait le parfum musqué qu'exhalait la nuque de la jeune femme tout en s'affairant maladroitement sur le fermoir.

– Désolé, fit-il. Je n'ai pas l'habitude des colliers. Mais si jamais vous avez besoin d'un coup de main pour un nœud papillon, je suis imbattable. Voilà.

Il recula, le rideau de cheveux retomba et son rythme cardiaque redevint normal.

– Merci, fit Chou-Chou. En général Julian met beaucoup plus longtemps.

Je le comprends, songea Bennett.

– Dites-moi une chose, dit-il. Je sais que nous ne nous sommes jamais rencontrés mais je suis certain d'avoir vu votre visage. Vous n'êtes pas mannequin?

Elle haussa les épaules.

– Plus maintenant. Julian...

– Je ne veux entendre que de bonnes choses sur Julian. (Poe avait terminé sa conversation et les observait avec un petit sourire.) Il faut me pardonner ces coups de fil. Ces gens de Wall Street n'ont aucun respect pour les horaires d'Europe. Je pense souvent qu'ils attendent le moment où ils savent que je vais dîner. Passons à table, voulez-vous ? Je meurs de faim.

Chou-Chou ouvrit la marche, suivie de Bennett qui estimait que marcher derrière des jolies femmes était une des petites récompenses de l'existence : il faisait de son mieux pour ne pas garder les yeux fixés sur les hanches ondulantes ni sur les jambes d'une longueur impressionnante. Elle dut baisser la tête pour franchir le seuil et pénétrer dans une pièce plus petite, au plafond voûté, éclairée aux chandelles. Shimo les conduisit à leur place et fit un signe de tête à la jeune servante debout dans le coin. Poe secoua sa serviette et la glissa dans le col de sa chemise : Bennett, se rappelant les commentaires de Georgette à propos des Anglais et de leurs serviettes, en fit de même.

Poe se frotta les mains.

— Vous avez de la chance ce soir, monsieur Bennett. Nous avons les dernières truffes. C'est une de mes faiblesses. Vous connaissez, j'en suis certain.

— Vaguement. Pour le moment, elles dépassent un peu les limites de mon budget.

Poe eut un hochement de tête compatissant.

— La saison dernière, elles partaient à quatre mille francs le kilo. Mes amis américains ont du mal à le croire : quatre cents dollars la livre. Et c'est ce que la vieille canaille de Carpentras appelle un prix d'ami. À Paris, c'est le double. Tout ce commerce regorge de crapules. Fascinant. Ah, merci, Shimo.

Poe leva son verre, inspecta la couleur du vin, le porta à ses narines et huma. Bennett se dit qu'il devait être le genre d'homme à renvoyer le vin à sa propre table s'il n'était pas à la hauteur de ses espérances.

— Voyons. Où en étions-nous dans le récit de la vie

de Bennett ? Il me semble me rappeler qu'on vous avait déconseillé de devenir danseur de ballet, mais je suis persuadé que vous avez réussi à surmonter cette déception. Qu'est-il arrivé ensuite ?

Ensuite, ç'avait été une longue période de dérive d'un travail à l'autre, d'un pays à l'autre. Il avait sans entrain enseigné la littérature anglaise dans un petit collège privé du Connecticut, puis il s'était essayé aux relations publiques à New York, avant de trouver un emploi dans une société de production cinématographique à Londres. Ce travail-là lui avait plu, et il s'y était montré assez bon pour qu'on l'envoie à Paris diriger le bureau français. Il avait développé l'affaire, acheté des actions de la société et prospéré.

Poe l'arrêta d'un geste de la main.

— Si nous vous laissions prospérer pendant que nous nous occupons de ces petites choses. Ce ne serait pas bien de les laisser refroidir.

La domestique avait disposé devant eux de grandes assiettes blanches. Sur chacune, détonnant sur la simple élégance de la porcelaine, se trouvait un paquet enveloppé de papier d'argent à peine plus petit qu'une balle de tennis.

— La présentation est un peu simplette, dit Poe, mais elle est pratique. À l'intérieur il y a une truffe et une tranche de foie gras. Quand on réchauffe la truffe, le foie gras fond pour venir l'imprégner. (Il déballa le papier d'aluminium et pencha la tête d'un air approbateur.) Hmmm. Sentez-moi ça.

Bennett suivit ses instructions et huma la riche bouffée d'air tiède chargé d'arômes qui s'échappait des plis du papier métallisé. La forme noire et grumeleuse de la truffe luisait de graisse fondue, laide, succulente et scandaleusement chère. Bennett estima qu'elle devait peser un bon quart de livre : cent dollars... à prix d'ami.

– Merveilleux, n'est-ce pas ? fit Poe. Maintenant, mettez dessus une bonne pincée de ça. (Il désigna une petite soucoupe en argent devant l'assiette de Bennett.) C'est de la fleur de sel : ça vient de Guérande. Le meilleur sel de France. On le ramasse chaque été.

Bennett saupoudra la truffe de gros sel d'un blanc un peu gris, en découpa une tranche et mordit dedans. Il avait déjà mangé des truffes, mais jamais rien d'aussi gros, d'aussi somptueux et d'aussi sublime au palais. Il adorait. Il remarqua que Chou-Chou attaquait sa truffe comme si elle n'avait rien mangé depuis une semaine, sauçant le foie gras fondu avec des bouts de pain.

Bennett et Poe terminèrent et prirent chacun une gorgée de vin.

Poe se tamponna les lèvres avec sa serviette et se renversa en arrière.

– Donc, vous avez prospéré ?

Pendant quelques années, en effet. Mais, après avoir connu quelques succès et une certaine sécurité financière, Bennett avait commencé à souffrir du mal des affaires. Il s'énervait, s'ennuyait, il s'irritait devant l'obligation permanente de passer la main dans le dos des clients, de feindre de s'intéresser à leurs opinions sur le cinéma et le processus créateur au cours de déjeuners interminables, d'apaiser metteurs en scène et mannequins. Il avait l'impression d'être devenu une bonne d'enfants surpayée. C'est ainsi que par une belle journée d'avril où la perspective de passer encore un long été à travailler à Paris l'accablait comme une pénitence, il avait tout lâché. Il avait vendu ses actions, son appartement et mis le cap au sud. C'était là, dans un bistrot du port d'Antibes, qu'il avait rencontré Edward Brynford-Smith, un des anciens élèves les moins distingués d'Eton.

À la mention du collège, Poe sourit.

– J'y suis allé moi-même – un peu avant votre ami, j'imagine. Il est vrai qu'il y a tant de noms à trait d'union là-bas qu'on a du mal à les suivre. Mais pardonnez-moi... Continuez.

Brynford-Smith aimait à se décrire comme un pensionné en exil. Il vivait de chèques sporadiques que lui adressait le notaire de la famille, d'une douteuse affaire immobilière par-ci, par-là et de sa solde de skipper d'un bateau qu'il louait à des clients. Il était petit, affable et amusant, qualités qu'on remarquait aussitôt. Ce qui était moins évident, c'était sa malhonnêteté sans scrupule et son art de sauter sur l'occasion : Bennett se surprit à donner son accord un soir où Brynford-Smith esquissait un projet qui leur assurerait à tous les deux une vie confortable au soleil. L'été sur la Côte d'Azur, l'hiver aux Caraïbes. Il suffisait d'avoir un bateau.

Bennett adorait la mer : il aimait la regarder, y nager, en écouter la rumeur. Mais il détestait les bateaux. Il les trouvait inconfortables et ils le rendaient claustrophobe. Il avait en horreur l'absence de toute tranquillité, et ce changement de personnalité qui, sitôt la terre hors de vue, transformait un homme normal et agréable en paranoïaque rugissant, en moderne capitaine Bligh. Néanmoins, comme le fit remarquer Brynford-Smith, un bateau qu'on pouvait louer dix mois par an – « absolument garanti, mon vieux » – était une attirante perspective commerciale. Bennett avait mordu à l'hameçon ; il avait investi pratiquement tout son argent dans l'achat du bateau et s'était organisé pour pouvoir prendre l'avion plus tard afin de retrouver Brynford-Smith à La Barbade. Là-dessus, ce dernier avait disparu.

Un pli barrait le front de Poe, compassion ou condamnation d'une pareille légèreté en affaires.

— Vous deviez bien avoir une sorte de contrat ?

— Des pages et des pages, dit Bennett. Les contrats sont conçus pour les gens respectueux des lois. Ils ne sont pas d'une grande utilité si votre associé décampe avec les actifs et que vous ne savez pas où il est.

Chou-Chou avait écouté attentivement, tout en jouant avec la chaîne d'or qui entourait la frêle colonne de son cou.

— Vous ne pouvez pas vous lancer à sa recherche ? Comment peut-il cacher un gros bateau ?

— On peut cacher une petite flotte dans les Caraïbes. D'ailleurs, pour être tout à fait franc avec vous, je suis sans un.

— Sans un ? répéta Chou-Chou dont le vocabulaire n'allait pas jusque-là. Qu'est-ce que ça veut dire ?

— Fauché, ma chère, dit Poe. Sans un sou. Eh bien, monsieur Bennett, il faudra voir ce que nous pourrons faire à ce propos. Nous pouvons du moins vous assurer que vous ne repartirez pas ce soir l'estomac vide.

On servit le plat suivant, un solide et sombre ragoût de bœuf au vin et au bacon, avec oignons, carottes, herbes et olives : fumant, embaumant, la viande presque noire.

— C'est la spécialité hivernale de la cuisinière, précisa Poe. Une daube de quatre jours. Elle marine depuis le week-end. Cette misérable me vole mon meilleur vin pour la préparer. Mais vous allez constater que c'est terriblement bon.

Bennett goûta la viande tendre et piquante en se demandant pourquoi les Anglais d'une certaine classe assaisonnent si souvent leurs éloges ou leur approbation d'un préfixe menaçant : épouvantablement beau, horriblement astucieux, rudement bon. Il posa la question à Poe qui avant de répondre but une gorgée de vin d'un air songeur.

— Intéressant, n'est-ce pas ? On n'entendrait jamais un cockney parler comme ça, ni un fermier du Yorkshire. Bernard Shaw vous aurait trouvé une réponse. Peut-être l'horreur de la bourgeoisie anglaise pour l'enthousiasme sans limites y est-elle pour quelque chose. (Il sourit.) C'est quand même terriblement bon, vous ne trouvez pas ?

Bennett avait le sentiment que la soirée se passait bien. Poe était un agréable compagnon et semblait le trouver sympathique. Mais, à part l'allusion à Eton, il en avait dit très peu sur son compte et encore moins sur le poste qu'il envisageait de lui proposer. Bennett allait aborder le sujet de son avenir quand Shimo apparut derrière le fauteuil de Poe et lui murmura quelque chose à l'oreille. Poe fronça les sourcils, puis hocha la tête et se leva.

— Pardonnez-moi, encore un de ces maudits coups de fil.

Bennett se retrouva seul avec Chou-Chou qui avait mis à mal une portion de daube devant laquelle un bûcheron aurait calé. Il avait déjà rencontré des Françaises comme elle : belles, minces, avec un appétit à faire rouler sous la table un inspecteur du Michelin. Sans doute cela tenait-il aux gènes gaulois. Ils reprirent leur conversation interrompue.

– Vous me parliez de votre carrière de mannequin.

– Oh, je posais pour Étoile. Vous connaissez ? La grande marque de produits de beauté. Ils possèdent votre visage en exclusivité pour trois ans. Ils vous payent une fortune, et ensuite on peut s'acheter un haras et prendre sa retraite. (Elle sourit.) Sauf que ça ne s'est pas passé comme ça.

– Qu'est-il arrivé ?

Chou-Chou prit une cigarette dans l'étui d'argent posé auprès d'elle et l'alluma sans laisser à Bennett l'occasion de se montrer galant.

– J'ai rencontré Julian six mois après avoir signé le contrat. Il n'aimait pas me voir travailler.

– Alors ?

– Alors, il est allé voir la direction d'Étoile. Et voilà.

– Comment ça ?

– Il a racheté le contrat.

L'estimation déjà élevée que Bennett avait faite de la fortune de Poe monta de quelques millions. Les mannequins vedettes avec contrat d'exclusivité, il le savait pour avoir jadis négocié avec elles, se faisaient confortablement quelques millions par an.

– Il m'a l'air d'être un homme qui obtient ce qu'il veut.

Chou-Chou acquiesça.

– Toujours.

La domestique vint pour débarrasser et, quand Poe revint s'asseoir, Bennett, repu de fromage de chèvre et de poire, écoutait fasciné Chou-Chou lui raconter des potins sur ses anciennes collègues mannequins dont la plupart semblaient ne pas pouvoir se passer soit d'héroïne, soit de leur dermatologue.

Poe écouta quelques instants, puis regarda sa montre.

– Chérie, je suis navré d'interrompre ce passionnant catalogue du vice, mais M. Bennett et moi avons à parler. (Il lui sourit et lui caressa la joue du revers des doigts.) À tout à l'heure. (Il se tourna vers Bennett.) Nous serons plus à l'aise dans le salon.

Bennett s'écarta pour laisser Chou-Chou franchir la porte.

– Mon bon souvenir à votre dermatologue. Il ne s'appelle pas M. Peau, n'est-ce pas ?

Elle pouffa.

– Bonsoir, monsieur Bennett, j'espère que nous nous reverrons.

Le calembour avait fait tiquer Poe. Il précéda son hôte dans le salon, s'arrêtant un instant devant une table derrière le canapé.

– Café ? Cognac ? Servez-vous, et la même chose pour moi.

Tandis que Bennett s'affairait avec des tasses à café et des verres à liqueur en se demandant si son hôte se faisait toujours servir ainsi, Poe s'approcha d'une grande cave à cigares posée dans le coin.

– Voudriez-vous un cigare ? Je peux vous les recommander. Ce sont des Cohibas : le préféré de Castro avant qu'il renonce à fumer.

– Avec plaisir, dit Bennett. On en trouve ici ?

– Je n'en ai aucune idée. Heureusement, c'est lui qui me les envoie. Nous faisons de temps en temps des affaires ensemble. Cuba est en train de changer. Un endroit intéressant.

Il coupa deux cigares et en tendit un à Bennett.

Les deux hommes s'installèrent dans leurs fauteuils. La fumée montait vers le plafond, en volutes bleues visibles à la lueur du feu. Il y eut un moment de silence satisfait tandis que la première gorgée de cognac descendait, tiède et douce.

– Une dernière question, dit Poe. Si nous devons travailler ensemble, je pense que nous pouvons renoncer au cérémonial. Je ne peux pas continuer à vous appeler M. Bennett. Quel est votre prénom ?

– À vrai dire, je ne l'utilise jamais. (Bennett souffla doucement sur le bout rougeoyant de son cigare.) C'est une brillante idée de ma mère. Extrêmement embarrassant en classe : j'y ai renoncé.

– Laissez-moi deviner, dit Poe. Quelque chose d'italien et de déplacé ?

– Luciano.

– Je vois. Eh bien, nous nous en tiendrons à Bennett. (Poe reposa son cognac.) Maintenant, venons-en au fait. Ce que j'ai à l'esprit n'est pas à proprement parler un emploi conventionnel mais, d'après ce que vous m'avez dit de vous, je ne crois pas que cela vous gêne. Ne vous inquiétez pas : ce n'est pas gravement illégal. (Poe marqua un temps et sourit.) En tout cas, pas de votre point de vue.

4

– Il existe une intéressante statistique, dit Poe, qui a un rapport avec ce que je vais vous suggérer. Près de 40 % de la main-d'œuvre en France est employée par l'État. Pour avoir séjourné à Paris, vous savez, j'en suis sûr, ce que cela représente pour d'honnêtes travailleurs comme vous et moi.

Bennett acquiesça. Il se rappelait les avalanches de formulaires compliqués – une diarrhée de papiers, comme il l'appelait –, la paresse renfrognée de bureaucrates gonflés de leur importance, les heures passées dans des bureaux exigus à discuter de la plus récente tentative de mainmise du fisc sur les revenus de sa société.

– Oui, soupira-t-il, c'est une des raisons pour lesquelles je suis parti : j'étais enseveli sous la bureaucratie.

– Exactement. Il faut payer tous ces millions d'exaspérants petits gratte-papier, les faire bénéficier des soins prodigués par la Sécurité sociale, leur accorder cinq semaines de vacances et leur servir des retraites indexées. (Poe tapota la cendre de son cigare.) Un admirable système si l'on se trouve en être un des bénéficiaires, mais fichtrement coûteux pour le reste d'entre nous. Vous connaissez les taux d'imposition en France si vous commettez le crime d'avoir un revenu convenable ? 60, 70 %. Parfois davantage.

Il s'arrêta pour humer son cognac.

— C'est vrai, dit Bennett. Mais tous les gens trichent.

Poe sourit.

— Tout à fait et, avec votre aide, je m'en vais rallier leurs rangs. Encore un peu de cognac ?

Bennett alla prendre le carafon et regarda le liquide ambré tourbillonner au fond de leurs verres. L'idée qu'un ex-gardien de maisons au bord de l'indigence soit encore en mesure d'aider un homme comme Poe avait quelque chose d'étrangement satisfaisant : Bennett décida sur-le-champ d'accepter le poste qu'on lui proposerait, quel qu'il fût.

Poe le remercia pour le cognac et poursuivit.

— Depuis quelques années maintenant, j'ai un petit pied-à-terre à Monaco où les autorités ont une conception plus intelligente de l'impôt sur le revenu. Mais il y a deux hic. D'abord, j'ai sur Monaco à peu près la même opinion que vous sur les bateaux : on y est à l'étroit et il y a trop de monde. Ensuite, malgré toute cette absurdité bureaucratique, j'adore vivre en France. C'est assommant et malcommode de devoir limiter le temps que je passe ici à six mois par an.

Bennett ne savait pas grand-chose des contraintes fiscales imposées aux gens riches.

— Pourquoi six mois par an ?

— Si vous dépassez les six mois fût-ce d'un jour, que cela vous plaise ou non vous êtes considéré comme un résident. (Poe tira une longue bouffée de son cigare et souffla un rond de fumée. Bennett observa sans surprise qu'il était parfait.) Ce qui m'amène à mon inoffensive supercherie. Comme vous le savez, il n'y a pas de frontière officielle entre Monaco et la France : pas de douane, pas de passeport, pas de contrôle d'immigration. Il est donc difficile pour les autorités de savoir exactement combien de temps vous passez là-bas.

— Et j'imagine qu'on n'est pas disposé à vous croire sur parole.

Poe se leva, se planta le dos au feu et toisa Bennett en secouant lentement la tête.

— Ça ne fonctionne pas comme ça. Vous comprenez, ce n'est pas à eux de prouver que vous n'avez pas habité Monaco : c'est à vous de prouver que vous l'avez fait. Et, en vrais Français, ils s'accordent toujours le bénéfice du moindre doute. Vous voyez le problème ?

— Très bien, dit Bennett. Mais comment prouvez-vous que vous vivez là-bas : vous rendez visite au prince Rainier ? Vous vous présentez chaque jour au commissariat ?

— Par chance, on n'en est pas encore arrivé là. Mais vous devez quand même laisser une piste assez visible : notes de restaurant, tickets de parking, reçus de station-service, notes de teinturier, d'épicier, ce genre de choses — et il vous faut aussi avoir une note de téléphone raisonnable. Vous savez comme les autorités françaises aiment les notes de téléphone. Autrement dit, vous devez établir sur le papier une présence permanente.

— Ah, fit Bennett.

— Je vois que vous y êtes.

— Je crois bien. Vous voulez que je sois vous.

— Sur le papier. Pour les six mois à venir, et ensuite

nous verrons ce que nous ferons. Je vous réglerai tous les mois en liquide, ce qui vous évitera tout problème fiscal. Bien entendu, vous occuperez mon appartement là-bas. Vous conduirez ma voiture, vous ouvrirez des comptes à mon nom chez les commerçants de Monaco ainsi que dans deux ou trois restaurants, vous signerez toutes les factures. Je vous donnerai un échantillon de ma signature : vous constaterez qu'elle est plus facile à imiter si vous la faites à l'envers. En quelques heures, vous attraperez le coup de main.

Poe fit un large sourire à Bennett en écartant les bras.

— Ce n'est pas un trop grand effort que je vous impose, n'est-ce pas ? Il me semble que le temps est bien choisi.

Bennett termina son cognac, résista à la tentation d'en prendre un autre et s'efforça de dissimuler l'excitation qu'il éprouvait à l'idée d'être payé pour vivre comme un millionnaire. Évidemment, c'était une arnaque, mais aux dépens d'une victime qui le méritait bien.

Poe vint saboter les bonnes intentions de Bennett en lui versant encore une goutte de cognac dans son verre.

— Qu'en dites-vous ? Des questions ? Des réserves ?

— Ma foi, je dois reconnaître qu'il y en a une ou deux, je veux dire, vous venez tout juste de faire ma connaissance et voilà que vous vous proposez de faire de moi un complice dans une affaire d'évasion fiscale.

— Est-ce que cela vous gêne ? Vous disiez vous-même que tout le monde triche. Cela va-t-il vraiment affecter qui que ce soit, à l'exception de vous et moi ? La France va-t-elle s'effondrer ? De vieux retraités vont-ils être jetés sur le pavé ? Des hôpitaux vont-ils fermer leurs portes ? Est-ce que cela va être une épreuve nationale qui se soldera par la débâcle du franc ? Le président de la République devra-t-il renoncer à ses copieux repas chez Lipp ou Dieu sait dans quel restaurant il va aujourd'hui ?

— Non, reconnut Bennett. Si on présente les choses comme ça, je pense que non.

— Alors, si nous admettons que notre conscience sociale ne souffre pas, qu'y aurait-il d'autre pour nous inquiéter ? Le risque d'être découverts ?

— Il y a toujours cette possibilité.

— Elle est minime, dit Poe. À moins, naturellement, que l'un de nous se montre indiscret. (Il haussa un sourcil et sourit.) Je peux vous promettre que ce ne sera pas moi.

— Mais à supposer – juste à supposer, simple hypothèse d'école – que ce soit *moi* qui me révèle peu discret. En fait (Bennett à présent s'enhardissait sous l'effet du cognac), à supposer que j'aie fait les six mois et puis... eh bien, que je veuille vous escroquer. Que je vous fasse chanter, ou je ne sais quoi ? Comment pourriez-vous avoir la certitude que je ne le ferais pas ?

Poe soupira, comme s'il expliquait une notion élémentaire à un enfant un peu obtus.

— Les transactions commerciales ne devraient jamais se fonder sur la confiance : vous l'avez, hélas, appris avec votre ami Brynford-Smith. (Il regarda Bennett un moment, pour le laisser s'imprégner de cette idée.) Je sais que ce ne sont que des hypothèses que nous évoquons : vous ne devez donc pas prendre cela à titre personnel. Mais si vous vous avisiez d'avoir un geste... embarrassant, je nierais vous avoir jamais rencontré, je vous attaquerais pour faux et usage de faux, vol et usurpation d'identité. Ce serait assommant pour moi, mais bien pire pour vous. Les avocats ne sont pas des enfants de chœur et les prisons françaises sont extrêmement déplaisantes. C'est du moins ce qu'on m'a dit.

Bennett vacilla.

— Je pourrais quitter le pays.

— Je pourrais vous retrouver. Ou plutôt, Shimo pourrait vous retrouver. C'est un homme plein de ressources.

Bennett se représenta soudain ce que le silencieux Japonais lui ferait : il ne s'agirait certainement plus de se voir offrir une coupe de champagne. Il examina l'expression affable et détendue de Poe. Le gaillard avait une façon amicale et discrète de vous menacer que Bennett trouvait infiniment plus crédible que des fanfaronnades.

Poe se mit à rire et s'approcha pour asséner à Bennett une grande claque sur l'épaule :

— Nous n'allons pas gâcher une agréable soirée. Ce peut être notre petit secret, un arrangement qui nous convient à tous les deux. Réfléchissez. Vous passerez l'été dans un grand confort, avec de l'argent dans vos poches. Moi, je resterai ici, là où j'ai envie d'être. Le seul à en pâtir sera le percepteur et j'estime que nous avons été tous deux plus que généreux à son égard dans le passé. (Il tira une dernière bouffée de son cigare et jeta le mégot dans le feu.) Et qui sait ? Peut-être pourrai-je vous aider à retrouver le marin disparu. J'ai pas mal de relations dans les Caraïbes.

Bennett s'imaginait déjà à Monaco : solvable, bien nourri, avec tout le temps d'organiser le restant de ses jours. Quelles étaient les alternatives ? Un travail de bureau, si jamais il parvenait à en trouver un. Conduire un prince saoudien d'un bout à l'autre de la Croisette. Ou bien encore un été à vivre au jour le jour dans le Luberon. Merde! N'était-ce pas le genre d'occasion qu'il avait espérée quand il avait fait passer cette annonce? Pourquoi ne pas la saisir? Pourquoi, pour changer, ne pas se la couler douce?

Il leva les yeux vers Poe.

– O.K. J'accepte.

– Je suis ravi. (Nouvelle claque sur l'épaule.) Laissez votre adresse et j'enverrai Shimo dans la matinée avec les détails. (Poe s'étira et bâilla.) Il va falloir me pardonner, mais j'ai besoin de mes huit heures de sommeil.

Ils sortirent dans la calme fraîcheur de la nuit, sous l'immensité du ciel noir piqueté d'étoiles. Installé au volant, Bennett jeta un coup d'œil en arrière et aperçut la silhouette de Poe qui se découpait sur le seuil éclairé, une main levée dans un geste d'adieu. Il sortit de la cour et les grandes portes se refermèrent derrière lui. Ç'avait été une soirée parfaitement orchestrée, comme elles devaient l'être toutes, se dit Bennett, chez Poe.

Shimo gara la grosse Citroën sur la place du village et remonta la rue à pied : son physique exotique et son costume noir cérémonieux attiraient les regards curieux d'un groupe de femmes qui bavardaient devant l'épicerie. Elles s'interrompirent pour regarder où il allait et échangèrent des hochements de tête en le voyant s'engager dans la ruelle qui menait à la maison de Bennett. Plus tard, elles ne manqueraient pas de demander à Georgette ce que cet Asiatique avait à faire avec son Anglais. Shimo ne leur accorda aucune attention. Il avait l'habitude d'être dévisagé avec cette grossièreté qu'ont les *gaïjin*.

Il frappa à la porte. Bennett vint ouvrir et les deux hommes échangèrent de solennelles salutations.

— Bonjour, monsieur Bennett.

— Bonjour, monsieur Shimo.

Georgette surgit de la cuisine, les yeux pétillants de curiosité sous la visière de sa casquette :

— Bonjour, bonjour. Alors, un petit café ?

Puis elle repartit dans la cuisine et éteignit la radio pour mieux écouter la conversation.

Bennett se grattait la tête tandis que Shimo, impassible, le regardait. Que Georgette participe à la rencontre à titre officieux pour aller ensuite en rapporter les détails à ses amies du village, et l'entrevue aurait toute la discrétion d'un journal télévisé. Descendre au café ne vaudrait guère mieux. Bennett décida de s'exprimer dans une autre langue.

— Je crois me souvenir que vous parlez anglais.

Shimo eut l'esquisse d'un sourire.

— Bien sûr. Je parle toutes les langues d'Europe.

Bennett poussa un soupir de soulagement.

— Alors, nous allons parler anglais. (De la tête il désigna la cuisine.) Elle n'en comprend pas un mot. Asseyons-nous ici.

— Vous voudrez peut-être prendre des notes, dit Shimo. Et, avant que nous commencions, je dois vous demander de me remettre la lettre que vous avez reçue de notre ami commun.

Bennett s'en alla chercher un bloc ainsi que la lettre de Poe ; Georgette arriva avec du café, essaya d'engager la conversation avec Shimo et repartit fort dépitée quand il l'eut remerciée en anglais.

– Voici.

Bennett fit glisser l'enveloppe bleue sur la table. Shimo s'assura que la lettre se trouvait à l'intérieur avant de la fourrer dans sa poche. Il alluma une cigarette et se mit à parler d'une voix basse et monocorde.

– L'adresse, c'est la résidence Grimaldi, avenue de Monte-Carlo, juste à côté de la place du Casino. Les deux derniers étages. La voiture est une Mercedes 380 SL bleu marine, avec des plaques monégasques. La vidange a été faite la semaine dernière. Vous la trouverez dans le garage en sous-sol. Il y a juste à côté une place disponible pour votre voiture. Des comptes ont été ouverts dans trois restaurants : la Coupole, le Louis XV et le café Roger Vergé. Vous signerez les additions. Quand vous les recevrez à la fin du mois, appelez-moi pour m'en donner le montant. Des chèques vous seront adressés que vous enverrez ensuite du bureau de poste de Monaco. Même arrangement pour les notes de téléphone, d'électricité ainsi que pour les tickets de parking. Veillez à en avoir trois ou quatre par mois. Tout est clair pour l'instant ?

Bennett leva le nez de ses griffonnages.

– Ça ne me paraît pas trop compliqué. Dites-moi, est-ce que quelqu'un vient dans l'appartement faire le ménage ?

Shimo écrasa sa cigarette.

– La précédente femme de ménage a été renvoyée aux Philippines. Vous en engagerez une autre. (Il eut un petit geste de la tête en direction de la cuisine.) Pas elle. Et payez en espèces.

– Ah, fit Bennett. Il y a autre chose que je voulais vous demander. Je suis un peu à court pour le moment. Des factures à payer ici...

Shimo l'arrêta d'un geste : Bennett remarqua pour la première fois le renflement prononcé des jointures sur les doigts du milieu de sa main et l'arête de peau durcie qui courait comme une carapace sur le côté de sa paume. Bien commode pour briser les briques ou les nuques.

— Vingt mille francs vous seront remis à l'appartement le 15 de chaque mois. (Il prit dans sa poche une enveloppe beige.) Voici le premier versement. Les clefs de la voiture et de l'appartement sont dedans ainsi que la signature de notre ami. Je vous appellerai à Monaco demain soir à huit heures pour m'assurer que vous vous êtes installé sans problème. (Il consulta sa montre.) Pas de questions ?

Bennett examina un moment ses notes, puis secoua la tête.

— Non. Tout cela me semble assez simple.

Shimo se leva et Bennett le raccompagna jusqu'à la porte. Le Japonais se retourna et s'inclina.

— Je vous souhaite un agréable séjour à Monaco.

Il parvint à lancer cette phrase comme un ordre.

De retour dans le salon, Bennett trouva sa Sherlock Holmes en casquette de base-ball qui rangeait les tasses à café sur un plateau et contemplait d'un air désapprobateur les restes réduits en poussière de la cigarette de Shimo.

— Alors, fit-elle. Un Japonais. Vous aviez sans doute à faire avec lui.

Bennett réfléchit une seconde.

— À vrai dire, Georgette, j'envisage d'acheter une voiture. Une Toyota. De très bonnes voitures, les Toyota. Très fiables.

— Mais pas bon marché.

Georgette pencha la tête, à l'affût d'un complément d'information.

Bennett prit une profonde inspiration.

— Absolument. Mais j'ai ce travail à faire pour les quelques mois à venir : beaucoup de déplacements. En fait, il faut que je parte demain. (Il vit Georgette froncer les sourcils.) Mais ne vous inquiétez pas. Je veillerai à ce que vous ayez votre argent.

— Et qui va s'occuper de vos vêtements ? Qui va laver et raccommoder ? Qui va traiter vos chemises comme si c'étaient des bébés ? Hein ?

— Ne vous inquiétez pas de cela non plus. Je descendrai dans des hôtels.

Georgette souffla une éloquente bouffée d'air entre ses lèvres pincées.

— Ah, ces barbares, ils utilisent l'amidon comme si c'était de la confiture. C'est ce qu'on m'a dit.

Ce soir-là, tandis que Bennett se préparait à une absence prolongée, Georgette se rendit au café Crillon pour sa dose quotidienne de pastis et de cancans. Comme d'habitude, M. Papin se remettait au bar d'une épuisante journée passée à escroquer des sommes modiques et à décacheter des enveloppes à la vapeur. Trois des dames du village lui avaient déjà parlé de l'étranger qui était venu rendre visite à Bennett : très inhabituel, un Japonais en complet veston. Il abandonna donc son siège pour aller se glisser à côté de Georgette, prêt à recueillir des renseignements.

— Et alors, ma belle, vous avez eu de la visite aujourd'hui ? murmura-t-il sur le ton de la confidence : on aurait dit qu'il lui proposait un rendez-vous derrière le café.

Georgette, qui se refusait à avouer qu'elle ne savait rien de ce qui s'était dit, et surtout pas à Papin qu'elle détestait, prit son temps avant de lui lancer un regard en coulisse d'un air entendu.

— Ce ne sont pas vos affaires. Certaines choses sont confidentielles.

Elle prit une bonne gorgée de pastis et frémit de plaisir en sentant descendre l'alcool.

— Le Japonais avait une très belle voiture. Une grosse Citroën. Et un complet. C'était certainement quelqu'un de sérieux. Un ami de M. Bennett, peut-être ?

— Papin, je vais vous dire une chose, mais rien de plus. M. Bennett quitte le village demain, pour certaines raisons. Je ne suis pas autorisée à vous dire lesquelles.

Papin hocha la tête et se tapota le côté du nez.

— Il va vouloir qu'on fasse suivre son courrier.

— Oui, dit Georgette. Chez moi. Sans l'ouvrir, si possible.

Elle vida son verre, le posa bruyamment sur le comptoir et, satisfaite, quitta le café. Ce petit salaud, qui essayait de fourrer son nez dans ses affaires. Enfin, pas exactement ses affaires, mais presque.

5

Georgette avait insisté pour faire les bagages de Bennett : elle avait mis chaque chaussure dans un sac en plastique séparé, emmailloté ses chemises dans du papier de soie, disposé comme il fallait chaussettes, caleçons et cravates, sans cesser de marmonner en évoquant la brutale incompétence des blanchisseries commerciales et les dangers permanents que faisait peser la présence de mites voraces dans des penderies d'hôtel inconnues et, à n'en pas douter, sommairement nettoyées. Bennett aurait bien aimé l'emmener avec lui. Elle n'était jamais allée plus loin qu'Avignon, une heure de voiture : un duplex à Monaco lui semblerait un autre monde.

— Georgette, vous allez me manquer.

— Pouf.

— Si, je vous assure. Mais je resterai en contact. Je suis certain que je reviendrai de temps en temps.

Georgette renifla, lissa une dernière feuille de papier de soie sur un trio de chandails pliés épaule contre épaule et referma la valise au cuir éraillé avec un grognement de satisfaction.

— Voilà.

Bennett tâta ses poches de veste : il sentit le gonfle-
ment rassurant des billets. Avec les clefs, son passeport
à tout hasard. Il était prêt à partir.

— Allons, fit-il. Faites attention à vous.

— Si quelqu'un vous demande ? Qu'est-ce que je
dirai ?

— Dites que je suis en voyage. (Il prit la valise.) Je
vous enverrai une carte postale. Des tas de cartes postales.

Georgette abandonna toute autre tentative pour
arracher des renseignements à Bennett. Elle renifla de
nouveau et lui administra quelques tapes sur le bras.

— N'oubliez pas de changer de chaussettes.

Sur l'autoroute, Bennett, au volant de sa petite voiture, maintenait une vitesse de cent vingt kilomètres à
l'heure, se rabattant pour laisser passer en trombe les
BMW et les Mercedes dont les tuyaux d'échappement
lâchaient une bouffée dédaigneuse.

En passant devant les panneaux annonçant les sorties pour Cannes et Antibes, il jeta un coup d'œil à sa
montre. Trop tard pour déjeuner. D'ailleurs, il avait
hâte de voir sa résidence d'été et de découvrir ce
monde à part que Brynford-Smith avait toujours
appelé, avec un rien d'envieux ressentiment, Million-
naires-sur-Mer. Il quitta l'autoroute à Nice pour
prendre la route qui serpente le long de la côte. Il passa
Villefranche, Beaulieu et Èze, en évoquant les bons
moments qu'il avait passés avec diverses filles dans
divers hôtels à l'époque où la conclusion appropriée
d'un tournage réussi à Paris, c'était un week-end sur la
Côte d'Azur. On appelait ça partir en repérage,

jusqu'au jour où le comptable de la société avait mis le holà quand Bennett avait tenté de justifier l'achat et la consommation d'un margaux 1973 en déclarant qu'il s'agissait de rafraîchissements pour l'équipe.

Il arriva à Monaco, en se trouvant soudain minable dans sa petite voiture poussiéreuse. Il tourna à droite pour prendre la rue qui descendait au port puis s'arrêta pour s'orienter.

Monaco est minuscule. La principauté tout entière tiendrait à l'aise dans une partie seulement du Bois de Boulogne : au long des années, l'extension et le développement s'étaient donc faits vers le haut et la plupart des quelque vingt mille résidents occupaient de mini-gratte-ciel. Comme leur doyen est un prince et l'actuel représentant de la plus vieille dynastie régnante du monde, il est logé de façon plus spacieuse : il occupe un palais avec fanfare, gardes et une batterie de vétustes canons chargés de repousser tout envahisseur prêt à s'arracher aux tables de jeu. Des policiers nombreux, des uniformes impeccables. Le crime c'est une chose dont on entend parler dans la presse étrangère. Monaco est un endroit où l'on n'a pas de souci à se faire pour son argent.

Bennett fit lentement le tour du port, s'engagea dans la côte qui mène au casino et découvrit la rampe donnant accès au garage installé sous la résidence Grimaldi. Il ouvrit la barrière avec sa clef, se faufila prudemment devant l'impressionnant capot d'une Rolls-Royce blanche et vint se garer sur la place libre auprès de la Mercedes de Poe. Tout était comme l'avait annoncé Shimo. Il descendit de voiture et se dégourdit le dos tout en inspectant ce qui aurait pu être une salle d'exposition souterraine pour automobiles de luxe. La Peugeot était de loin la plus petite et assurément la plus sale des voitures qui s'offraient au regard. Il se demanda si à Monaco on était passible d'une amende pour être en possession d'un véhicule non lavé.

L'ascenseur, avec moquette et miroirs, l'amena jusqu'au penthouse avec un soupir hydraulique résigné, comme s'il n'avait pas l'habitude de transporter une valise aussi vieille et fatiguée par les voyages. Bennett traversa un petit couloir, ouvrit une porte sur laquelle on n'apercevait que l'œil rond et noir d'un judas.

De toute évidence, Poe était un homme qui aimait les panoramas grandioses. Par la baie vitrée du salon, au-delà de la terrasse avec ses bacs de géraniums et de lauriers-roses, Bennett apercevait les rides de la Méditerranée qui scintillaient sous le soleil de l'après-midi. La pièce était fraîche et moderne : verre, acier brossé et cuir. Aucune touche personnelle à l'exception de quelques livres, d'une pile de disques compacts auprès de la chaîne stéréo et d'une collection d'affiches de voyage encadrées et signées des années 30, vantant les charmes hivernaux de Cannes et de Monte-Carlo. Au fond, un escalier en colimaçon donnait accès à l'étage inférieur : Bennett constata qu'on avait abattu toutes les cloisons pour ne faire qu'une immense suite de maître comprenant chambre à coucher, vestiaire et salle de bains, un arrangement qui était le comble de l'égoïsme et du confort. Rien n'était prévu pour héberger quiconque n'était pas disposé à partager le lit de Poe. Bennett posa sa valise, ouvrit les portes coulissantes et déboucha sur une autre terrasse un peu plus petite exposée plein est. Une terrasse pour les levers de soleil. Il faisait doux, dix bons degrés de plus que dans le Vaucluse. Regardant les petits voiliers qui tiraient des bords sur les eaux étincelantes de la baie, Bennett eut le sentiment que pour lui la chance avait tourné. L'été ici n'allait pas être trop pénible.

Il avait bien le temps de défaire ses bagages. Il fallait faire quelques courses, faire prendre un peu d'exercice à la Mercedes, récolter quelques contraventions pour stationnement illicite. Il prit l'ascenseur jusqu'au garage, passa quelques minutes assis dans la voiture de Poe à régler le siège et les rétroviseurs, à savourer l'odeur du cuir, la sonorité de la portière qui se refermait comme une porte de chambre forte, le feulement du moteur lorsqu'il le mit en marche. C'était un autre monde que la petite Peugeot, une machine qui encourageait un style de conduite différent, plus détendu. La voiture, semblait-il, avait la priorité en option et Bennett observa chez les autres conducteurs une déférence dont il n'avait pas l'habitude. Peut-être n'était-il tout simplement pas question de laisser les querelles de circulation, tout comme le crime, la pauvreté et les impôts, venir troubler le rythme doux et plaisant de la vie monégasque.

Bennett fit plusieurs arrêts – pour acheter du vin, du pain, du café, du lait et une paire de lunettes de soleil Armani pour fêter tout cela –, mais il ne réussit pas à avoir de contravention. Une Mercedes jouissait-elle d'une immunité ? Il décida de mettre à l'épreuve l'indulgence de la police. Il laissa la voiture auprès des marches du casino tandis qu'il traversait la rue pour se rendre au Café de Paris, non sans s'arrêter à l'entrée pour acheter un exemplaire du Gault et Millau, la bible des restaurants. Il choisit une table en terrasse et

commanda une bière à un garçon qui arborait encore
son sourire de début de saison avant de le remplacer en
août par le visage renfrogné du serveur surmené.

Assis au soleil, Bennett profitait d'une vue somp-
tueuse. À sa gauche, la masse rococo du casino, que ses
habitués les moins fortunés appelaient jadis la cathédrale de l'enfer. Sur sa droite, les statues et les parterres
méticuleusement taillés et arrosés des jardins du casino.
Un peloton de jardiniers évoluait lentement parmi les
palmiers, en quête de toute mauvaise herbe assez
imprudente pour tenter sa chance dans un décor aussi
magnifique. Juste en face, l'Hôtel de Paris, où était née
la crêpe Suzette, si commodément situé pour tout
client auquel prendrait l'envie d'investir quelque
argent à la roulette ou au black-jack. Bennett observa
l'obséquieuse agitation qui se déployait à l'entrée de
l'hôtel : un homme très âgé, accompagné d'une femme
très blonde, apparut et fronça les sourcils en voyant le
soleil avant de traverser à petits pas jusqu'au casino où
des mains empressées le gratifièrent d'un véritable
massage en lui faisant monter les marches avant
d'accéder à l'atmosphère éternellement crépusculaire
des salles de jeu.

La bière arriva, accompagnée d'un ticket annonçant
à Bennett qu'il lui en coûterait trente francs, exactement trois fois ce que Léon lui faisait payer au café de
Saint-Martin. Mais au diable l'avarice, se dit Bennett.
Ce soir, il signerait l'addition au lieu de la payer. Il se
pencha sur les pages de son Gault et Millau pour chercher l'inspiration. Il étudia la description des trois restaurants que lui avait signalés Poe et décida de
commencer tout en haut, en goûtant la cuisine d'Alain
Ducasse au Louis XV, un des douze restaurants de

France à se voir accorder un 18 sur 20, et fort probablement un établissement plus cher qu'aucun de ceux où il avait pris un repas depuis des années. Il se félicita de ne pas avoir déjeuné.

L'idée du dîner lui rappela les devoirs qu'il avait à faire : un petit peu de contrefaçon, quelques exercices manuels pour reproduire les pleins et les déliés de la signature de Poe. Il laissa un pourboire au garçon, ce qui lui valut un petit salut de la tête, et se dirigea vers la Mercedes pour trouver enfin une contravention sur le pare-brise. Il la fourra dans sa poche avec le sentiment d'avoir accompli sa mission, puis il tourna le coin jusqu'à sa nouvelle résidence.

Le soleil du soir baignait encore la terrasse, ses dernières lueurs dorant les murs du living-room. Bennett examina la discothèque de Poe, essentiellement composée d'opéras – il se demanda au passage s'il aurait une chance d'entendre sa mère dans les chœurs –, et il choisit une sélection d'arias chantées par Freni. La musique qu'il fallait pour un faussaire, songea-t-il. S'agissait-il d'un crime ou bien l'autorisation du propriétaire de la signature le lavait-il de toute accusation ? Bah, c'était une question purement académique. Il était bien ici et c'était Poe qu'il allait être. Il s'installa sur le canapé devant la table basse avec un bloc de papier et le spécimen de signature. Comme Poe l'avait conseillé, il la retourna à l'envers pour les premières tentatives. Cela lui rappelait les punitions à l'école : écrivez cent fois *Je ne dois pas bavarder en classe. Un élève bavard est un élève ignorant.* C'était plus facile de copier simplement quatre lettres et, au bout d'une heure, sa version de *J. Poe* ressemblait suffisamment à l'original pour subir l'examen d'un serveur un peu las.

Un des livres posés sur la table attira son regard : un volume noir et carré avec la photographie d'une main rugueuse et maculée de terre tenant une motte noire et grêlée. Le titre, en blanc, annonçait : *La Truffe : les mystères du diamant noir.* Il feuilleta l'ouvrage. Il y avait des photographies de chiens creusant la terre, d'autres mains crasseuses tenant des truffes ou des liasses de billets, de visages ridés et hâlés. Et, au début d'un chapitre intitulé « Escroqueries sur la truffe », plusieurs feuilles de papier couvertes de notes et de chiffres de l'énergique écriture de Poe. Intrigué, Bennett les prit pour les lire pendant le dîner.

Sa connaissance des truffes ne se limitait pas totalement à une extravagante gastronomie occasionnelle. On ne pouvait vivre un certain temps en France sans se rendre compte de l'importance – mieux, de la vénération – que l'on accordait à ces champignons au parfum puissant. Ils étaient les joyaux noirs et contrefaits de la couronne de France gastronomique. Leur cours figurait dans les journaux. Dans les bars et les restaurants de tout le pays, on discutait de leur qualité, qui variait d'année en année. De Lille à Carcassonne, les gourmets patriotes proclamaient leur supériorité sur la truffe blanche italienne et malheur à qui n'était pas d'accord. Dans les pays anglo-saxons, on dit que la propreté se situe juste après la sainteté : les Français, eux, donnent la préséance à l'estomac sur l'eau et le savon, et la truffe est une véritable icône. D'ailleurs, on avait déjà vu à l'église paroissiale de Saint-Martin célébrer une messe de la truffe pour fêter une saison particulièrement bonne. Autrement dit, les truffes étaient quasiment des objets sacrés : et s'y ajoutait le prestige de coûter des sommes extravagantes. Ou bien, à condition d'avoir les relations qu'il fallait, rien du tout.

Bennett avait jadis passé une journée de janvier d'un froid mordant sur les pentes du mont Ventoux, en compagnie de Bertrand, l'oncle de Georgette, qui avait pour occupation hivernale le braconnage des truffes. Tout le village était au courant, mais les gens gardaient le silence, soudoyés par la judicieuse distribution du butin à laquelle procédait Bertrand. Il ne vendait jamais ses truffes. L'excitation de les découvrir, la joie de ne pas les payer, le plaisir de les déguster, c'était là une récompense suffisante. Oncle Bertrand opérait avec une chienne teckel musclée et basse sur pattes : Bennett les imaginait tous les deux, l'homme accroupi, sondant prudemment le sol avec son pic à truffe, le chien crispé d'excitation regardant la scène. Ç'avait été une bonne journée, qui s'était terminée dans la cuisine de Bertrand avec la meilleure omelette que Bennett eût jamais dégustée. Ce souvenir lui fit tendre la main vers le téléphone. Il réserva une table au Louis XV et s'assura qu'on avait bien ouvert le compte. « Bien sûr, monsieur Poe, bien sûr. À très bientôt », répondit au bout du fil une voix vibrante d'une cordialité professionnelle. Comme les gens sont aimables avec les riches, songea Bennett. Il descendit se doucher, accueilli par les accents de *La Traviata* que déversaient les haut-parleurs de la chambre et de la salle de bains aux proportions olympiques.

Une demi-heure plus tard, vêtu d'un costume de légère flanelle grise, d'une chemise blanche et d'un nœud papillon à pois serré sans excès, il sortit sur la terrasse avec un verre de vin et contempla les palmiers illuminés et la côte de Monaco étincelante dans la nuit. On sentait dans l'air un certain éclat, cette impression fugitive, indéfinissable et magique. Un des meilleurs dîners d'Europe l'attendait. Il ne lui manquait qu'une camarade de jeux, quelqu'un pour partager sa nouvelle existence de boulevardier subventionné. Demain, il passerait quelques coups de fil pour voir si l'une de ses anciennes petites amies avait réussi à éviter la Volvo, la maison de campagne et les deux enfants qui avaient retiré de la circulation un si grand nombre d'entre elles.

Il revint à l'intérieur pour remplir son verre, s'arrêta en entendant la sonnerie du téléphone et regarda sa montre. Huit heures.

– Ici Shimo. Tout va bien?

– On ne peut mieux. J'ai même réussi à avoir une contravention.

– Il n'y a donc pas de problèmes? Personne n'a téléphoné?

– Non. Pourquoi? Quelqu'un doit appeler?

Il y eut un bref silence.

– Non. Sans doute pas. Vous avez le numéro ici?

– Bien sûr.

– Parfait.

Bennett regarda le combiné d'où ne venait plus que la tonalité et haussa les épaules. Notre M. Shimo, se dit-il, n'est pas homme à bavarder. Ou alors il est en retard pour sa séance de karaté.

À trois cents kilomètres de là, Shimo faisait son rapport à Poe.

– Il est là-bas. Il dit qu'il n'y a pas de problème et que personne n'a appelé.

Poe tendit la main vers le plat d'olives noires posé devant lui, en choisit une et la contempla d'un air songeur.

– Je ne pense pas qu'il appellera. Vous savez combien il se méfie du téléphone. Quand doit-il faire sa livraison ?

– Samedi soir. J'appellerai Bennett un peu avant pour lui dire de rester dans l'appartement.

– Très bien. (Poe mordit dans l'olive.) Ça fait long-temps, Shimo, n'est-ce pas ?

Le Japonais faillit sourire.

– Ça valait la peine d'attendre, monsieur Julian. Ça valait la peine.

On conduisit Bennett jusqu'à sa table dans la grande salle aux moulures dorées, il se laissa persuader d'accepter une coupe de champagne et se mit à songer aux plaisirs de dîner tout seul. Il se rappelait l'histoire qu'on lui avait racontée à propos d'un bon parti fort coté dans les milieux mondains de Londres, cible de toute mère ayant une fille à marier. Une douairière particulièrement ambitieuse et obstinée, agacée de constater qu'il n'était pas libre tout de suite, mais bien décidée à le prendre au piège, l'invita à un dîner trois mois à l'avance. Avec une courtoise lenteur, il prit son agenda, tourna les pages jusqu'à la date en question et secoua la tête d'un air navré : « Quel dommage, fit-il. Je dîne seul ce soir-là. »

C'était une histoire qui enchantait Bennett. Il avait un certain goût pour la solitude, sans doute hérité de son père : il n'aimait parfois rien tant que faire un bon dîner arrosé de bons vins, lentement et sans avoir l'esprit distrait par un échange de banalités.

Bennett se plongea dans son menu. Après un bref examen, ravi mais indécis, il renonça. Il y avait là trop de choses, tout cela paraissait merveilleux : il décida de faire appel à un professionnel, ce qui n'était jamais une mauvaise idée dans un établissement sérieux. Un imperceptible haussement de sourcils suffit à faire accourir le maître d'hôtel.

– Monsieur Poe ?

– Je m'en remets à vous. Qu'est-ce que vous me conseillez ? Quelque chose de léger, ce serait parfait.

La première partie de la conférence dura cinq minutes. Puis on convoqua le sommelier : le maître d'hôtel et lui hochaient gravement la tête à l'unisson tout en discutant bouquets, textures, vignobles et années. Carré dans son fauteuil, Bennett se sentait le roi du monde. Voilà deux grands experts, connaissant la moindre nuance de la gastronomie, qui s'inquiétaient de l'exacte combinaison de goûts qui lui donnerait le plus grand plaisir au cours des deux heures à venir. La dernière fois qu'il avait pris un repas dehors, ç'avait été au café, avec des serviettes en papier et un menu à cinquante francs.

Les deux hommes s'éloignèrent d'un air affairé et un pimpant serveur vint se livrer à un petit ballet autour de l'argenterie et des verres de Bennett, déplaçant le petit vase de fleurs fraîches d'un centimètre sur la gauche, lissant un pli imaginaire sur la nappe. Bennett prit les notes de Poe sur la truffe et se mit à les lire.

La première page s'ouvrait sur une citation anonyme : « L'homme a inventé la vaccination, les antibiotiques, l'ordinateur. Il sillonne le cosmos et plante des fanions sur la lune. Mais jusqu'à maintenant il n'a pas réussi à faire pousser des truffes. » En dessous, un simple tableau montrait les récoltes successives de truffes en France, depuis un sommet de plus de mille tonnes en 1905 jusqu'à seulement soixante-neuf tonnes en 1987. La projection pour 1995-1996 était encore plus basse : une malheureuse vingtaine de tonnes en face d'une demande estimée de soixante à quatre-vingts tonnes. Bennett but une gorgée de champagne d'un air songeur. Pas étonnant que les épiceries de luxe à Paris puissent exiger huit mille francs le kilo. C'était un marché à la hausse. Bennett essayait de calculer ce que rapporterait une tonne quand le murmure déférent du sommelier lui fit lever la tête. « Chassagne-montrachet 1992. » Il découpa la capsule, déboucha la bouteille avec le respect qui s'imposait, puis le nez de Bennett eut droit à l'arôme du nectar. Il rangea les notes de Poe tandis que le serveur arrivait avec le pre-mier plat.

Des asperges nouvelles, tièdes, vert et violet baignant dans une délicate émulsion d'huile d'olive et de vinaigre balsamique : une œuvre d'art sur un plat, la dernière goutte de jus méritant d'être saucée avec un pain qui rappelait à Bennett la révélation qu'il avait eue bien des années auparavant de sa première authentique miche française. Quand son assiette eut l'air d'avoir été léchée par la langue d'un chat, il revint au texte de Poe.

Ses notes ne témoignaient pas que d'un penchant éphémère pour les truffes : Bennett se trouva de plus en plus intéressé et de plus en plus curieux. Poe essayait-il de les cultiver ? Pourquoi avait-il souligné un passage en particulier ? « Une spore provenant d'une truffe de l'an passé se trouve, au moment de la putréfaction, transportée (par un insecte, un animal, la pluie ou le vent) dans la terre. Elle germe pour donner un embryon de champignon dont la partie végétative ou mycélium est formée de filaments souterrains appelés hyphes. Ceux-ci s'attachent aux racines des arbres dont la sève nourrit la truffe parasite, un phénomène de symbiose connu sous le nom de mycorhize. » Cette remarque était suivie de notes sur les types de sol, l'orientation, l'altitude, la pluviosité, les espèces d'arbres et une analyse région par région de la production apparemment déclinante de la truffe en France.

Cette pénurie toutefois n'avait pas affecté Monaco, comme Bennett le découvrit avec son plat principal, un colineau à peine sorti de la Méditerranée, grillé sur un feu de bois, enrobé de beurre fondu et d'une purée de truffes et servi avec du basilic à peine frit. Il ne se souvenait pas avoir rien goûté de si délicat.

Vint alors le paisible rituel de débarrasser la table avant le dernier plat : on ôta les assiettes, on ramassa les miettes de pain dans un cercueil d'argent miniature, on lissa les plis de la nappe, on disposa les couverts à dessert. Bennett pendant ce temps sirotait son vin en regrettant de ne pas pouvoir emporter avec lui ce qui restait de la bouteille. Les vins ordinaires, il les buvait à grandes lampées, mais son rythme de consommation tombait en chute libre quand il avait la chance de déguster un cru exceptionnel. Il y avait du vrai, se dit-il, dans les propos de ceux qui déclaraient plus économique de n'acheter que de grands crus. Il suffisait de trois ou quatre cent mille francs pour démarrer. Sur une ultime et longue gorgée, il écarta son verre et regarda le garçon déposer devant lui le gratin de fraises des bois aux pignons, comme un suppliant apportant son offrande aux dieux. À quoi ressemblerait une telle vie ? Ce serait grisant, se dit Bennett. Et là-dessus, il plongea dans le gratin une cuillère avide.

Tout en buvant son café accompagné d'une fine, il arriva à la fin des notes. La dernière partie était consacrée aux calculs de Poe, fondés sur un prix moyen de vente au détail de quatre mille francs le kilo. Dans la marge, Poe avait écrit : « Cinq tonnes minimum par an », et il l'avait énergiquement souligné. Sur la base de ce prix, qui était plutôt raisonnable, Bennett calcula que cinq tonnes de truffes vaudraient vingt millions de francs, soit quatre millions de dollars. Par an. Bonté divine. Était-il acheteur, ou vendeur ? De toute façon, ce dîner quatre étoiles improvisé n'était qu'une goutte d'eau dans la mer et Bennett signa l'addition de son nouveau nom avec un grand paraphe, ajoutant un pourboire impressionnant. Les bonnes nouvelles de ce genre ne voyagent nulle part plus vite que dans un restaurant : quand il partit, Bennett fut raccompagné par le maître d'hôtel et le sommelier en personne, qui tous deux exprimèrent le profond et sincère désir de le revoir très prochainement.

Je n'y manquerai pas, se dit Bennett. Il fit le tour des jardins du casino et regagna son lit démesuré, extrêmement satisfait de sa soirée.

6

Les carrelages de la grande terrasse gardaient encore leur fraîcheur matinale sous les pieds nus de Bennett lorsqu'il dressa la table du petit déjeuner : café, lunettes de soleil, carnet d'adresses et téléphone. Le ciel était d'un bleu de carte postale, avec juste un petit panache de nuage suspendu au-dessus de ce qui servait de toile de fond à Monaco, la montagne de la Tête de Chien. On sentait déjà la chaleur et Bennett ôta son peignoir en tissu éponge pour laisser le soleil agir sur sa peau pâlie par l'hiver. Il avait hérité de sa mère une pigmentation d'Italien : dans une semaine il serait couleur chocolat, transformation annuelle qui ne cessait jamais de le combler. Malgré les médecins qui secouaient la tête en le mettant en garde contre les horreurs d'un épiderme frit par le soleil et d'un vieillissement prématuré, rides ou non, Bennett se sentait mieux quand il était bronzé. Il déplaça son fauteuil de façon à pouvoir s'asseoir en plein soleil et se mit à feuilleter son carnet d'adresses pour y trouver de la compagnie.

L'histoire de ses relations avec les femmes avait suivi un tracé que connaissent de nombreux célibataires qui

préfèrent le rester : une succession de liaisons auxquelles venait mettre fin, parfois à l'amiable, parfois
pas, le tic-tac de plus en plus insistant de l'horloge bio-
logique. Phénomène parfaitement naturel, Bennett
devait en convenir mais, malgré tout, des allusions et
des propos murmurés à minuit sur le mariage, les joies
de se bâtir un nid et de faire des petits Bennett avaient
sur lui le même effet qu'un seau d'eau froide sur un
chien plein d'ardeur.

Il se rendait compte, il l'espérait parfois, que cela
pourrait changer un jour, mais il faudrait pour cela une
femme qu'il n'avait pas encore rencontrée. En attendant, ce serait sans doute le cocktail habituel de désir et
d'affection. Il n'y avait d'ailleurs pas grand mal à cela,
aussi longtemps que cela durait. Il parcourut les noms
de son carnet d'adresses, évoquant, parfois non sans
mal, les circonstances de ses divers départs. Chantal
était en larmes, mais elle avait fait front. Karine l'avait
accusé d'être un misogyne qui s'ignorait et lui avait
conseillé de grandir un peu. Marie-Pierre lui avait jeté
un vase de fleurs à la tête. Ou bien était-ce Rachel ? Se
trouver une compagnie féminine pour l'été n'allait pas
être tout à fait aussi facile qu'il l'avait pensé.

Son doigt s'arrêta à la lettre S et il se souvint d'une
semaine qu'il avait passée à Londres pour un tournage
voilà deux ans : une fille aux cheveux de soleil, un dîner
au Caprice, des draps en désordre, des promesses de
téléphoner de Paris. Pourquoi ne l'avait-il pas fait ?
Sans doute était-il trop occupé à éviter les projectiles de
Marie-Pierre. Il hésita. Valait-il mieux tard que
jamais ? Il opta pour l'affirmative et appela le numéro
de bureau qu'elle lui avait donné.

— Prestige Films, bonjour.

— Allô ? Pourrais-je parler à Susie Barber, je vous prie ?

Bennett but une gorgée de café, s'attendant un peu à s'entendre répondre qu'elle ne faisait plus partie de la maison. Deux ans dans la production cinématographique, où on change presque aussi souvent d'emploi que de coiffeur, ça fait long. Peut-être lui avait-on proposé d'aller travailler à Los Angeles. Peut-être avait-elle un amant, un mari, un bébé. Peut-être ne se souvenait-elle même plus de lui. Son cortège de pensées pessimistes fut interrompu par un « Allô » très professionnel, suivi du bruit d'une cigarette qu'on allume, et dont on tire la première bouffée. Elle lui avait confié, il s'en souvenait, qu'elle ne pouvait jamais passer ou prendre un appel téléphonique sans fumer.

— Susie ? C'est Bennett. Comment ça va ?

Un silence. Une bouffée qu'on exhalait.

— Bien. Un peu étonnée, pour tout dire.

— Écoute, je suis désolé. Je sais que j'avais dit que j'appellerais de Paris...

— Tu l'as fait ?

— Oui. Enfin, non. Je veux dire : je n'ai pas appelé. Quand je suis rentré, ça a été une catastrophe après l'autre : un des réalisateurs s'est fait virer la veille d'un tournage et j'étais dans la mélasse jusqu'au cou...

— Bennett ?

— Oui ?

— C'était il y a deux ans.

— Je sais, je sais. Qu'est-ce que je peux dire ? Suze, j'étais l'esclave de mon travail, une brute sans égards, poussé par l'ambition, passant ses jours et ses nuits à son bureau, les yeux cernés par l'insomnie, même plus le temps pour ce que la vie peut vous apporter de merveilleux, comme toi. Mon Dieu, j'étais dans un état... Pas sortable.

– Tu as fini ? J'ai une matinée plutôt chargée.

Mais elle ne raccrocha pas et Bennett s'empressa d'enchaîner.

– Aujourd'hui, tout ça a changé. Je me suis amendé. À vrai dire, j'ai pris ma retraite. (Pas de réaction. Mais Bennett sentit la curiosité à l'autre bout du fil : il en profita.) En fait, je suis en train de réfléchir à ce que je vais faire. Je suis à Monaco. Et Monaco te plairait, Suze : un climat chaud et ensoleillé, une terrasse qui donne sur la mer, des flics courtois, une cuisine admirable, des indigènes sympathiques. Nous pourrions passer des moments formidables.

– Nous ?

– Je t'invite, Suze. Je paierai ton billet, je t'apporterai du champagne au lit, je te frictionnerai le dos avec de l'Ambre solaire, je ferai couler ton bain, je rincerai ton raisin, je t'emmènerai en excursion dans les jardins du casino, tout ce que tu voudras. J'ai de très bons côtés, je t'assure. Gentil, prévenant. Et propre, tu verras.

– Lèche-bottes.

– Merveilleux. Quand peux-tu venir ?

– Je n'ai pas dit que je venais. Comment sais-tu que je ne suis pas avec quelqu'un d'autre ?

– Ah ! J'espérais un peu que tu te serais peut-être gardée pour moi, toute prête à apporter bonheur et réconfort au cœur d'un homme esseulé. Tu ferais une bonne action, Suze. Et tu bronzerais par la même occasion. Quel temps fait-il à Londres ? Comme d'habitude ? Gris et humide ? Ici, il fait vingt-cinq degrés et il y a du soleil. Je suis en train de prendre le petit déjeuner sur la terrasse.

– Va te faire voir.

Mais il n'en fit rien et, au bout de cinq autres minutes passées à la cajoler, à la flatter, à lui proclamer sa dévotion, elle accepta de prendre le premier vol pour Nice samedi matin. Bennett raccrocha, plein d'une délicieuse impatience. Il nota dans sa tête d'acheter des fleurs et de bourrer le frigo de provisions, puis il passa le restant de la journée allongé au soleil, comme un lézard.

La semaine s'écoula dans une brume de chaleur et de bonne chère. Bennett essaya les deux autres restaurants que lui avait conseillés Poe et les trouva tous deux excellents. Franchissant la frontière, il fit une brève expédition en Italie pour aller faire ses courses au marché de Vintimille. Tous les soirs, il s'arrêtait au Café de Paris pour prendre l'apéritif et regarder défiler les passants. Chaque jour, comme le lubrifiant de l'argent venait aplanir les aspérités de l'existence, il se sentait de plus en plus à l'aise dans son rôle de riche oisif. Il découvrait que s'il faut des années pour accepter l'adversité, on s'habitue presque du jour au lendemain à la bonne fortune.

La seule imperfection dans cette semaine de béatitude solitaire, ce fut un coup de téléphone de Shimo donnant pour consigne à Bennett de rester à l'appartement samedi soir afin de recevoir une livraison pour Poe. C'était important, déclara Shimo de sa voix blanche et monotone. Lui viendrait chercher l'article en question un peu plus tard le même soir. Bennett avait-il bien compris?

Bennett avait compris. Il avait prévu d'emmener Susie au Louis XV mais, après un moment d'agacement, il se persuada qu'un simple dîner sur la terrasse, si commodément proche de la chambre à coucher, serait peut-être une façon plus personnelle de fêter l'arrivée de la jeune femme à Monaco. Du saumon fumé, se dit-il, suivi d'un plat en gelée froid et délicieux venant de chez le traiteur. Fromages, fruits, puis un plongeon entre les draps. Qu'est-ce qu'une femme pouvait demander de plus ?

Le samedi matin le trouva – hâlé, rasé avec soin et aspergé sans excès d'eau de toilette – au volant de la Mercedes décapotée, roulant sur la Corniche en direction de l'aéroport de Nice. Autrefois, lui avait raconté un vieil habitué de la Côte d'Azur, c'était une petite aérogare presque rurale, qui sentait le tabac brun et l'huile solaire et où, le dimanche matin, on pouvait voir des exilés britanniques d'un certain âge, encore en pantoufles et en vieille robe de chambre, se traîner jusqu'au kiosque à journaux pour venir chercher un exemplaire du *Times* de Londres. On a du mal à le croire aujourd'hui, songea Bennett, en s'extirpant du labyrinthe des routes d'accès, pour passer devant des palmiers à l'épreuve de la pollution et gagner les étincelants blockhaus modernes construits sous le règne du maire Médecin, qui avait gouverné Nice pendant ses années de prospérité.

Inutile de consulter le tableau des arrivées pour reconnaître le vol en provenance de Londres. Le cortège grisâtre et désordonné des passagers franchissant la porte n'aurait pu être composé que de Britanniques. Il y avait sur leurs visages une pâleur uniforme. Et les propriétaires de ces visages, surtout les hommes, proclamaient par leur tenue leur position sur l'échelle sociale : panamas flambant neufs, chemises aux rayures agressives et blazers croisés surchargés de boutons de cuivre pour l'aristocratie. Jeans froissés, chaussures de jogging éraillées et sacs bourrés d'alcools détaxés pour les moins fortunés. Bennett était en train d'examiner un grand gaillard noueux en short qui exhibait des jambes d'une blancheur de veau, des chaussettes noires et des sandales, quand il aperçut la chevelure étincelante et le bras follement agité de Susie, vêtue comme si elle se rendait à un déjeuner élégant au Claridge : tailleur sombre moulant et talons hauts. Sa seule concession à l'ambiance de vacances, c'était une paire de petites lunettes de soleil à la dernière mode qui vinrent s'accrocher à celles de Bennett lorsqu'ils échangèrent des baisers de bienvenue.

Bennett recula d'un pas, en souriant.

— Tu es en pleine forme, déclara-t-il, et c'était vrai : des cheveux plus blonds qu'il n'en avait gardé le souvenir, un maquillage lumineux et subtil, un corps affichant le résultat d'une gymnastique impitoyable.

Bref, une version plus sophistiquée de la jolie fille au fou rire inextinguible qu'il avait rencontrée deux ans auparavant.

Elle ôta ses lunettes de soleil et le regarda, penchant la tête de côté.

— Et toi, tu es scandaleusement bronzé. C'est bien agréable de te voir après ce que j'ai dû supporter à côté de moi pendant le vol.

— Ça n'était pas le type en short, non ?

Bennett lui prit le bras et ils se dirigèrent vers le tourniquet des bagages, les talons de Susie claquant sur le sol.

Elle fit oui de la tête.

— Il m'a demandé si j'aimais les randonnées. Tu t'imagines ? Enfin, ai-je l'air d'une randonneuse ?

– Suze, pour moi, tu as l'air d'un rêve réalisé.

– Baratineur. Tiens... c'est ma valise. La noire.

Elle désigna une masse trapue de la taille d'une malle-cabine. Bennett l'arracha au tapis roulant, s'émerveillant des exigences vestimentaires de la femme moderne.

– Tu as des costumes de bain bien lourds, Suze.

– C'est drôle que tu dises ça. Il faut justement que je m'en trouve. C'est toujours mieux en France. Et un chapeau. Le soleil est très mauvais pour les cheveux.

Bravant la hernie, Bennett hissa la valise sur un chariot.

– Peux-tu survivre au déjeuner sans chapeau? J'ai pensé que nous pourrions grignoter quelque chose à Nice. Il y a un charmant petit restaurant près du marché aux fleurs.

Susie approuva la Mercedes, et le petit restaurant de poissons du cours Saleya lui plut. C'était un de ses jours à protéines, confia-t-elle à Bennett : des palourdes et une daurade grillée lui conviendraient à merveille. Elle était en pleine période diététique, précisa-t-elle, en allumant une autre cigarette et en vidant un verre de muscadet, très soucieuse de ne pas mélanger protéines et hydrates de carbone pendant le même repas. Bennett la regarda avec ravissement manger, boire, fumer et raconter sa vie au cours des deux dernières années.

Le travail allait bien : elle avait été promue d'assistante de production à Productrice – avec un P majuscule, souligna-t-elle – et tout le toutim : notes de frais, téléphone portable dans son sac à main, abondante garde-robe de tenues noires et abonnement à un des clubs de gymnastique les plus élégants de Londres où, avec quelques-unes de ses semblables, elle s'efforçait d'atteindre à la perfection sculpturale du buste et du fessier tout en échangeant des comparaisons sur les défauts des hommes de leur vie. Et sur ce plan, ajouta Susie, les nouvelles étaient décevantes. Elle laissa Bennett lui servir un autre verre de vin en lui tapotant la main dans un geste de compassion.

– Quel est le problème, Suze? Tous les bons sont mariés?

– Pire, fit-elle en fronçant le nez. Divorcés et s'apitoyant sur leur sort. Je ne peux pas te dire le nombre de fois où j'ai dû subir tout un dîner à écouter des histoires horribles sur les ex-épouses. Et après cela, ils ont le culot d'essayer de te sauter dessus. De vraies bêtes.

– Scandaleux, dit Bennett, en admirant l'éclat d'une cuisse gainée de soie tandis que Susie se renversait en arrière en croisant les jambes. Mais peu importe. L'âge de la chevalerie n'est pas tout à fait mort. Termine ton vin et nous irons t'acheter le plus ravissant chapeau de Nice.

Susie le regarda par-dessus son verre.

– Je ne t'ai pas demandé, dit-elle. Tu ne t'es jamais marié, n'est-ce pas?

– Moi?

– Question idiote. (Elle eut un grand sourire.) Personne ne voudrait de toi.

Ils déambulèrent bras dessus, bras dessous dans les rues ensoleillées derrière la Promenade des Anglais, où les boutiques guettent ceux que la torpeur d'un bon déjeuner fait glisser dans l'extravagance. En matière de courses, la tolérance de Bennett se limitait d'ordinaire à une demi-heure rondement menée :

mais aujourd'hui il fit une exception, suivant Susie dans ses pérégrinations chez Saint Laurent, Armani et Cacharel, jouant le rôle de gardien de son sac à main quand elle disparaissait dans de minuscules alcôves fermées par des rideaux et celui de critique de mode et d'interprète chaque fois qu'elle en émergeait pour affronter la flatterie éhontée des vendeuses.

– Mais c'est génial! J'adore. C'est très, très cool déclara l'une d'elles, extasiée, quand Susie apparut dans un fourreau microscopique qui semblait avoir été taillé dans trois mouchoirs de gaze.

Susie se tourna vers Bennett.

– Qu'est-ce que tu en penses?

Bennett cligna des paupières.

– Où est le reste?

– Je savais que tu aimerais.

Deux heures plus tard, croulant sous leurs trophées et avec Susie qui avait l'impression, comme elle le disait, d'avoir fait son plein d'emplettes pour la journée, ils repartirent lentement dans le flot des voitures qui s'efforçaient de quitter Nice, les premiers rayons du soleil du soir venant leur réchauffer les épaules, un soupçon de brise soufflant de la Méditerranée. La proposition faite par Bennett d'un dîner sur la terrasse avait été bien accueillie. Susie déclara que de toute façon elle ne voulait pas se montrer dans Monaco avant d'avoir pris quelques couleurs, pas avec toutes ces nanas bronzées. La voiture montait posément la colline pour gagner la place du Casino et il se félicitait de la tournure que prenaient les choses. Il était si souvent préférable de laisser les amours anciennes se consumer dans le souvenir : mais cette fois, cela allait être différent.

Bennett fit entrer Susie dans l'appartement, trébuchant derrière elle sous les sacs de couturiers.

— Alors, dit-il, est-ce que ça ira ? C'est sans prétention, mais au moins on est chez soi.

Il fit coulisser la porte de la terrasse.

— Pas mal, la vue, n'est-ce pas ?

Susie regarda vers l'ouest, là où le soleil commençait à effectuer dans la mer un plongeon spectaculaire.

— Superbe, dit-elle. (Elle se tourna vers lui en souriant.) Tu t'es bien débrouillé. C'est à toi, tout ça ?

— En quelque sorte. Enfin, pour les six mois à venir, en tout cas. C'est une longue histoire. Je te la raconterai en dînant.

Ils descendirent et Susie tomba aussitôt amoureuse de l'énorme salle de bains : elle palpa la pile épaisse de serviettes aux initiales brodées et les flacons en verre taillé d'essences de bain de Grasse, elle inspecta trois reflets différents de sa personne que lui renvoyaient les parois en miroirs, tout ça avec des exclamations ravies quand Bennett lui montra les haut-parleurs disposés dans chaque coin de la pièce.

— Seigneur ! fit-elle. Je crois que je vais prendre un bain musical pendant que tu te livreras dans la cuisine à des occupations viriles.

Bennett avait espéré se livrer à des occupations viriles dans la salle de bains, mais il repoussa pour l'instant toute velléité de galipettes hygiéniques en se disant que le temps ne manquerait pas plus tard. Il allait se montrer l'hôte parfait, patient et plein d'égards.

— Je vais m'occuper de la musique, annonça-t-il. Le champagne sera servi dans cinq minutes. Qu'est-ce que tu en dis ?

Elle lui lança un baiser et se pencha pour tourner les robinets de la baignoire. Avec un dernier regard admiratif sur le postérieur bien galbé et soumis à n'en plus douter à une gymnastique savamment dosée, Bennett remonta à l'étage supérieur et mit une symphonie de Brahms sur la chaîne stéréo. Il se dirigeait vers le réfrigérateur et le champagne quand il entendit sonner à la porte d'entrée.

Par le judas, Bennett aperçut un homme au visage sombre, au-dessus d'un col de chemise froissé et d'une cravate de travers, au regard fuyant. Il ouvrit la porte. Sans lui laisser le temps de dire un mot, l'homme lui fourra dans les mains un porte-documents. « C'est pour M. Poe, d'accord ? » Puis il tourna les talons et pressa le bouton de l'ascenseur, impatient de s'en aller. Bennett resta sur le seuil avec la mallette. D'où il était, il sentait la sueur de l'homme. Livrer des paquets pour Julian Poe semblait être une occupation qui vous mettait les nerfs à l'épreuve.

Bennett haussa les épaules et referma la porte. Il regarda le porte-documents, un mince rectangle d'aluminium à côtes avec une serrure à combinaison sous la poignée. Sans doute l'argent de poche de Poe pour le week-end. Bennett essaya les fermoirs : il ne fut pas surpris de les trouver verrouillés. De toute façon, ce n'étaient pas ses affaires. Il posa la mallette sur la table du vestibule de façon à pouvoir la remettre à Shimo sans l'inviter à entrer, puis il revint dans la cuisine où l'évier s'était on ne sait comment empli de verres sales. La semaine prochaine, se dit-il, il faudrait trouver une femme de ménage. Les riches ne font pas la vaisselle.

Les deux Italiens dans la Fiat poussiéreuse sentaient monter leur irritation. Il n'y avait aucune place de libre pour stationner près de l'immeuble et, chaque fois qu'ils essayaient de se garer en double file, ils s'entendaient donner l'ordre de circuler par le même arrogant flic de Monaco, ce qui les contraignait à faire sans arrêt le tour du pâté de maisons. Voilà pourquoi ils l'avaient manqué. C'était un pur coup de chance s'ils étaient passés au moment où il sortait de l'immeuble : ils l'avaient vu se diriger à grands pas vers le parking en sous-sol de l'autre côté de la place du Casino.

Le conducteur freina sans douceur.

– *Merda!* C'est lui!

Le passager, le plus jeune et le plus grand des deux, avec des épaules massives qui partaient au niveau des oreilles, ouvrit la portière.

– Je vais l'embarquer, pas de problème.

Le conducteur secoua la tête.

– Laisse tomber. À quoi bon? Il a livré le paquet.

– *Merda!*

– Il va falloir aller le chercher dans l'appartement.

– *Merda!*

Bennett s'était surpassé. Il avait trouvé un petit plateau en argent et un vase effilé qui contenait maintenant une unique rose prise dans le bouquet qu'il avait acheté pour faire à Susie une surprise avant le dîner. Il posa une coupe de champagne auprès du vase, se dirigea prudemment vers la salle de bains et frappa à la porte. « Service d'étage. »

Un petit cri ravi émergea du nuage de vapeur parfumée qui montait de la baignoire. Susie, dans la mousse jusqu'aux épaules, tendit une main pour prendre le champagne.

— Excellente idée, fit-elle. Tu es un ange. C'est merveilleux.

— Madame, nous n'avons d'autre but que de satisfaire la clientèle. (Bennett déposa le vase sur la dalle de marbre au bout de la baignoire et regarda son invitée.) On dirait que madame a égaré le savon. Puis-je lui être de quelque assistance ?

— Bennett, en fait il y a une chose que tu pourrais faire pour moi. (Elle haussa les sourcils.) Enfin, si tu te sens toujours adorable.

— Essaye.

— J'ai oublié de prendre des cigarettes à Heathrow. Je me demandais si tu voudrais être un ange descendu des cieux et aller m'en chercher. Je promets d'être à peu près habillée quand tu reviendras. (Elle se creusa les joues et battit des cils énergiquement.) Je pourrais même t'offrir un pourboire.

Bennett sourit, ramassa une poignée de mousse et la fit tomber sur sa tête.

— Je reviens tout de suite.

La foule du week-end avait déferlé sur la place du Casino quand Bennett la traversa pour se rendre au Café de Paris : l'établissement, semblait-il, avait été envahi pour la soirée par un congrès d'hommes d'affaires, chacun portant à son revers une étiquette bien visible avec son nom. La terrasse n'était qu'une mer de complets vestons et, devant le petit kiosque où l'on vendait cartes postales, guides touristiques et cigarettes, les clients attendaient sur trois rangs que la fille derrière le comptoir ait fini de parler au téléphone. Bennett décida d'aller patienter au bar.

Il se trouva auprès d'un congressiste esseulé, identifié par son étiquette qui proclamait « Bonjour ! Je suis Rick Hoffman », et il commanda un scotch. Il régla avec un billet de cent francs et Hoffman secoua la tête.

— Ça n'est pas croyable, cet endroit, dit-il à Bennett. Six dollars pour une bière. Et en plus, ils s'attendent à un pourboire. Par-dessus le marché, ils vous regardent de haut et vous traitent comme si vous étiez un arriéré. (Il secoua de nouveau la tête et examina plus attentivement Bennett.) Vous n'êtes pas avec International Calcul, n'est-ce pas ?

Bennett remercia sa bonne étoile.

— Malheureusement pas, dit-il. Je suis du pays.

Hoffman s'épanouit.

— Vraiment ? Dites-moi une chose. (Il se pencha vers lui.) Où est-ce qu'on s'amuse ici ?

— Le casino est juste en face.

— Non. Je parle de s'amuser. Les filles...

— Demandez au portier de votre hôtel.

Bennett se crut obligé de préciser :

— Mais ça ne va pas être donné.

Hoffman acquiesça puis se pencha encore plus près.

— Ces petites Françaises, est-ce qu'elles...

Il s'interrompit pour avaler une gorgée de bière.

Bennett attendait ce qui n'allait pas manquer d'être une question intime sur Dieu sait quel fantasme sexuel.

— Est-ce qu'elles... quoi ?

— Est-ce qu'elles acceptent l'American Express ?

Très sérieux, Bennett chuchota à l'oreille d'Hoffman :

— Avec une carte American Express, ces filles font des choses que vous n'imagineriez pas. (Il termina son scotch.) Il faut que j'y aille. Bonne chance.

Il acheta une cartouche de cigarettes au kiosque et retraversa la place, en espérant qu'Hoffman aboutirait dans sa quête de la béatitude sexuelle avec une carte de crédit et en songeant avec satisfaction à la soirée qui l'attendait lui-même. C'était agréable d'avoir de nouveau une fille dans les parages. Si la semaine se passait bien, ma foi, peut-être que Susie pourrait lui faire une autre visite dans le courant de l'été. Il lui montrerait Cannes et Saint-Tropez. Tandis que l'ascenseur l'entraînait vers l'appartement, il se demandait où il pourrait l'emmener le lendemain pour un déjeuner dominical français digne de ce nom. Allons, la vie n'était pas mal.

Brahms avait été remplacé sur la chaîne stéréo par le nouveau CD d'Alain Souchon que Susie avait acheté à Nice et elle arriva du salon en se dandinant, coupe de champagne à la main, pour accueillir Bennett.

— *Buona sera, signor.* (Elle se mit à rire et pivota sur ses talons.) Alors, ça te plaît toujours ?

Les petits bouts de gaze qu'elle arborait semblaient plus transparents et sommaires que dans la boutique et Bennett dut avaler sa salive avant d'observer :

— Je suis ravi, Suze, que tu te sois décidée pour quelque chose de raisonnable. Je suis certain que ta mère approuverait.

Elle fit la moue.

— Oh, c'est si britannique. J'aurais voulu que tu voies ces charmants Italiens : ils se baisaient les doigts, levaient les yeux au ciel, criaient « *Bellissima* » à tous les échos. De quoi réchauffer le cœur d'une femme, je peux te le dire.

Bennett fronça les sourcils.

— Quand ça ? Quels Italiens ?

– Allons, n'aie pas l'air agacé, ou bien je vais commencer à croire que tu es jaloux. On a frappé à la porte, j'ai cru que tu avais oublié ta clef et c'étaient eux. Ils étaient juste venus prendre cette petite mallette dans le vestibule et ils ont été tout à fait charmants. Ah, ils pourraient donner quelques leçons aux Anglais. Enfin, tu imagines ce vieil Henry de Chelsea disant « *Ciao, bella* » sans avoir l'air d'un clown ?

– Attends un peu, Suze. Shimo était censé venir chercher cette mallette. Il ne m'a jamais rien dit à propos de deux Italiens émoustillés.

– Voilà que tu recommences. Je dirais charmants, pas émoustillés. Charmants. Et d'ailleurs qui est Shimo ?

Bennett sentit un nœud d'appréhension lui serrer l'estomac.

– Quelqu'un que je ferais mieux d'appeler.

Mais Shimo n'était pas là. Il était en route pour Monaco. Monsieur voulait-il le numéro de la voiture ? Bennett reposa le combiné.

– Oh, merde !

– Qu'est-ce qu'il y a ?

– J'ai la pénible impression que quelque chose vient de mal tourner.

7

– Bennett, on dirait que tu vas être malade. Qu'est-ce qui se passe ? Qu'est-ce qu'il y a ?

Susie était allée remplir sa coupe. Elle revint se placer auprès de lui tandis qu'il contemplait de la terrasse la nuit méditerranéenne.

– Je ne sais pas encore très bien, Suze, mais je ne crois pas qu'il s'agisse de bonnes nouvelles. (Il poussa un soupir.) Viens t'asseoir. Le moment est sans doute venu de te donner quelques explications.

Susie ouvrit de grands yeux quand Bennett en arriva aux instructions concernant le porte-documents.

– Oh, mon Dieu, dit-elle. Je n'aurais jamais dû laisser ces hommes l'emporter, n'est-ce pas ?

– Comment pouvais-tu le savoir ? Je le leur aurais sans doute confié si j'avais été là. J'aurais imaginé que c'était Shimo qui les avait envoyés.

Ils se regardèrent sans rien dire, Susie déconcertée, Bennett éprouvant un malaise croissant. Si la disparition de cette foutue mallette se révélait poser un problème, sa carrière naissante de millionnaire était terminée. Les paroles de Shimo lui revinrent en mémoire. « C'est important. Je passerai moi-même le chercher. Vous comprenez ? » Rien de plus simple et il avait tout gâché. Il se leva et se dirigeait vers la bouteille de whisky quand on sonna.

Shimo était accompagné d'un homme large comme une dalle et dont on aurait dit qu'il avait la mention « garde du corps » gravée sur le devant du costume noir qui semblait être l'uniforme des employés de Poe. Bennett les fit entrer dans le salon : ils se perchèrent au bord du divan comme deux corbeaux hostiles tandis qu'il bafouillait tant bien que mal une explication en forme d'excuse.

Shimo alluma une cigarette et il y eut un sifflement sourd lorsqu'il aspira la première bouffée. Il se tourna vers Susie.

— Alors, dit-il, les deux hommes étaient Italiens. Vous en êtes sûre ? Certainement pas Français ?

— Ma foi, ils parlaient italien. C'est souvent un indice, non ?

Shimo l'examinait d'un œil impassible. Bennett lui donna un coup de coude.

— Pas de plaisanterie, Suze. Je ne pense pas que ce soit le moment.

Shimo se pencha en avant et tapota sa cigarette au bord d'un cendrier de cristal.

— Décrivez-moi ces deux hommes.

— Oh ! tous les deux bruns, costumes sombres, très polis. Voyons... oh, oui, l'un d'eux avait quelque chose de... massif. Vous savez, on aurait dit qu'il allait éclater dans son costume. (Elle jeta un coup d'œil au collègue silencieux de Shimo.) Bien en chair, si vous voyez ce que je veux dire.

Shimo acquiesça.

— Et l'autre ?

– Plus maigre, plus âgé, une petite moustache. (Susie plissait le front d'un air concentré.) Il y avait une chose encore. Il boitait un petit peu. Mais c'était un chou, tout à fait charmant.

– Il boitait ? (Shimo hocha de nouveau la tête.) Je le connais. Vous avez eu de la chance qu'il ait été en veine d'amabilité. Ce n'est pas souvent le cas. (Il se tourna vers le garde du corps.) C'était Vallone. Un des hommes de Tuzzi.

Il se leva, s'approcha d'un bureau dans le coin, décrocha le téléphone et tourna le dos. Susie et Bennett échangèrent des regards déconcertés. Le garde du corps s'étira, bâilla et tenta d'étouffer un rot.

Shimo conclut sa brève conversation dont on n'avait rien entendu et revint vers le canapé devant lequel il se planta en toisant Bennett.

– Vous allez venir avec nous. Votre amie peut rester ici et se distraire toute seule.

Malgré ses appréhensions, Bennett sentit son poil se hérisser.

– Il n'en est pas question, déclara-t-il. Elle vient d'arriver et nous avons des projets pour ce soir. (Il esquissa un sourire enjôleur.) Ça fait une éternité que nous ne nous sommes vus, nous avons plein de choses à nous raconter, je sais que vous comprendrez.

Aucune réaction de Shimo.

– Écoutez, je suis navré pour la mallette, et je ferai bien entendu tout ce que je peux pour vous rendre service, mais ce soir, c'est hors de question. Discutons-en demain.

Shimo laissa tomber le mégot de sa cigarette dans le cendrier.

– Monsieur Bennett, nous partons maintenant.

Vous pouvez soit venir de votre plein gré, soit vous faire assister par Gérard ici présent, ce qui serait déplaisant. Ça m'est égal.

Bennett regarda Gérard : l'homme eut un sourire affable, joignit ses deux mains devant lui et fit craquer ses jointures. Le bruit évoqua pour Bennett celui d'os qui se brisent. Il se tourna vers Susie en secouant la tête.

— Je suis désolé, Suze. Ça ira ? Je serai de retour dès que je pourrai.

— Quand ça ?

Bennett se leva et regarda Shimo.

— Alors ?

— Je ne pourrais pas vous le dire.

Susie reposa sa coupe sur la table et prit son paquet de cigarettes.

— Superbe, dit-elle. Bienvenue à Monaco-sur-Merde.

Le trajet jusqu'à l'aéroport de Nice se passa dans un silence presque total. Shimo s'était assis à l'arrière et ne répondait pas aux questions de Bennett. Gérard limitait ses interventions à d'épisodiques chapelets d'injures destinées à tout véhicule qui mettait trop longtemps à lui laisser le passage. Bennett supposa qu'ils retournaient voir Poe : il éprouvait les pénibles frissons d'un criminel qui va être jugé. Quelle malchance ! Le destin, gourdin en main, venait de l'assommer juste au moment où tout s'annonçait sous de plaisantes couleurs. Ce fut donc envahi de sombres pressentiments qu'il grimpa à bord de l'hélicoptère et boucla sa ceinture pour se rendre à la propriété de Poe où, il en était certain, il allait être sommairement congédié.

Ou peut-être pire, songea-t-il, tandis qu'ils mettaient le cap au nord-ouest, quittant la bande côtière brillamment éclairée pour survoler le vide sombre de l'arrière-pays. Poe de toute évidence était un homme puissant et certains de ses employés – assurément ses deux compagnons de vol – étaient les adjoints les plus sinistres que Bennett eût jamais rencontrés depuis qu'il avait eu affaire aux syndicalistes du cinéma et à leurs hommes de main à Paris.

L'hélicoptère pencha brutalement. D'instinct il empoigna le dossier du siège du pilote.

– On n'aime pas voler, monsieur Bennett ? fit Shimo en souriant.

Bennett s'essuya les paumes sur son pantalon.

– À votre place, je ferais attention. Je suis terriblement sujet au mal de l'air. Je peux vomir de pleins seaux et en mettre partout.

Shimo fit la grimace et se tassa le plus loin qu'il put dans son coin. Pour Bennett, ce fut le seul moment agréable du voyage.

Ils restèrent un moment au-dessus de l'aire d'atterrissage éclairée par les projecteurs, les cyprès s'inclinant sous le souffle des pales tandis que l'hélicoptère descendait doucement jusqu'au sol et se posait avec la délicatesse d'un oiseau sur son œuf. Baissant la tête sous les turbulences du rotor, Shimo et Bennett traversèrent le jardin jusqu'à l'arrière de la maison, puis la terrasse. La grande baie vitrée coulissa. Poe était planté devant le feu, une télécommande dans une main, un cigare pas encore allumé dans l'autre.

Bennett entendit la vitre se refermer derrière lui, salua Poe de la tête, s'installa dans un fauteuil que lui désignait la pointe du cigare. Shimo alla s'asseoir dans un coin, vigilant, sur ses gardes.

— Eh bien, monsieur Bennett, voilà un sacré gâchis, n'est-ce pas ?

Poe entreprit d'allumer son cigare avec une longue allumette, multipliant les bouffées jusqu'au moment où le rougeoiement uniforme du bout l'eut satisfait.

— Je ne suis pas content, poursuivit-il. On ne peut pas dire que vous vous soyez distingué.

Bennett prit une profonde inspiration.

— Écoutez, je suis désolé, vraiment, mais, comme je le disais tout à l'heure...

Poe leva une main.

— Épargnez-moi les excuses. Shimo m'a répété ce que vous lui aviez dit. Ce que je veux savoir, c'est ceci : êtes-vous absolument certain de ne pas avoir été vu par les hommes qui se sont emparés de la mallette ?

Il scruta le visage de Bennett, plissant les yeux derrière la fumée d'un gris bleuté.

— Absolument certain. Ils étaient partis depuis au moins dix minutes quand je suis revenu.

— Absolument certain. Je suppose que c'est une petite consolation. (Poe s'assit et croisa les jambes, la lumière se reflétant sur la pointe de sa chaussure, étincelante comme un miroir.) Eh bien, voyons. Si c'est le cas, vous serez sans doute soulagé d'apprendre que pour le moment je continuerai d'employer vos services, mais dans des conditions légèrement différentes. En êtes-vous satisfait ?

— Je pense que oui. Enfin, oui, bien sûr. Ce serait formidable.

– Excellent. (Pour la première fois depuis l'arrivée de Bennett, Poe sourit.) Je trouve que les gens travaillent tellement mieux quand ils ont le cœur à l'ouvrage. C'est presque aussi motivant que l'argent. Même si, au bout du compte, il n'y a rien de tel que la crainte. (Il eut un nouveau sourire et tira sur son cigare.) Mais je m'égare. Servez-vous donc un verre. Ensuite, nous aurons un ou deux points à discuter.

Bennett se versa la moitié d'un grand verre de scotch. Ç'aurait pu être pire, se dit-il. Du moins ne l'avait-on pas jeté du haut de l'hélicoptère et Poe ne paraissait pas dangereusement en colère. Peut-être était-ce trop tôt pour se sentir soulagé mais, quand la première gorgée de whisky descendit, il éprouva quelque chose qui s'en rapprochait : un moment d'espoir provoqué par l'alcool. Il se pencha en avant et Poe reprit la parole.

– Je crois vous avoir dit qu'un de mes intérêts accessoires dans l'existence, c'est la truffe ; non pas simplement à cause de son goût, mais à cause du mystère qui l'entoure : le secret, l'imprévisibilité du marché, les prix scandaleux, les supercheries et les malhonnêtetés. (Poe énonçait les mots avec entrain, comme s'il en savourait le goût.) Et surtout le fait que les truffes ont jusqu'à présent résisté à tous les efforts pour pousser au gré de l'homme. On n'arrive pas à les cultiver avec la moindre garantie de succès. Croyez-moi, les Français essayent depuis des années – et pas uniquement les fermiers, mais le gouvernement aussi.

Poe marqua un temps pendant que Shimo lui préparait un verre, et Bennett se souvint des notes qu'il avait lues à Monaco. L'homme assurément s'intéressait aux truffes, mais on avait du mal à imaginer Poe en fermier, avec les ongles sales, de la boue sur ses chaussures luisantes, et gagnant sa vie à gratter la terre. Il sourit à cette idée.

– Quelque chose vous amuse, monsieur Bennett ?

– Oh, c'est seulement que je n'arrive pas à vous imaginer errant dans les bois avec un cochon et un bâton : pour aller ramasser des truffes, vous savez.

Poe haussa les sourcils.

– Quelle abominable idée ! Je vous conseille maintenant de maîtriser quelques minutes votre hilarité et d'écouter attentivement. (Il contempla le plafond et sa voix prit un ton mesuré et doctoral.) Il y a quelques années, je suis tombé sur les travaux d'un homme assez extraordinaire. Un savant, un agronome visionnaire et doué – mais, comme c'est souvent le cas des hommes d'une intelligence exceptionnelle, quelque peu arrogant et dépourvu de ce que nos amis sportifs appelleraient l'esprit d'équipe. Il a fini par se fâcher avec les pontes du ministère français de l'Agriculture et, quand je l'ai rencontré, il était au chômage, fauché et plein de rancœur. Il estimait que ses travaux avaient été méprisés par des jaloux moins intelligents que lui. Un travers assez fréquent, comme vous le savez certainement.

Poe souffla un rond de fumée et suivit dans l'air les frémissements et les ondulations du halo gris.

– Ce fut à cette époque que mon intérêt pour les truffes passa de celui du gourmet à celui de l'homme d'affaires. Parce que, monsieur Bennett, notre petit savant prétendait qu'il était à deux doigts de mettre au point une formule, un sérum, qui garantirait le développement continu de la *Tuber melanosporum* – à condition évidemment d'avoir les arbres, le climat et le sol qui conviennent, mais tout cela n'est pas difficile à trouver. Il y a des centaines de milliers d'hectares en France qui peuvent faire l'affaire.

Bennett, avec l'impression d'être un élève qui ne suit pas, leva la main.

– Comment avec-vous dit ? *Tuber...* ?

– *Melanosporum.* La truffe noire. Connue également, mais de façon fort inexacte, comme la truffe du Périgord. Ici, en Provence, on l'appelle la *rabasse.* Elle pousse au hasard – du moins jusqu'à maintenant – sur les racines des noisetiers ou des chênes. On la dit hétérotrophe.

– Vraiment ? fit Bennett, hochant vigoureusement la tête sans comprendre.

– Plus proche de l'animal que du végétal. Fascinant, n'est-ce pas ?

– Tout à fait.

Bennett n'estimait pas que son scotch durerait aussi longtemps que la conférence et il se demandait ce que tout ça pouvait bien avoir à faire avec ses nouvelles conditions de travail. Mais son rôle d'instructeur semblait avoir apaisé Poe : Bennett avait l'impression que tenter de le bousculer pourrait se révéler une erreur.

– Je ne vais pas vous accabler de trop de détails mais, pour bien vous faire apprécier le génie de mon savant, il faut que vous sachiez que la naissance d'une truffe est un phénomène qui doit beaucoup au hasard. C'est une question de spores.

– Ah, fit Bennett, de spores.

– Les spores d'une truffe en décomposition. Au cours de la période de putréfaction, une spore peut être transportée – par des insectes, des oiseaux, le vent, Dieu sait quoi – d'un point à un autre. Si d'aventure elle rencontre un arbre accueillant, comme le chêne velu, elle va s'y attacher et se nourrir sur la racine. Et, si les conditions sont bonnes, elle va se développer.

– Étonnant, fit Bennett.

– Certes. Mais imprévisible. Comme vous le dira n'importe quel fermier, dame Nature est une partenaire sur laquelle on ne peut pas compter. (Poe examina le long cylindre de cendre grumeleuse qui s'était amassé à l'extrémité de son cigare et le secoua dans l'âtre.) Et ça a toujours été le problème. Les gens ont essayé, Dieu sait. Il y a eu le plan Somycel, le plan Signoret, le plan I.N.R.A. : autant de projets pour faire pousser les truffes sur commande. Aucun n'a donné de résultats. Mais, monsieur Bennett, là où le gouvernement français a échoué, mon savant a réussi – non sans une aide substantielle de ma part, me permettrai-je de préciser. C'est moi qui l'ai installé. Je lui ai acheté un terrain dans la Drôme, je lui ai bâti un laboratoire, je lui ai donné du temps – des années –, je lui ai donné de l'argent. Et je lui ai donné ce dont il avait vraiment envie : la considération. (Poe hocha la tête.) J'ai cru en lui. Et il ne m'a pas fait défaut.

Quelle âme charitable vous êtes, songea Bennett. Je parie que vous ne voulez rien en retour.

– Eh bien, félicitations, fit-il à voix haute. C'était un sacré pari, n'est-ce pas ?

– Et qui a porté ses fruits. Il y a deux ans, les chênes de mon terrain dans la Drôme ont été traités avec du sérum injecté dans leurs racines. La première saison, nous avons eu un taux de réussite de 70 %. Avec la seconde saison, nous avons passé les 90 %. Imaginez, monsieur Bennett : pouvoir produire des tonnes – bon an, mal an – d'un produit qui se vent entre trois et huit mille francs le kilo. Nous parlons là de sommes très substantielles. De millions. (Poe se tapota l'aile du nez, répétant le geste du rusé paysan français.) Et, bien sûr, étant donné la nature de ce négoce, une grande partie de ces sommes serait en espèces.

Il y eut un long silence pendant lequel Poe but une gorgée de whisky. Il reposa son verre et se pencha en avant pour ajouter :

— Maintenant, les mauvaises nouvelles.

Sa voix changea, se fit plus acerbe. On la sentait mordante et Bennett fut pris d'une irrésistible envie d'être ailleurs.

— Le porte-documents, dit Poe, cette petite mallette que votre amie a si généreusement remise à ces gens, contient tout : les ampoules de sérum, la formule pour en fabriquer davantage, les notes sur les recherches, les chiffres de production, les modalités d'application, tout. Celui qui a ce porte-documents entre les mains peut contrôler le marché de la truffe. Maintenant, en comprenez-vous l'importance ?

Bennett se sentit soudain la bouche sèche.

— Oui, mais assurément votre homme... vous savez, le savant... enfin, il pourrait fabriquer de nouvelles quantités de sérum, n'est-ce pas ?

— Il n'est malheureusement plus parmi nous. Apparemment, les freins de sa voiture ont lâché. Une grande perte pour l'agriculture.

Cette tragédie semblait laisser Poe de marbre.

Bennett termina son whisky d'une longue gorgée nerveuse.

— Puis-je vous poser une question ?

Poe acquiesça.

— Si cette mallette était si importante, pourquoi l'avoir livrée à Monaco ? Pourquoi pas ici ?

– Il est impossible de mener à bien un projet à long terme comme celui-là dans le secret le plus total. Il y a des rumeurs, des bruits, des conversations de café, des commérages. D'une façon ou d'une autre, la nouvelle se répand. Nous avons évidemment été aussi discrets que possible, mais je sais qu'au cours de ces derniers mois, plusieurs parties intéressées ont fait sillonner toute la Provence par leurs gens, pour rechercher le laboratoire. (Poe leva une main en comptant sur ses doigts.) Les Corses, les Japonais, un syndicat établi en Californie et, bien entendu, les Italiens. Certains sont des hommes d'affaires traditionnels, d'autres pas. Ou peut-être devrais-je dire que ce sont leurs méthodes commerciales qui ne sont pas traditionnelles.

Bennett ne put s'empêcher de se demander si le sabotage des freins de la voiture n'était pas l'une de ces méthodes.

– Que voulez-vous dire ?

– Oh, la corruption, la persuasion par la force : des méthodes primitives, en vérité, mais qu'on sait assez efficaces sur certaines catégories de personnes.

Moi, par exemple, se dit Bennett.

– Voilà pourquoi vous vouliez que je m'installe à Monaco, n'est-ce pas ? Au cas où les choses prendraient mauvaise tournure. Grand merci.

Poe secoua la tête.

– Prêtez-moi plus de jugement que cela, monsieur Bennett. Vous étiez une commodité, pas une cible. Vous comprenez, les Italiens savent où je suis. Peut-être les autres le savent-ils aussi. Quoi qu'il en soit, cette propriété est sous surveillance. J'ai donc estimé prudent de faire livrer le porte-documents à Monaco. (Haussant les sourcils, il regarda Bennett.) Il semble que j'aie eu tort.

Bennett sourit et haussa les épaules.

– Bah, que cela ne vous déprime pas. Tout le monde peut faire une erreur.

– Et il faut toutes les payer. Ce qui me ramène à vous. (Poe leva son verre vide en direction de Bennett.) Encore un peu de scotch?

Il y eut un silence : Bennett remplit les verres et revint s'asseoir dans son fauteuil. Poe inspectait le plafond d'un air songeur. Quand il reprit la parole, ce n'était plus le professeur dispensant son savoir : c'était le général donnant des consignes à ses troupes.

– Nous savons qui a la mallette. Un nommé Enzo Tuzzi. Ce n'est pas à proprement parler un gentleman, mais, dans son style un peu fruste, il est assez efficace. Lui et moi avons eu un ou deux désaccords dans le passé, qui se sont mal terminés pour lui : être en possession du porte-documents – de *mon* porte-documents – va lui causer une grande satisfaction. Il a ce besoin juvénile de revanche.

– Vous êtes un homme d'affaires. N'y a-t-il pas une façon de – ma foi, je ne sais pas – parvenir à une sorte d'arrangement?

– Un *arrangement*?

À voir Poe on aurait cru que quelqu'un avait craché dans son whisky. Sa bouche se pinça et Bennett put voir se crisper les muscles de sa mâchoire :

– On m'a volé ce qui m'appartient, mon investissement est en péril et vous me parlez d'un *arrangement*? Avec ce singe d'orgue de Barbarie?

– Pardonnez-moi, fit Bennett. C'était une idée comme ça. J'essayais de me rendre utile.

Poe prit une profonde inspiration et retrouva son calme.

— Et vous *allez* vous rendre utile, monsieur Bennett, croyez-moi. Figurez-vous qu'une des nombreuses faiblesses de Tuzzi, c'est qu'il ne peut jamais résister à de l'argent vite gagné. Je suis persuadé qu'il va vouloir vendre la formule, il va sans doute essayer d'amener les autres groupes à surenchérir. Quoi qu'il décide de faire, il devra annoncer la nouvelle et un de mes hommes l'apprendra. Je compte le savoir dans les jours à venir. Ce n'est pas un type patient. Il ne voudra pas attendre.

Bennett sursauta en entendant craquer une allumette derrière lui. Il avait oublié que Shimo était assis dans l'ombre, aux aguets. Ce salaud vous donnait la chair de poule.

— Voici ce qui va se passer.

Poe se leva, la lumière de la lampe l'éclairait par en bas, donnant à son visage l'aspect d'un masque sinistre creusé d'ombres.

— Dès l'instant où j'aurai découvert où et quand la vente doit avoir lieu, j'enverrai mon représentant pour participer aux enchères.

— Une sacrément bonne idée, dit Bennett. Sauf s'il sait que vous renchérissez...

— Il ne le saura pas. Il ne vous a jamais rencontré. Ses gens ne vous ont jamais vu.

— *Moi*? Vous voulez que *moi* je participe aux enchères?

— Non, monsieur Bennett, pas exactement. J'ai déjà payé largement assez pour la formule. Je n'ai aucune intention de payer encore. Je veux que vous trouviez le porte-documents et que vous me le rapportiez.

— Que je le vole?

— Que vous le récupériez. Je ne me montrerai pas

ingrat. Il y aura une prime, ce qui est assurément plus que vous ne méritez étant donné les circonstances. Ensuite, vous pourrez retourner à Monaco jouer avec vos petites amies.

Bennett sentit son estomac livrer une bataille perdue d'avance avec le whisky et se força à déglutir.

— Mais je ne peux pas faire ça. Ces gens sont des canailles. Ils sont dangereux, vous l'avez dit vous-même. Bon sang, je ne suis pas James Bond. (Il secoua la tête d'un air résolu.) Non. Je suis désolé, mais c'est non. Je ne peux pas le faire.

— Je ne vous le demande pas. Je vous l'ordonne.

— Et si je refuse ?

— Ce serait bien peu judicieux. (Poe consulta sa montre.) La nuit porte conseil, monsieur Bennett : réfléchissez aux alternatives éventuelles. Elles n'ont rien d'attrayant. Shimo va vous montrer votre chambre.

Bennett suivit le Japonais jusqu'au fond d'un long couloir, dans une grande chambre confortablement meublée. On avait ôté le dessus-de-lit, tiré les rideaux. Sur les tables de chevet, des fleurs fraîches, de l'eau minérale, un choix de biographies et de best-sellers en anglais et en français. Par une porte ouverte, Bennett aperçut le sol carrelé de marbre d'une salle de bains. Il se sentait pris au piège, furieux et soudain épuisé : il avait envie d'un bain chaud. Il se rappela Susie couverte de mousse à Monaco, et se tourna vers Shimo.

— J'aimerais passer un coup de téléphone. À mon amie.

— Demain.

— Demain. (Bennett secoua la tête d'un air las.) Est-ce que le règlement dit que je peux prendre un bain ?

Shimo le regarda comme s'il n'avait pas entendu.

– N'essayez pas de sortir par la fenêtre. L'alarme se déclenchera et cela énerverait les dobermans de M. Poe.

Bennett hocha la tête. Une rencontre dans le noir avec un doberman énervé : le couronnement d'une journée parfaite.

Shimo referma la porte derrière lui et Bennett entendit la clef tourner dans la serrure. Il commença à se déshabiller. Quel bordel! Bon sang, quel foutu bordel!

8

Bennett s'installa sans entrain dans sa condition de prisonnier. On lui apportait ses repas dans sa chambre. Il avait l'interdiction de quitter la maison, sauf pour une brève promenade chaque soir après la tombée de la nuit, en compagnie du maître-chien et des dobermans. Ceux-ci se coulaient sans bruit parmi les arbres comme un banc de requins à quatre pattes, leurs yeux brillant d'un éclat sanglant à la lueur de la torche électrique. Une seule fois Bennett tenta de caresser l'un deux : il eut assez de bon sens pour s'arrêter au milieu de son geste en voyant les babines se retrousser et les oreilles s'aplatir. Le maître-chien observait la scène avec amusement : il parut déçu quand Bennett retira sa main.

L'hélicoptère faisait des allées et venues trois ou quatre fois par jour et, de sa chambre, Bennett apercevait tout juste le bord du pas d'atterrissage. Parmi les départs du petit matin, il vit celui de Chou-Chou escortée de Poe et de deux hommes croulant sous d'énormes quantités de bagages Vuitton. Il y eut de tendres adieux, Poe attendant et agitant la main jusqu'au décollage de l'hélicoptère. Bennett se demanda où il

l'envoyait et pourquoi. Pour faire sa provision annuelle
de bijoux à Paris ? Ou pour la mettre à l'abri en cas
d'incident sur la propriété ? Les effectifs d'hommes en
costume noir s'étaient accrus. Sauf quand il était
enfermé dans sa chambre, Bennett était constamment
sous la surveillance de quelqu'un. Il régnait une certaine tension et le Domaine des Rochers commençait à
ressembler à une forteresse.

Une belle forteresse, Bennett devait en convenir, et
rendue plus plaisante encore par les conditions clima-
tiques qu'il avait tout le temps d'apprécier depuis sa
chambre. L'été était arrivé de bonne heure mais le
soleil n'avait pas encore rôti la campagne. Les pans de
forêt sur les collines semblaient fraîchement peints
dans un vert vif et brillant et l'éclat de la lumière sou-
lignait les contours du terrain. C'était le paradis sur
terre, se dit Bennett, ce qui rendait la situation encore
plus déprimante.

À plusieurs reprises, sous le regard froid et attentif de
Shimo, il avait appelé Monaco pour parler à Susie. Il
n'avait entendu que sa propre voix sur le répondeur,
promettant de rappeler. Il se dit qu'elle s'était lassée
d'attendre et qu'elle avait dû rentrer à Londres, sans
doute brûlante de fureur. Autant pour une semaine
romantique au soleil. Autant pour une vie nouvelle et
meilleure.

La femme de chambre frappa à sa porte : elle lui
apportait sa seule tenue, lavée et repassée chaque jour,
un des petits avantages d'être prisonnier d'un milliar-
daire délicat. Il ôta son peignoir et s'habilla, pour se
préparer à une autre longue journée qu'il allait passer à

essayer de lire, à observer les nuages et à s'inquiéter de son avenir. Il prit une biographie de Balzac en espérant pouvoir se réfugier pour la journée dans le XIXe siècle.

Il en avait à peine lu une page qu'il entendit la clef tourner dans la serrure. Levant les yeux, il aperçut un des costumes noirs planté sur le seuil. Un petit signe de tête. « Venez. »

Bennett le suivit dans le couloir, traversa la cuisine et descendit une volée de marches de pierre usées qui menaient à la cave, laquelle occupait toute la longueur de la maison. Bennett s'arrêta sur la dernière marche, pour embrasser d'un coup d'œil un spectacle qui aurait donné des cauchemars à un abstinent : du sol au plafond, on avait construit le long de chaque mur des compartiments de briques et chacun, blanchi à la chaux, était hérissé de bouteilles. On avait classé les crus par origine, on les identifiait grâce à des panneaux de bois vernis dont les lettres peintes en noir sur fond blanc avaient des pleins et des déliés qui faisaient très Dickens. Meursault, krug, romanée-conti, petrus, figeac, lafite-rothschild, yquem : les grands noms étaient bien représentés et, Bennett n'en doutait pas un instant, les grandes années aussi.

— Un spectacle réconfortant, vous ne trouvez pas, monsieur Bennett ? Une des plus belles caves privées de France, à ce qu'on me dit.

Poe était assis à une petite table, son livre de cave relié de cuir ouvert devant lui, ses lunettes perchées au bout de son nez. Il les ôta et se leva :

— Mais je ne vous ai pas fait descendre ici pour regarder des bouteilles. Venez avec moi. J'aimerais vous montrer quelque chose de tout aussi impressionnant, dans son genre.

Il était aimable et détendu : d'une amabilité suspecte. Bennett avait l'impression qu'il allait connaître une expérience déplaisante.

Poe ouvrit une porte tout au fond de la cave. Quand ils l'eurent franchie, Bennett dut plisser les yeux pour se protéger de la lumière crue qui se reflétait sur les murs d'un blanc austère.

— C'est l'orgueil et le bonheur de Shimo, expliqua Poe. Son dojo personnel. Il passe des heures ici. Je lui ai demandé de nous donner une petite démonstration, quelque chose pour vous faire oublier un peu l'ennui de la captivité. J'ai pensé que vous trouveriez fascinant de voir de quoi le corps humain est capable.

La pièce était un rectangle d'environ douze mètres sur six, avec des parois en miroir et un plancher de pin bien astiqué. À part un banc étroit auprès de la porte, il n'y avait pour tout aménagement que ce qui ressemblait à un plongeoir dressé à la verticale : la base en était fichée dans le sol et les quelque trente centimètres de sa surface étaient recouverts d'une couche de paille.

— C'est un piquet de punition, précisa Poe. Le nom japonais m'échappe pour l'instant, mais Shimo dit qu'il n'y a rien de tel pour entretenir les jointures. Il y a des jours où il se laisse vraiment emporter : je l'ai vu frapper ce poteau un millier de fois sans s'arrêter. Ah, justement le voici.

Shimo arriva de la cave sans les saluer. Pieds nus, il était vêtu d'une tenue d'entraînement en toile blanche, une ceinture noire nouée autour de la taille. Il avait à la main une petite baguette de bambou épaisse de cinq centimètres qu'il déposa auprès du banc avant de se diriger vers le centre de la pièce.

La voix de Poe, toujours affable, n'était plus qu'à peine un murmure.

– Regardez la ceinture. Vous voyez là où elle est usée jusqu'aux fils blancs de la trame ? C'est dû à des années d'usage. Il est ceinture noire depuis qu'il est jeune homme. Aujourd'hui, il est sixième dan. Il est extrêmement doué, à ce que me disent mes amis japonais.

Bennett demanda sur le même ton :

– À quoi sert le bambou ?

– C'est un des petits tours de Shimo. Vous allez voir.

Shimo commença à s'échauffer, les pieds largement écartés, avec des mouvements continus et fluides, ses bras se croisant et se recroisant autour de son corps, le visage impassible, l'air concentré. On aurait dit un danseur, songea Bennett, gracieux et souple.

Et puis le rythme se modifia. Les mouvements calmes et sans heurts cédèrent la place à des gestes précipités d'une violence contrôlée : Shimo se mit à décocher des coups de poing, des coups de pied, à bloquer des assauts, son corps conservant un équilibre parfait, tandis que, même de loin, on devinait la force destructrice qu'il y avait derrière ses pieds et ses poings. Bennett changea d'avis : ce n'était pas un danseur qu'il avait devant lui. C'était une arme montée sur des jambes.

Shimo continua à enchaîner une succession de gestes à la force parfaitement maîtrisée. En même temps, il s'approchait peu à peu du banc où s'étaient assis les deux spectateurs. Sur un dernier tourbillon et un coup de pied décoché à la hauteur de la tête, il s'accroupit, immobile, devant Bennett. Il regarda celui-ci dans les yeux, un rugissement guttural sortit de sa gorge et son bras se détendit comme un piston.

Ce fut le brusque souffle, plus que toute autre chose, qui amena Bennett à reculer brusquement la tête. Quand il baissa les yeux, il constata que le poing de Shimo, avec ses jointures gonflées et couvertes de cals, s'était arrêté, effleurant le devant de sa chemise, à quelques millimètres de son cœur.

— Heureusement qu'il a un tel sens des distances, dit Poe tandis que Shimo se redressait et faisait un pas en arrière. À quelques centimètres près, ça vous aurait tué. Les effets sonores sont intéressants aussi, vous ne trouvez pas ? C'est ce qu'on appelle le cri de l'esprit. Le principe, c'est d'unifier l'âme et le corps et de pétrifier l'ennemi au moment où l'on assène le coup. (Poe regarda Bennett en souriant.) À côté de ça, la boxe selon les règles de Lord Queensberry fait un peu l'effet d'une distraction de patronage, n'est-ce pas ?

Bennett poussa un soupir et avala sa salive.

— Est-ce qu'il fait jamais ça sérieusement : je veux dire, est-ce qu'il se bat quelquefois ?

— Il n'y a guère au monde d'hommes de son niveau. La plupart d'entre eux sont à Tokyo, ce qui est un peu loin pour une petite bagarre. (De la tête, Poe désigna le centre de la salle.) Regardez ça.

Shimo s'était mis en position devant le piquet : il le fixait comme s'il avait l'intention de le transformer en petit bois. Il se mit à frapper, assénant à bras tendu des coups d'une redoutable précision. Le piquet se pliait à chaque impact, se redressait, ployait de nouveau.

— C'est ce qu'on appelle un coup concentré, expliqua Poe. On frémit à l'idée de ce que ça pourrait faire à une tête humaine.

Il y eut cent, deux cents coups de poing, sans signe apparent que leur violence diminuait – et puis le dernier, asséné avec encore un rugissement explosif, quelque chose entre le grognement et le cri. Le piquet frémit sur ses bases. Shimo recula, tourna les talons et s'approcha du banc. Sans jamais quitter Bennett du regard, il prit le bambou et le brandit à bout de bras, devant le visage de Bennett. Tout son corps se tendit. Hypnotisé, Bennett observait la main qui tenait le bambou : il vit le frémissement de l'effort tandis que les doigts se resserraient, il vit le muscle se gonfler à la base du pouce, il vit, sans en croire ses yeux, le pouce fendre et pénétrer le bois.

Shimo laissa retomber son bras le long de son corps. Il donna le bambou à Bennett, s'inclina devant Poe et quitta le dojo.

Poe prit le bambou et passa les doigts sur la fente creusée par le pouce de Shimo.

– Je ne sais pas comment il fait ça. Bien sûr, il ne s'agit que d'un exercice d'affermissement. Dans un combat, le pouce servirait à rompre la trachée ou à faire sauter un œil. Ah, ce n'est pas un homme avec qui il fait bon plaisanter, notre Shimo. (Il rendit le bambou à Bennett en souriant.) Vous aimeriez peut-être garder cela en souvenir.

De retour dans sa chambre, Bennett contempla le paysage en s'efforçant d'oublier ce qu'il venait de voir. Ce devait être l'« alternative » à laquelle Poe avait fait allusion. Une brutale illustration pour lui rappeler ce à quoi il pourrait s'attendre s'il était assez fou pour ne pas proposer spontanément ses services. Bennett se palpa la gorge en pensant au pouce d'acier de Shimo. Dans combien de temps pourrait-il sortir de cet endroit ?

Shimo vint le chercher le lendemain en fin d'après-midi. Bennett éprouvait envers le Japonais des sentiments mêlés : il accueillait volontiers la perspective de prendre un peu d'exercice mais éprouvait une certaine appréhension à propos de la forme que cette activité pourrait revêtir. Ils gravirent de larges marches de pierre menant à une partie du bâtiment que Bennett n'avait vue que de l'extérieur : la tour qui flanquait un coin de la maison. Shimo frappa, puis ouvrit une lourde porte d'acier, et ils pénétrèrent dans un bureau du XXIe siècle.

Poe était assis à sa table de travail, un épais plateau oblong en teck bien ciré soutenu par une unique colonne d'acier chromé. Le mur d'en face était entièrement couvert par les images muettes et scintillantes qui apparaissaient sur une douzaine d'écrans. Derrière lui, une rangée d'écrans plus petits, pour le moment éteints, et deux télécopieurs assortis. La masse grise d'un ordinateur occupait toute une alcôve dans un coin. Tout ce matériel émettait un bourdonnement régulier et à peine audible, comme le bruit d'une respiration électronique. C'était une pièce froide, conçue pour l'efficacité. Pas un livre, pas un tableau, rien nulle part où reposer le regard.

Shimo fit signe à Bennett de s'asseoir dans un des fauteuils de cuir bas à l'armature chromée disposés devant le bureau. Ils attendirent que Poe eût terminé de prendre des notes sur un bloc. Enfin celui-ci ôta ses lunettes et, ce qui surprit quelque peu Bennett, hocha la tête en souriant.

– Allons, monsieur Bennett, vous allez être heureux d'apprendre que votre séjour dans la tristesse d'un cachot touche à son terme. J'espère que cela n'a pas été trop inconfortable. Je suis désolé que nous n'ayons pu vous laisser sortir de la maison dans la journée mais, comme je vous l'ai dit, il y a des guetteurs sur les collines alentour, et il serait tout à fait inopportun que l'on voie votre visage. Extrêmement malsain même. (Il sourit de nouveau, l'image même d'un hôte bienveillant, soucieux du bien-être de son invité.) C'est une grande satisfaction, je dois le dire, quand vos concurrents ont un comportement prévisible. Cela me met plutôt de bonne humeur, comme vous l'avez sans doute remarqué.

Il se carra dans son fauteuil et lissa la soie bleu marine de son plastron de chemise d'une main hâlée et soignée avant de poursuivre :

– Comme je le pensais bien, notre ami italien Tuzzi a succombé à la cupidité – c'est son habitude – et il prépare une vente aux enchères. Les enchérisseurs doivent se retrouver à Cannes d'où on les conduira à bord du bateau de Tuzzi. (Un pli vint crisper les lèvres de Poe.) Le *Ragazza di Napoli*, figurez-vous. *La Petite Napolitaine* me semble un nom bien peu approprié pour un des plus grands et des plus affreux débits de boisson de la Méditerranée, mais les Italiens sont comme ça : sentimentaux jusqu'au fond de l'âme. Bref, les enchères auront lieu en mer, cap à l'ouest. Tuzzi a une propriété à Ibiza : il s'y rend chaque été pour jouer au seigneur et courir après les petites Espagnoles. La répugnante créature !

Ce fut à peine si Bennett entendit les commentaires de Poe sur les projets d'été de Tuzzi : il envisageait l'horreur de se trouver enfermé sur un bateau avec un ramassis de brigands. Et il était censé déjouer leurs plans, s'emparer du porte-documents et regagner la terre ferme en un seul morceau. Un vrai cauchemar.

— Vous m'avez l'air bien sombre, monsieur Bennett, s'étonna Poe. Quel est le problème ? Vous n'avez pas le pied marin ?

Bennett se cramponna à cette excuse.

— Absolument pas : j'ai déjà eu le mal de mer dans un port. Même le grand bain d'une piscine...

Poe l'interrompit.

— Vous prendrez des comprimés. Comme je le disais, le bateau fera route vers l'ouest. Une fois les enchères terminées, on débarquera tous les participants dans l'un des ports de la côte française, mais je suis persuadé qu'avant cela vous aurez fait l'échange. Sinon, il ne faudra pas lâcher l'acheteur d'une semelle.

— L'échange ? (Bennett se demandait s'il avait manqué quelque chose d'essentiel.) Quel échange ?

Poe gloussa, savourant son petit jeu.

— Vous ne vous imaginez tout de même pas que je vous enverrais sans être préparé pour cette importante mission ?

Il fit pivoter son fauteuil et se pencha. Lorsqu'il se redressa, il tenait à la main le jumeau identique du porte-documents que Bennett avait pour la dernière fois vu à Monaco. Poe le posa sur le bureau :

— Voilà qui tiendra sans mal dans un sac de voyage. (Il ouvrit le fermoir avec un bruit sec.) Évidemment, précisa-t-il, il n'y a là que des imitations. Les flacons sont emplis d'eau colorée et tous les documents sont faux, mais je trouve qu'ils ont l'air assez authentiques. Surtout quand personne ne s'attend à une substitution. Tenez, regardez plutôt.

Bennett se pencha pour inspecter le contenu de la

mallette. La partie supérieure était occupée par des rangées de flacons disposés sur un lit de mousse de caoutchouc, chacun portant une étiquette soigneusement calligraphiée et fermé par un bouchon cacheté à la cire. Le reste du porte-documents contenait des dossiers. Bennett les feuilleta ; des pages de formules chimiques, des listings informatiques, des notes sur la géologie et l'irrigation du terrain, des courbes de température : plus qu'il n'en fallait pour tromper quiconque ne possédait pas un diplôme d'agronomie. Il ne put maîtriser un sentiment d'admiration devant la minutie de Poe.

– Je m'y laisserais prendre, avoua-t-il.

– Je n'en doute pas, dit Poe. (Il referma le couvercle et tourna la combinaison de la serrure.) C'est la même que celle de l'original. Vous aimez les femmes, monsieur Bennett, alors vous ne devriez pas avoir de mal à vous en souvenir : 90.60.90. (Poe prit alors une petite boîte bleu marine et la poussa jusqu'au bord du bureau.) Votre couverture.

Bennett ouvrit l'écrin et y découvrit la calligraphie gravée d'une carte de visite traditionnelle, annonçant que l'Honorable L. Bennett était président de la Société des investissements européens consolidés, avec un bureau à Zurich.

– Comme vous le voyez, reprit Poe, je vous ai promu au rang d'Honorable. Les Italiens adorent les titres et Tuzzi est un épouvantable snob : sans doute parce qu'il est lui-même de si basse extraction. Il va être impressionné. D'ailleurs, nous avons déjà contacté ses gens : nous leur avons fait parvenir votre carte avec une lettre d'accompagnement. Ils sont ravis à l'idée que l'aristocrate représentant un groupe d'investissement suisse vienne participer aux enchères. Tout appel téléphonique ou fax adressé à un des numéros de cette carte nous sera réacheminé via Zurich. La technologie n'est-elle pas un bienfait des dieux ?

Bennett prit une carte dans la boîte et passa l'ongle de son pouce à la surface pour sentir le relief de la gravure. Poe se mit à rire :

— Je peux vous assurer qu'elles sont de la meilleure qualité. Nous ne voudrions pas voir notre noble enchérisseur se trouver embarrassé par des fournitures de mauvaise qualité.

Bennett contemplait la carte avec un sentiment de plus en plus fort de redoutable fatalité. Il semblait n'avoir d'autre choix que d'aller jusqu'au bout. Il leva les yeux vers Poe qui l'observait d'un air patient et légèrement amusé. Il fit une ultime tentative pour se dégager de l'hameçon qui à chaque instant s'enfonçait en lui plus profondément.

— Voyons, ça ne marchera jamais. Je ne suis tout bonnement pas l'homme de la situation. Je ne peux pas affronter tout seul une bande de brutes...

— Allons, allons, monsieur Bennett. Où est votre esprit d'aventure ? D'ailleurs, vous ne serez pas seul. Tout le temps où vous serez à terre, au moins deux de mes hommes auront discrètement l'œil sur vous. Nous suivrons à la trace la progression du bateau. Et quand vous vous enfuirez en mer, vous aurez l'assistance de quelqu'un — quelqu'un d'extrêmement capable — qui embarquera avec vous. Tout a été organisé.

Bennett jeta un coup d'œil à Shimo.

monsieur Bennett, pas Shimo. Je ne veux
cher la surprise. Tout ce que vous avez à
de vous trouver demain matin à Nice à

l'arrivée du vol Delta en provenance de New York. Prenez ceci pour vous faire reconnaître. (Poe fit glisser à travers son bureau un exemplaire du *Financial Times* de Londres, le papier rose pâle bien reconnaissable se détachant sur le bois sombre.) On vous contactera. Tout est clair ?

Bennett s'inclina devant l'inévitable et acquiesça de la tête.

— Juste un détail, répondit-il. Vous savez, pour considérer le bon côté des choses : vous aviez parlé d'une prime...

Poe l'examina d'un air songeur.

— Je crois bien qu'enfin vous commencez à entrer dans votre rôle. Voulez-vous que nous disions dix mille dollars ?

Bennett hésita, puis décida de ne pas forcer sa chance.

— Très bien.

— Excellent. Vous partirez ce soir, dès qu'il fera nuit. Appelez-moi demain de Monaco, quand vous reviendrez de l'aéroport, et nous discuterons des détails de votre embarquement. Et, monsieur Bennett... (Poe posa ses mains à plat sur le bureau et se leva.) Ne songez même pas à rien tenter de stupide. Je prendrais cela très mal après tous les ennuis que vous m'avez causés.

Il était près de minuit quand un Bennett pensif et affamé s'introduisit dans l'appartement où l'accueillit un mot laissé sur la table du vestibule :

Cher Bennett,
Figure-toi que je suis amoureuse ! J'ai rencontré ce divin

Français le lendemain de ton départ et de fil en aiguille... C'est
formidable! Tout cela grâce à toi. Je suis sûre que grâce à ton
charme tu as réussi à te tirer de ce petit problème... tu y arrives
toujours.

Il faut que je file. Jean-Paul m'emmène à Paris. Il a un
appartement dans l'île Saint-Louis. C'est romantique, non?

Gros bisous,

Susie

Bennett était trop épuisé pour se sentir plus mal qu'il
ne l'était déjà. Il passa dans la cuisine, trouva une
baguette rassise et ouvrit le frigo. À côté d'un pot de
crème de beauté oublié par Susie, une part de brie des-
séchée. Il la mastiqua sans en sentir le goût, régla son
réveil et se dirigea vers un lit défait, vide et encore légèrement parfumé.

9

Bennett s'était levé à l'aube. Debout sur la terrasse, il buvait son café et s'apitoyait sur son sort tout en regardant les premiers rais de lumière faire étinceler la surface de la mer. Un camion de nettoyage grimpa bruyamment la côte à ses pieds, arrosant et frottant les trottoirs afin de les laisser assez immaculés pour les pieds privilégiés des résidents monégasques. Pour eux s'annonçait encore une belle journée insouciante, une journée ensoleillée, avec peut-être une petite promenade jusqu'à la banque pour rendre visite à leur magot avant le déjeuner : le genre de journée qu'il aurait pu vivre. Puis il envisagea la réalité : un trajet jusqu'à l'aéroport pour retrouver Dieu sait quel gorille et après cela le danger, de bonnes chances d'échouer et un châtiment dont il ne savait rien mais qui serait certainement déplaisant. Son café lui parut soudain avoir un goût amer. Il vida le fond de sa tasse dans un bac de géraniums et rentra s'habiller.

Il roula le long de la côte, dans l'air frais du matin que les gaz d'échappement n'avaient pas encore pollué. Il rangea sa voiture derrière l'aérogare avec dix minutes à passer avant l'heure prévue pour l'arrivée du vol de New York. Mais l'avion avait de l'avance : quand Bennett parvint à la porte, les premiers passagers sortaient, yeux irrités, costumes froissés et bâillant après une nuit passée au-dessus de l'Atlantique. Bennett tenait le *Financial Times* comme une bannière rose sur sa poitrine et se demandait quel genre d'homme il allait rencontrer. Les associés de Poe se faisaient chaque jour plus ténébreux : en raison de l'entrée en lice des Italiens, Bennett supposait que Poe avait recruté un membre d'une famille de la mafia new-yorkaise. Un équivalent sicilien de Shimo, sans doute, habile à manier le couteau, le pistolet et le garrot. Il inspecta les passagers, cherchant quelqu'un au menton bleui par la barbe avec un costume assorti.

Au bout de cinq minutes, il n'avait vu personne qui resemblât à cette caricature et il espérait contre tout espoir que les autorités d'immigration étaient venues à son aide en appréhendant son éventuel associé quand une tape sur l'épaule le fit sursauter.

— Vous êtes bien Bennett ?

Il se retourna et vit une fille. Une grande fille brune, qui haussait les sourcils en attendant sa réponse.

— Alors ? C'est vous ? insista-t-elle.

Bennett hocha la tête et retrouva sa voix.

— Oui. Oui, c'est moi.

— Je suis Anna Hersh. Où est votre costume ? Vous n'avez pas l'air d'un des gorilles habituels.

— Bonté divine. C'est vous qui... ?

La fille sourit, amusée de sa surprise.

— À quoi vous attendiez-vous ? À un mafioso du Bronx ? Poe ne vous a rien dit ?

— Non, juste d'être là avec le journal.

Le sourire s'évanouit.

— Il adore ces petits jeux. (Elle secoua la tête.) Mon Dieu, il n'a pas changé.

Bennett était encore en état de choc. Voilà qu'il regardait — qu'il dévorait des yeux — une belle au lieu de la bête à laquelle il s'attendait. Elle avait les cheveux plus près du noir que du brun, brillants et coupés court comme ceux d'un homme. De très grands yeux d'où ressortait le brun profond des pupilles. Un long nez fin, un teint olivâtre, une bouche énergique, une succulente lèvre inférieure. En jean, T-shirt et vieux blouson de cuir, et presque aussi grande que Bennett.

— Bon, fit-elle. Vous avez fini ?

— Pardonnez-moi. Vous avez raison : je m'attendais à un mafioso du Bronx. (Bennett se remit et prit un ton décidé.) Bon. Allons chercher vos bagages.

De la tête, la fille désigna le sac de toile posé sur le sol.

— C'est tout. Je ne prévois pas un long séjour.

Ils sortirent de l'aéroport et trouvèrent une brèche dans la cavalcade des pilotes de course amateurs qui fonçaient en direction de Nice. L'estomac vide de Bennett grondait à l'unisson du moteur, lui rappelant qu'il n'avait rien avalé depuis son déjeuner de la veille dans sa cellule capitonnée. Il jeta un coup d'œil à Anna.

— Écoutez, je meurs de faim. Ça ne vous ennuie pas si nous nous arrêtons pour prendre un petit déjeuner ?

— Ça me va très bien. Voilà des années que je n'ai pas bu de café français.

Elle renversa la tête en arrière pour laisser le soleil lui baigner le visage et Bennett se demanda pourquoi elle semblait si détendue. Peut-être savait-elle quelque chose qu'il ignorait. En tout cas, sa désinvolture était contagieuse : il sentit sa morosité matinale commencer à se dissiper. Chassant de son esprit les horreurs que l'avenir pourrait lui réserver, il concentra son attention sur les dangers bien plus immédiats que présentaient ses collègues pilotes. Contrairement aux calmes Monégasques, les automobilistes niçois semblaient trouver déplacée la présence de la Mercedes : ils faisaient des appels de phares, multipliaient les coups de klaxon tout en se faufilant de leur mieux avec leurs petites voitures, zigzaguant d'une voie à l'autre comme des insectes métalliques pris de folie. Bennett était depuis longtemps arrivé à la conclusion que la plupart des conducteurs français avaient besoin de trois mains : une pour tenir une cigarette, une pour faire des gestes injurieux aux autres usagers de la route et la troisième pour assurer leur navigation. Ce fut avec un certain soulagement qu'il quitta la Promenade des Anglais pour aller rejoindre le flot de la circulation qui s'écoulait au compte-gouttes par les rues étroites de la vieille ville.

Ils trouvèrent une table à la terrasse d'un des bars du marché et passèrent leur commande. Anna ôta son blouson, s'étira au soleil et s'allongea paresseusement dans son fauteuil, un bras mince passé par-dessus le dossier.

— Alors, dites-moi, fit-elle. Vous n'êtes pas un des abrutis habituels de Poe. Comment vous êtes-vous trouvé embringué avec lui ?

Bennett lui raconta toute l'histoire, depuis la petite annonce dans le journal jusqu'à la disparition du porte-documents et au dernier message de Susie : Anna cependant buvait à petites gorgées son café crème et s'attaquait méthodiquement au sandwich au jambon que Bennett s'était commandé.

— Voilà, conclut-il en faisant signe au garçon, c'est à

peu près ça. Il ne me reste pas beaucoup de choix –
enfin, au cas où Poe aurait sérieusement l'intention de
me courir après si je jouais la fille de l'air.

Anna hocha la tête.

– Il parle sérieusement. Il n'aime pas perdre. Et il a
des amis, croyez-moi. Pour cinq, dix mille dollars, ils
enterreraient leur propre mère. (Elle regarda l'assiette
vide de Bennett et eut un grand sourire.) Je vous
recommande les sandwichs.

Il en commanda un autre et encore du café.

– L'idée de travailler pour un patron enclin à
l'homicide n'a pas l'air de vous préoccuper. Ou bien
êtes-vous un soldat sans cervelle ? (Il renversa la tête en
arrière et la toisa de la tête aux pieds.) Si c'est le cas,
sacrément bon déguisement. Pas de costume noir, pas
d'arme en évidence, pas d'oreilles en chou-fleur. (Il
fronça les sourcils.) Un soupçon de tendances cri-
minelles quand il s'agit des petits déjeuners d'autrui,
mais, à part ça, on vous prendrait pour une jeune personne bien élevée et comme il faut. Bibliothécaire en
vacances, quelque chose comme ça. Le genre de jeune
femme à qui on pourrait confier son chien.

Le garçon arriva avec un autre pot de café et un
sandwich que Bennett saisit à deux mains. Anna lui
lança un long regard pensif.

– J'avais oublié combien les Anglais pouvaient être
flatteurs.

Elle déballa un morceau de sucre, le trempa dans
son café tout en le regardant virer au brun. Bennett
remarqua qu'elle n'avait pas une bague aux doigts, pas
de vernis sur ses ongles courts et bien taillés. Elle laissa
le sucre couler lentement à travers la mousse du lait
avant de reprendre la parole :

– Je pense que c'est mon tour, non ?

– Oh, ça aide toujours de connaître un peu les personnes avec qui on travaille : milieu, compétences, personne à prévenir en cas d'accident, les attaches religieuses, le groupe sanguin, les passe-temps préférés...

– O.K., O.K. (Elle releva la tête.) Vous connaissez New York ? (Il acquiesça.) Eh bien, je viens de Riverside Drive. Papa était professeur à Columbia, ma mère était toujours inquiète et faisait du bouillon de poulet. J'ai grandi comme une jeune juive de bonne famille. Ils espéraient sans doute que j'allais tomber amoureuse d'un dentiste et me ranger, mais j'avais envie de voyager. Alors j'ai lâché l'université en première année et je suis allée à Paris. J'ai eu la chance de trouver du travail comme mannequin la semaine de mon arrivée : j'ai commencé à ne m'habiller qu'en noir, à fumer des Gitanes, la routine, quoi. Puis j'ai rencontré ce type. Il était Français, et photographe : la pire combinaison qu'on puisse imaginer. Et un ego gros comme une maison. (Elle remua son café et en but une gorgée.) Pardessus le marché, il avait un penchant pour la cocaïne : un véritable aspirateur. À la fin, le plus clair de ce que nous gagnions tous les deux lui partait dans les narines et je commençais à comprendre qu'un mannequin, ça n'est qu'une pièce de viande. On laisse son cerveau à la maison et personne ne s'en aperçoit dès l'instant qu'on est assez futée pour changer rapidement de toilette. Bref, d'une façon ou d'une autre, le moment était définitivement venu de quitter Paris. Alors je me suis dit : Primo, je suis juive et secundo, je suis du bon côté de l'Atlantique. Je devrais voir Israël, envoyer à Papa une carte postale d'Eilat, aller visiter mes racines. Nous avons un grand sens des racines aux États-Unis. Et c'est comme ça que je me suis retrouvée dans l'armée.

Bennett parut surpris.

– On vous a mobilisée ?

– Eh bien, figurez-vous que je me suis engagée. J'avais vingt ans et je n'étais jamais allée dans un endroit comme Israël. En ce temps-là, il y avait une ambiance fantastique ; c'était nous contre le reste du monde : Saddam, les Arabes de la ligne dure – et j'ai eu le sentiment que je devais m'y mettre aussi. Pourquoi retourner à New York ? L'université, ça me semblait un peu insipide. Alors, je me suis engagée et je me suis pas mal débrouillée. Je suis devenue sergent. Le sergent Hersh.

Bennett avait du mal à imaginer la silhouette gracieusement affalée en face de lui défilant sous le morne camouflage d'un uniforme israélien.

– Comment était-ce ?

– Au début, c'était excitant : patrouilles aux frontières, lutte antiterroriste. Et puis c'est devenu de la routine. Je pense que c'est toujours comme ça, même si c'est dangereux. Au bout d'un moment, ça ressemblait beaucoup à du travail de police. Mais j'ai appris un tas de choses. (Elle sourit.) Je parie que je suis la seule femme à Nice qui sache conduire un char.

Bennett regarda autour de lui les autres tables. Un assortiment de dames pomponnées qui prenaient un café avant de se lancer à l'assaut des boutiques.

– Pas une conductrice de char à l'horizon, dit-il. C'est la cavalerie de Saint Laurent armée jusqu'aux dents de cartes de crédit. Mais continuez. Vous avez donc décidé de ne pas devenir la première femme général en Israël.

Anna secoua la tête.

— Très peu pour moi. Trois ans, ça m'a suffi. Pendant les derniers mois, ça a commencé à ne pas aller dans les territoires occupés et je n'ai pas pu le supporter. Je me réveillais en me demandant combien d'êtres humains j'allais voir matraqués, abattus ou qui auraient sauté sur une mine. Je suis Américaine : ce n'était même pas mon pays. (Elle haussa les épaules.) Alors, je n'ai pas rempilé. J'avais mis un peu d'argent de côté et je me suis dit que j'allais rentrer en traversant l'Europe par le chemin des écoliers.

Elle porta la tasse de café à ses lèvres et regarda Bennett sans le voir, les yeux perdus dans le passé.

Il attendit sans rien dire qu'elle fût prête à poursuivre son récit.

Anna se reprit.

— J'avais envie de voir Venise. Mes parents étaient allés là-bas en voyage de noces et ils parlaient toujours d'y retourner. J'ai eu l'idée de les faire venir pour m'y retrouver. C'est alors que j'ai rencontré Poe. Il m'a levée dans un de ces cafés de la place Saint-Marc.

— Ne me racontez pas. Il vous a proposé une promenade dans sa gondole.

— Presque. Enfin, vous le connaissez. C'est un vrai manipulateur et, après être sortie avec des types pour qui une soirée c'est prendre une bière et regarder un match de lutte, avec lui, c'était différent. Sa conception des sorties était différente aussi. Les meilleurs hôtels, un avion privé, des toilettes, des fleurs, le grand jeu. J'étais complètement grisée. Je ne devais pas être aussi sophistiquée que je le pensais.

Elle fit une grimace et haussa les épaules.

Bennett essaya d'imaginer le contraste entre la vie dans l'armée et le luxueux cocon proposé par Poe.

– Ça changeait de conduire des chars, n'est-ce pas ? Et puis c'est un homme séduisant, quand on aime les riches anciens élèves d'Eton.

Anna poursuivit sans commentaire.

– À l'époque, il avait un appartement à Genève et c'était là que nous vivions : du moins moi, je vivais là. Lui était toujours en voyage pour ses affaires.

– Quel genre d'affaires ?

– Des affaires de devises, d'immobilier : c'étaient celles dont il parlait. Il y en avait dont il ne parlait pas. Le commerce des armes, peut-être. Pour un simple homme d'affaires, il avait beaucoup d'amis généraux. Dans l'ensemble, il me tenait à l'écart de tout ça. Je passais mon temps à Genève à apprendre le français et à attendre qu'il revienne. Et puis, au bout de deux ans, un beau jour, il n'est pas revenu. Il a envoyé un de ses hommes avec un bouquet de roses et un mot m'annonçant que c'était fini.

– Pour quelle raison ?

– Oh ! j'ai découvert ça par la suite : son truc, c'est les filles jeunes. Quand vous arrivez à vingt-cinq, vingt-six ans, vous commencez à prendre de la bouteille. Alors il fait un échange standard. J'ai entendu dire qu'il était avec une petite jeunesse française. Vous la connaissez ?

Bennett acquiesça :

– Chou-Chou. Pas du tout le style conductrice de chars. Ça a dû vous donner un coup ?

– Seigneur, vous, les Anglais ! (Elle l'imita.) Si ça m'a donné un coup ? J'aurais voulu étrangler ce fils de pute, lui envoyer une lettre cinglante, je ne sais pas. J'avais l'impression d'un abonnement arrivé à son terme.

– Je ne comprends pas, fit Bennett. Si c'est ce que vous ressentez, pourquoi travaillez-vous pour lui ?

Elle soupira et se cacha les yeux derrière ses lunettes de soleil.

– Pour cinquante mille dollars, voilà pourquoi. Mon père est mort l'année dernière et ma mère est malade. J'ai travaillé un peu comme mannequin et dans une galerie de SoHo, mais les médecins engloutissent tout ça plus vite que je n'arrive à le gagner. Alors, la semaine dernière, Poe m'appelle tout d'un coup et me propose 50 000 dollars en liquide pour quelques jours de travail. Je ne sais pas ce que ça veut dire mais il m'a assuré que ma formation militaire pourrait être utile. Bref, de toute façon, j'ai besoin d'argent, alors me voilà. Je ne fais pas ça par plaisir, croyez-moi. C'est purement commercial. (Elle but sa dernière gorgée de café et se leva.) Allons-y.

Bennett sauta sur ses pieds.

– Oui, sergent, tout de suite. Je vais aller réquisitionner un moyen de transport. Faut-il que nous synchronisions nos montres ?

Anna enfila son blouson.

– Mon Dieu, dit-elle, ces Anglais ! C'est inné chez vous ce sens de l'humour, ou bien ça s'attrape ?

Ils repartirent pour Monaco, Anna sommeillant et Bennett de bien meilleure humeur. Un joli minois ne manquait jamais de le ragaillardir et, si Poe payait une somme pareille à cette fille pour qu'elle travaille avec lui, elle devait avoir des talents qui ne manqueraient pas d'être utiles. Évidemment, elle n'avait pas l'air de porter les Anglais dans son cœur mais, après s'être fait plaquer de cette façon, ça n'avait rien d'étonnant. Il prit un virage à droite assez sec sur la Corniche ; dans son sommeil la tête d'Anna glissa pour venir se poser sur son épaule et il passa le reste du trajet baigné dans une agréable rêverie : ils n'allaient pas s'arrêter à Monaco, ils continueraient jusqu'en Italie, trouveraient un petit hôtel sur la côte et il la ferait changer d'avis à propos des Anglais. Mais oui, se dit-il, et puis ils descendraient un beau matin pour trouver ce sacré Shimo en train de casser à mains nues l'établissement en petits morceaux.

Anna se réveilla quand la voiture s'arrêta à l'entrée du garage. Elle redressa brusquement la tête en se frottant les yeux.

— C'est bon de se retrouver chez soi, dit Bennett. Mais je pense que vous connaissez l'appartement, non ?

— Poe m'en a parlé, mais je n'y suis jamais venue.

Dans l'ascenseur, Bennett appuya sur le bouton du dernier étage.

— C'est à peu près aussi intime qu'un hall d'hôtel, mais la terrasse fait tout pardonner. Et puis c'est très commode pour le casino, si vous aviez envie d'aller risquer quelques plaques.

— Allez risquer ce que vous voulez, mais moi, je vais prendre une douche.

Bennett regarda sa montre.

— Attendez une seconde. Nous ferions mieux de dire à Poe que vous êtes arrivée. Je crois qu'il veut vous parler.

Anna leva les yeux au ciel.

— Je brûle d'impatience.

Poe était de la même humeur décidée que la veille : le directeur des opérations confiant ses instructions à son agent sur le terrain. Il donna à Bennett le numéro de l'assistant de Tuzzi à Cannes qui organiserait le transport jusqu'au yacht. Puis il passa plusieurs minutes à discuter des détails avant de demander à parler à Anna. Elle prit le combiné que Bennett lui passait comme s'il était contaminé. Elle s'exprimait par monosyllabes glaciales, de toute évidence irritée par les propos que lui tenait Poe. Elle finit par hausser les épaules.

— O.K., fit-elle. C'est ton argent. (Regardant le téléphone d'un air mauvais, elle raccrocha et lança à Bennett un regard noir.) Seigneur !

— Qu'est-ce qu'il y a ?

— Je suis censée être votre secrétaire particulière. La petite Miss Hersh. Quelle blague !

— Oh ! dit Bennett. Ça ne me paraît pas être une mauvaise idée. Vous êtes bonne en sténo ?

— Pas autant qu'en combat à mains nues, alors gardez votre sens de l'humour pour quelqu'un d'autre, d'accord ? (Elle se leva et alla prendre son sac.) Où est la salle de bains ?

Bennett lui désigna l'étage en dessous puis relut les notes qu'il avait prises pendant sa conversation avec Poe, ensuite il appela le numéro de Cannes. La fille qui lui répondit l'accueillit comme un client de marque. Elle espérait qu'il avait eu un vol agréable depuis Zurich, elle lui fit quelques suggestions sur le restaurant où il aimerait peut-être dîner ce soir et lui demanda de se trouver à Port Canto, dans la rade de Cannes, le lendemain soir à cinq heures. Un bateau le conduirait jusqu'à la *Ragazza di Napoli*. M. Tuzzi avait prévu un dîner de gala à bord que M. Bennett et son assistante (un mot dont on sentait qu'elle le prononçait avec un très léger haussement de sourcils) ne manqueraient pas de trouver mémorable et fort plaisant. Après l'avoir assuré que s'il avait besoin de quoi que ce soit, elle serait toujours à sa disposition, elle souhaita bon voyage à Bennett.

Voilà. C'était fait. Les dés étaient lancés. Il avait son faux porte-documents, ses fausses cartes de visite et sa secrétaire particulière, même si celle-ci n'aimait guère ce titre. Il était impossible de dresser des plans détaillés tant qu'ils n'avaient pas eu l'occasion d'explorer le yacht et d'en inspecter les dispositifs de sécurité. Il n'y avait rien d'autre à faire qu'attendre.

– Bennett? Est-ce qu'il y a une bière dans cette baraque?

Anna était remontée, pieds nus et les cheveux mouillés après sa douche, vêtue d'un jean et d'un T-shirt propres : Bennett se rappela soudain son manque de bagage. L'admirable façon de voyager, avait-il pensé sur le moment, mais un petit sac ne contient pas toute une garde-robe. Il se rendit dans la cuisine et revint avec deux bouteilles de Kronenbourg.

– Vous savez, Anna, ne prenez pas cela comme un reproche, mais croyez-vous avoir apporté assez de vêtements?

Elle but une longue lampée directement au goulot avant de répondre.

– Sûrement.

– Voyez-vous, ce que je veux dire, c'est : avez-vous apporté autre chose que des jeans et des T-shirts? Des toilettes, des jupes? Rien de ce genre?

– Des toilettes? Vous voulez dire des robes? (Elle secoua la tête.) Je les ai laissées à New York avec les tenues de soirée, les chapeaux de cocktail et les chinchillas qui traînent par terre. Si vous voulez que je vous fasse un défilé de mode, demain je mettrai un autre T-shirt.

On ne pouvait pas dire qu'elle lui facilitait les choses. Elle le faisait exprès, il en était certain.

— Ce qu'il y a, dit Bennett, c'est que je suis censé être un conseiller en investissements et vous êtes censée être ma... enfin... ma secrétaire.

— Merci de me le rappeler.

— Ne soyez pas si susceptible. Il s'agit d'affaires, vous vous souvenez? Réfléchissez juste un instant. Est-ce qu'un important conseiller en investissements de Zurich – qui n'a pas à proprement parler la réputation d'être la capitale européenne du vêtement de loisirs – peut avoir une secrétaire en jean et en T-shirt? C'est peu probable, vous ne trouvez pas?

Anna se mordilla la lèvre inférieure et poussa un soupir.

— Oui, admit-elle. Vous avez sans doute raison.

— Alors, il va falloir vous équiper. Tenue réglementaire, uniforme, appelez ça comme vous voulez. Ça veut dire retourner à Nice, mais je connais le magasin qu'il faut.

Anna haussa les sourcils.

— Vraiment? Vous avez donc renoncé à Savile Row?

— Seigneur, dit Bennett. Ces Amerloques.

En fin d'après-midi, ils se retrouvèrent dans la boutique où Susie – il y avait maintenant, semblait-il, une éternité – avait fait si bon usage de sa carte de crédit. De toute évidence, la vendeuse n'avait pas oublié Bennett : tandis qu'Anna était dans la cabine d'essayage, elle se coula jusqu'à lui et lui lança un regard qui était comme un coup de coude dans les côtes. « Félicitations, monsieur. Toujours les jolies nanas, hein ? »

— Une collègue, fit-il en s'éclaircissant la voix. Nous travaillons ensemble.

La vendeuse sourit et repartit s'assurer qu'elle n'avait rien oublié qui fût suffisamment ruineux.

Émergeant dans un tailleur de soie, Anna était une révélation. Elle évoluait de façon différente maintenant qu'elle portait ce que Bennett considérait comme de vrais vêtements : il vit réapparaître le mannequin tandis qu'elle virevoltait et prenait la pose — se déhanchant, un genou en avant —, penchait la tête de côté pour s'examiner d'un œil critique dans la glace en pied, sans se soucier du gazouillis approbateur de la vendeuse.

— Pas mal coupé, dit-elle à Bennett. Est-ce que la jupe est assez longue pour Zurich, ou bien s'habille-t-on jusqu'à la cheville là-bas ?

Bennett prit son temps pour examiner ses jambes. Quel gâchis pour une fille comme ça de porter des jeans.

— Juste au-dessus du genou, dit-il. Élégant, mais très professionnel. Une toilette en vérité qui fait honneur au métier de secrétaire. Mais il vous faut aussi deux ou trois jupes, des trucs comme ça. Quant aux chaussures, nous pouvons aller chez Clergerie. C'est juste en bas de la rue.

Anna, qui regagnait la cabine d'essayage, lui jeta un coup d'œil par-dessus son épaule.

— Comment se fait-il que vous connaissiez toutes ces adresses ?

— Rappelez-vous, je vous ai parlé de Susie. Elle fait des courses pour l'Angleterre tout entière.

Deux heures et une demi-douzaine de haltes plus tard, Bennett se déclara satisfait de l'équipement réuni par Anna. Ç'avait été pour lui un plaisir inattendu que de la voir se transformer de baroudeuse en élégante. Même pour Anna, qui proclamait qu'elle avait horreur de faire les boutiques, ç'avait été agréable de sentir chez un homme un intérêt manifeste et – malgré la façon facétieuse dont Bennett l'exprimait – son admiration. Contrairement à Poe, qui trouvait toujours le mot juste pour prodiguer sa flatterie, comme s'il avait appris par cœur des répliques dans le manuel du parfait roué, les compliments de Bennett étaient d'une charmante spontanéité, comme d'ailleurs l'ensemble de sa personne. Chaque fois du moins qu'il en donnait un aperçu.

Ils étaient assis, englués dans le flot des voitures qui quittaient Nice en début de soirée. Il flottait dans la brise marine un léger parfum de diesel et, avec le toit de la voiture ouvert, la pétarade hystérique des scooters rendait toute conversation presque impossible. Bennett avait envie de calme, d'un verre de vin bien frais et, il s'en rendit compte, de quelque chose à se mettre sous la dent. Appuyant résolument sur l'accélérateur, il coupa la route au camion qui regagnait l'Italie, salua d'un geste désinvolte le furieux coup de klaxon du chauffeur, tourna en direction de la mer et de Villefranche. Le niveau sonore diminua aussitôt.

– J'ai pensé que vous auriez peut-être un petit creux, puisque nous avons sauté le déjeuner, dit-il à Anna qui s'était trouvée à quelques centimètres du radiateur du camion. Un peu de poisson, ça ne vous dirait rien? Ça donne faim de faire les boutiques.

– C'est déjà très bien d'être en vie, dit-elle.

– Pardonnez-moi, mais c'était une soudaine inspiration. Il y a quelques petits restaurants charmants sur le port et on ne peut pas demander à une armée de marcher le ventre vide, comme disait Wellington.

– Napoléon. C'est Napoléon qui a dit ça.

– Si vous voulez. Ah, c'est bien d'un Français. Ils ne pensent qu'à leur gamelle.

Comme un oiseau de proie reconnaissant, la Mercedes se précipita sur une des précieuses places de stationnement de Villefranche. Bennett et Anna descendirent à pied jusqu'à la rangée d'établissements qui s'alignait sur le quai. Il était tôt pour dîner : les serveurs s'affairaient encore sur les tables en terrasse, fixant avec des pinces les nappes en papier, distribuant comme des cartes la vaisselle et les verres, et fumant une dernière cigarette avant que le torrent de clients, à divers stades de coups de soleil, ne s'abattît sur le port.

Après avoir parcouru les menus remarquablement similaires affichés devant chaque établissement – la théorie de Bennett, c'était qu'il n'y avait qu'une seule cuisine géante qui approvisionnait tous les restaurants –, ils choisirent une table avec vue sur le soleil couchant. Bennett s'empara de la carte des vins avec un soupir de satisfaction, puis leva les yeux vers Anna.

– Vous buvez bien du vin, n'est-ce pas ?

– Pourquoi pas ?

– Eh bien, vos antécédents militaires, une éducation juive...

– Vous voulez dire casher ?

– Précisément.

– J'ai mangé un sandwich au jambon, non ?

Bennett la vit sourire.

— Comment ai-je pu l'oublier ? Arracher le pain de la bouche d'un travailleur. Vous devriez avoir honte.

— N'empêche, dit Anna, tandis que Bennett se plongeait dans la lecture de la carte, il y a beaucoup de choses dans la religion juive qui se justifient.

— Oh, j'en suis certain. Vous préférez le blanc ou le rosé ?

— Circoncision pour commencer.

— Très bien. Parfait. Nous allons prendre du rosé.

Pendant une demi-heure environ, ils oublièrent qui ils étaient censés être : ils bavardèrent comme n'importe quel couple que le hasard a rapproché et qui trouve l'expérience intéressante, voire plaisante. Anna ne connaissait de la France que Paris et elle demanda à Bennett de lui parler du Midi. Il évoqua Saint-Martin, Avignon et Aix, les gens et les saisons, toujours légèrement mais avec un enthousiasme affectueux qui perçait sous son badinage. Anna sentit plus d'une fois qu'elle commençait à baisser sa garde — une garde qu'elle conservait depuis son expérience avec Poe et qui n'avait guère été mise à l'épreuve depuis lors. Plus d'une fois aussi Bennett dut se retenir de la dévisager, tandis que le couchant allumait des reflets colorés sur sa peau et faisait ressortir l'éclat de ses yeux.

Le serveur les ramena à la réalité.

— Monsieur Bennett ? Téléphone.

Surpris et agacé, Bennett suivit le garçon à l'intérieur du restaurant et décrocha l'appareil.

— Oui ?

— Je suis navré de troubler votre petit dîner intime. (Rien dans la voix de Poe n'évoquait le moindre regret.) Tout est arrangé avec les gens de Tuzzi ?

— Oui. Nous embarquons sur le bateau demain soir.

— Magnifique. Je suis si content que vous et Miss Hersh vous amusiez tant. On aime bien faire les boutiques, hein ?

— Comment avez-vous su que nous étions ici ?

— Je vous ai dit que nous garderions sur vous un œil amical. Espérons que la prochaine fois que nous nous parlerons, vous aurez de bonnes nouvelles à me donner. Bon appétit.

En regagnant leur table, Bennett s'arrêta pour inspecter le quai, qui devenait maintenant plus bruyant et plus encombré. Quelque part dans cette cohue apparemment innocente se trouvaient les dobermans humains de Poe. En cet instant même ils le regardaient. Ils ne les quitteraient pas des yeux pendant qu'ils dîneraient. Ils les suivraient jusqu'à leur retour à Monaco. Il se demanda s'ils avaient installé des micros dans l'appartement.

Anna remarqua l'air crispé de Bennett quand il se rassit.

— Laissez-moi deviner, dit-elle. C'était notre chef bien-aimé qui voulait nous faire savoir qu'il nous a à l'œil. Est-ce que je me trompe ?

Bennett hocha la tête et leur resservit du vin à tous les deux.

— Ils ont dû nous filer toute la journée. Ça n'est pas une impression agréable, vous ne trouvez pas ?

— Je vous l'ai dit. Ce n'est pas un type agréable.

Ils dînèrent sans parler quelques minutes, jetant de temps en temps un coup d'œil aux tables voisines maintenant toutes occupées. Autour de leur silence, des bribes de conversations animées en diverses langues, des rires, le tintement de verres qu'on levait pour porter des toasts aux vacances. Bennett sentit soudain son appétit l'abandonner et repoussa son assiette.

– Alors, dit-il, avez-vous quelques idées pour demain ?

Anna se pencha pour piquer de sa fourchette quelques frites laissées par Bennett.

– Ça dépend de l'endroit où Tuzzi garde le porte-documents. Les enchérisseurs voudront le voir et cela nous donnera peut-être une chance de procéder à l'échange, mais je ne parierais pas là-dessus. (Elle mastiqua, avala et haussa les épaules.) Je pense que nous aurions plus de chance après les enchères. Il n'y aura qu'à suivre l'acheteur et lui sauter dessus au moment de quitter le bateau.

Bennett commençait à comprendre pourquoi Poe avait recruté Anna.

– Vous avez une certaine expérience de ce genre de choses ? De sauter sur les gens ?

Elle le regarda avec un petit sourire.

– Plus que vous, j'imagine.

– Alors, c'est réglé. Je vous tiendrai par le pan de votre manteau.

Leur humeur avait changé. Bennett régla l'addition et, quittant le port, ils remontèrent la rue en pente qui menait à l'endroit où ils s'étaient garés. Comme ils passaient devant un bar-tabac, Bennett entra pour acheter un journal et un cigare. Anna jeta un coup d'œil au groupe massé devant le comptoir, absorbé par le choix des cartes postales.

– Je vous retrouve à la voiture, dit-elle.

En sortant du café, il s'arrêta sous un lampadaire pour lire les titres de la journée. Des échos de la campagne électorale, accusations et promesses. Il fourra le journal sous son bras et tourna le coin pour s'engager sur la petite place où il avait laissé la Mercedes. Debout auprès de la voiture, Anna discutait avec un homme. Un des gorilles de Poe, songea-t-il, lui transmettant un nouveau message d'encouragement. Il hâta le pas.

Il n'avait pas eu le temps de pousser un cri que c'était fini. Il vit l'homme lever le bras, le geste ultra-rapide de la main d'Anna le giflant à toute volée, la tête de l'homme qui partait en arrière, puis la violente secousse qui la projetait en avant tandis qu'Anna retirait son avant-bras qu'elle lui avait enfoncé dans la gorge. Les jambes de l'homme se dérobèrent sous lui et il s'effondra comme un sac qu'on laisse tomber.

Bennett retrouva sa voix.

– Anna ! Ça va ?

Elle leva les yeux de la carcasse étalée sur le sol et reprit son souffle.

– Très bien. Regardez-moi ça.

Désignant la vitre de la voiture côté conducteur, elle retira une longue tige d'acier qu'on avait insérée entre le montant de la porte et la vitre.

– Petit salopard. Trente secondes de plus et il était à l'intérieur.

Bennett se pencha sur le corps.

– Bon sang, qu'est-ce que vous lui avez fait ?

– Simple prise d'étranglement. Il va rester sans connaissance deux ou trois minutes. (Elle étouffa un bâillement et contourna la voiture pour gagner la portière côté passager.) Allons-y. Ça a été une longue journée.

Bennett conduisait lentement, Anna sommeillant auprès de lui. Pour la seconde fois en quelques jours, il avait été témoin d'une scène de violence. Shimo avait été terrifiant, mais il y avait dans sa démonstration un détachement quasi rituel et la seule victime avait été un morceau de bambou. Anna avait envoyé un homme au tapis : elle aurait sans aucun mal pu le tuer si elle en avait eu envie, et apparemment sans plus d'émotion que n'en avait manifesté le Japonais. Voilà qui lui rappelait une nouvelle fois de façon déplaisante qu'il était pris dans ce qui pourrait bien être un jeu dangereux.

Ils arrivèrent à Monaco au moment où les premières étoiles apparaissaient au-dessus du casino pour accueillir la sortie des premiers joueurs. Rien n'aurait été plus agréable, songea Bennett, que d'emmener Anna prendre une coupe de champagne et d'oublier le lendemain. Il la regarda, pelotonnée auprès de lui dans le sommeil du décalage horaire, et la secoua doucement par l'épaule.

— On est arrivés.

Il la suivit dans l'appartement et descendit jusqu'à la chambre à coucher. Il déposa auprès du lit les sacs contenant ses emplettes.

— Merci, fit Anna en faisant coulisser la baie vitrée pour laisser entrer la brise de la nuit. Où est votre chambre ?

— Eh bien, à vrai dire, c'était ici.

— Pas de pot, mon vieux. (Elle se laissa tomber sur le lit avec un grand soupir.) Profitez bien du canapé.

— Ça ne vous dérange pas si je prends une douche rapide ?

— Faites comme chez vous.

Lorsqu'il sortit de la salle de bains, elle était affalée en travers du lit, un bras enroulé autour d'un oreiller ; dans le sommeil son visage paraissait plus jeune et plus doux. Bennett envisagea d'avoir la bonté de lui ôter ses bottes, mais il se ravisa. Elle croirait sans doute qu'il essayait de les voler, réagirait d'un simple coup de pied et l'enverrait valser par la fenêtre. Jetant un dernier coup d'œil au visage endormi, il éteignit la lumière et remonta jusqu'à son canapé chaste et inconfortable.

Il se servit un whisky et resta assis dans le noir : il songeait à quel point sa vie avait brutalement changé, comme Saint-Martin semblait loin. Fermant les yeux, il revit la brusque manchette assénée par Anna sur la nuque de l'homme, le corps qui s'affalait, inconscient. Il vida son verre, secoua la tête et tendit la main vers la bouteille.

10

Bennett s'éveilla aux accents de France Musique à la radio et à l'odeur du café en train de passer. Pendant un instant de semi-conscience, il se crut de retour à Saint-Martin, avec Georgette dans la cuisine et la perspective d'une agréable journée. Puis il retrouva les crampes d'une nuit passée sur l'étroit canapé, ouvrit les yeux et souleva précautionneusement la tête de l'oreiller qu'il s'était improvisé en roulant en boule son pantalon. Il avait le cou endolori. On aurait dit que quelqu'un lui avait enfoncé un tournevis dans le crâne pendant son sommeil et le faisait tourner chaque fois qu'il bougeait. Baissant les yeux, il aperçut ses chaussures, ses chaussettes, sa chemise, la bouteille de whisky vide et le verre renversé sur le sol auprès de lui. Il poussa un gémissement, se mit péniblement debout et gagna la cuisine d'un pas incertain.

– Vous n'avez pas l'air brillant, lança gaiement Anna. Café ?

Bennett hocha la tête, et, entrouvrant à peine les yeux pour se protéger de la lumière, la regarda emplir une tasse et la lui tendre. Elle avait un air frais et dispos et sentait le mimosa d'un des luxueux savons de Poe.

Bennett inspecta son caleçon tout froissé et passa une main sur son menton hérissé de barbe. Il ne se sentait pas brillant en effet.

– Je vais descendre chercher des croissants, annonça Anna. Si vous alliez prendre une douche ?

Il hocha la tête avec prudence.

– Oui, sergent. Ablutions. Rassemblement pour le petit déjeuner à huit heures.

Il se dirigea d'un pas traînant vers la salle de bains, tenant sa tasse de café à deux mains. Elle le regarda s'éloigner, et se surprit à contempler son dos hâlé et la façon dont il venait s'achever sur des hanches étroites.

Une demi-heure plus tard, revigoré par l'aspirine et protégé de l'éclat du soleil matinal par des lunettes noires, il rejoignait Anna sur la terrasse. Il s'était coupé en se rasant et se tamponnait le menton. Il la vit regarder la coupure.

– Blessé en service commandé, dit-il. Il va falloir que vous preniez les choses en main. Je pars en permission.

– Mon héros ! fit-elle en lui passant un croissant. J'ai réfléchi. Supposons que nous n'échangions pas les mallettes sur le bateau. Ça veut dire que nous devons suivre l'acheteur.

Bennett mordit dans la pâte croustillante et sentit le beurre fondre dans sa bouche. L'aspirine commençait à faire de l'effet. Peut-être passerait-il la journée.

– Gros problème, reprit Anna. Comment allons-nous faire ? La voiture sera toujours à Cannes.

Bennett s'obligea à faire travailler son cerveau : celui-ci commençait tout juste à maîtriser les problèmes de coordination musculaire exigés pour affronter le petit déjeuner. Comme le disait Anna, la voiture serait à Cannes et eux quitteraient le bateau dans un port non précisé quelque part sur la côte. L'acheteur prendrait-il ses dispositions pour que quelqu'un vienne à sa rencontre? Presque certainement, sans doute pour se faire conduire jusqu'à l'aéroport le plus proche. Comment attaque-t-on quelqu'un quand on est à pied et qu'il est en voiture? Ou bien prend-on un taxi pour le suivre? Et après? Bennett sentit dans son crâne un renouveau d'inconfort mais quelque part, luttant contre les vestiges de sa gueule de bois, une solution s'efforçait d'émerger.

– Bennett? Toujours là?

Il tendit sa tasse pour qu'elle lui resserve du café et ce fut alors que l'inspiration lui vint. Les hommes de Poe suivraient le yacht à la trace. Ils attendraient partout où il jetterait l'ancre. Les hommes de Poe disposeraient d'une voiture et d'un petit arsenal. Les hommes de Poe pourraient faire le sale boulot. Ça n'était pas plus compliqué que ça. Il suffirait à Anna et à lui-même de désigner l'acheteur aux gorilles, et de les laisser faire. Immensément réconforté par cette idée, Bennett tourna vers Anna un visage rayonnant en brandissant d'un geste énergique ce qui restait de son croissant, comme un chef d'orchestre faisant signe à ses musiciens de s'apprêter pour le finale.

– Simple question de renforts, dit-il. Voilà tout. Nous ferons donner la troupe.

Anna écouta ses explications.

– Non, répliqua-t-elle Je ne suis pas d'accord. Si nous laissons les hommes de Poe rapporter le porte-documents, je ne serai pas payée. (Elle le regarda sans ciller, le visage impassible.) Je compte sur ces 50 000 dollars. Et les médecins aussi.

Bennett insista, s'excitant de plus en plus à l'idée d'une solution élégante et indolore.

– Laissez-moi parler à Poe. Voyons, ça n'est qu'une position de repli, au cas où nous ne pourrions pas procéder à l'échange. C'est quand même mieux que de perdre complètement le porte-documents, non?

Anna ne dit rien. Elle commençait à dresser de son côté des plans concernant le sort du porte-documents et ceux-ci n'incluaient aucune assistance de Poe. Mais en parler à Bennett compliquerait inutilement les choses. Aussi, après avoir un moment et avec une certaine sincérité manifesté son désaccord, elle accepta qu'il passe ce coup de téléphone.

Dix minutes plus tard, arborant un sourire triomphant, il revint de sa conversation avec Poe.

– Tout est réglé, annonça-t-il. Les gorilles nous retrouveront quand nous débarquerons. Ils seront déguisés en flics français. Si nous n'avons pas fait l'échange, nous leur remettons le faux porte-documents. Ils arrêteront l'acheteur sur la route : ils feront semblant de rechercher de la drogue, du camembert de contrefaçon ou Dieu sait quoi, et fouilleront sa voiture. Ils détourneront son attention, s'empareront du vrai porte-documents et déposeront le faux à la place. (Bennett marqua un temps et secoua la tête.) C'est une rusée vieille canaille, ce Poe. Il tient absolument à ce que l'acheteur s'aperçoive qu'il a acheté un faux – ce qui ne lui prendra pas longtemps une fois qu'il l'aura apporté dans un laboratoire – et qu'ensuite il s'en prenne à Tuzzi. Vous savez ce qu'il a dit? « Ça devrait lui faire passer l'envie de courir les filles aux quatre coins d'Ibiza. »

– C'est un homme qui a le sens de la formule.

La gueule de bois de Bennett cédait la place à une grisante euphorie. Il avait trouvé la solution. Il leur suffisait de jouer leur rôle pendant un jour ou deux, de laisser de façon convaincante un autre remporter les enchères puis de confier le porte-documents et le problème à la police privée de Poe. Sa tête endolorie avait bénéficié d'une guérison miraculeuse. Il fallait fêter ça.

Il adressa un grand sourire à Anna.

— Voyons, Miss Hersh, je sais que c'est contraire à la politique de la compagnie de laisser les cadres fraterniser avec leur secrétaire mais, étant donné les circonstances, je pense qu'on peut faire une petite exception à la règle, vous ne trouvez pas ?

Il rayonnait. Anna ne put s'empêcher de sourire à son tour.

— À quoi pensez-vous exactement ? À une petite fête au bureau ?

— À un déjeuner, Miss Hersh, un déjeuner. (Il la regarda par-dessus ses lunettes de soleil.) Voulez-vous me faire plaisir ? Passez une jupe. Mettez des chaussures convenables. Nous irons chez Bacon et c'est le chef en personne qui viendra baiser l'ourlet de votre robe, abasourdi devant une cliente aussi ravissante. Promis. Et c'est un superbe restaurant de poissons.

Ils utilisèrent à tour de rôle la chambre à coucher pour se changer et préparer leurs bagages pour le bateau. La bonne humeur de Bennett était contagieuse et Anna fut toute surprise de découvrir qu'elle s'habillait pour lui plaire : une courte robe chemisier sans manches en toile beige pâle, des talons hauts, une petite dose supplémentaire de *Coco* au creux de la gorge. Elle se souvint d'un vieux slogan publicitaire pour un parfum : « Mettez-en là où vous aimez qu'on vous donne un baiser. » Elle se regarda dans le miroir de la salle de bains. Avait-elle envie que Bennett l'embrasse ? Elle y réfléchirait.

Il l'attendait en haut, en blazer et pantalon de flanelle, arborant avec sa plus belle chemise bleue une cravate d'ancien élève d'Eton dérobée dans la penderie de Poe. Une fois qu'il aurait boutonné sa braguette, se dit Anna, on pourrait l'emmener n'importe où. Elle eut un hochement de tête approbateur.

— Pas mal. Vous êtes facile à nettoyer.

Bennett s'inclina.

— Vous n'êtes pas mal non plus pour un sous-officier à la retraite.

Il observa les intéressants mouvements qui se passaient sous sa robe tandis qu'elle se dirigeait vers le vestibule et se penchait pour prendre son sac. Tout cela serait bientôt terminé, songea-t-il, et peut-être alors parviendrait-il à la persuader de prolonger son séjour. Que penserait-elle de Saint-Martin ? Que penserait d'elle Georgette ?

— Vous avez tout ce qu'il vous faut ? demanda-t-il. N'oubliez pas, il doit y avoir un dîner habillé ce soir à bord. J'espère que vous avez apporté vos décorations.

Elle ouvrit la porte du palier et se retourna vers lui.

— Fermez votre braguette. C'est un ordre.

Pour aussi longtemps que Bennett en gardait le souvenir, le restaurant Bacon au cap d'Antibes avait toujours été une sorte d'autel pour les gens qui s'intéressent plus au poisson qui se trouve dans leur assiette qu'aux personnes qui pourraient occuper la table voisine. Jamais terriblement à la mode et dans l'ensemble ignoré des prétendues célébrités, c'était ce que les Français appelleraient un établissement *sérieux* – cuisine exquise, service télépathique, une longue terrasse dominant la mer et des additions mémorables. Bennett adorait cet éclairage, cette atmosphère de plaisir direct, concentré et, ce jour-là, l'idée aussi que les chiens de garde de Poe devaient être assis quelque part non loin de là dans une voiture surchauffée à grignoter des sandwichs en transpirant.

Il commanda deux coupes de champagne et proposa un toast.

– À mon sergent favori.

Anna inclina la tête.

– Combien d'autres en connaissez-vous ?

Il fit semblant de réfléchir.

– Pas beaucoup. Ils sont tous obligés de se raser.

C'était censé être un compliment.

Ils se regardèrent en souriant sans rien dire jusqu'au moment où le serveur s'approcha avec une petite toux diplomatique pour leur présenter le menu.

– Est-ce que je peux vous donner un conseil ? dit Bennett. Ils ont des bavettes ici : vous savez, pour ceux d'entre nous susceptibles de ne pas manger tout à fait proprement. Ce serait dommage de tacher cette robe.

– J'essaierai de ne pas baver, mais d'accord, je vais mettre une bavette.

– Voilà qui est raisonnable. Et avec ça ?

Le lent cérémonial du repas commença sur un bandol blanc et des raviolis fins comme des gaufrettes et pas plus gros que des timbres-poste. Bennett avait du mal à imaginer son élégante compagne mettant au tapis un voleur de voitures. Elle avait l'air parfaitement à sa place dans des endroits comme ici. Avec quelqu'un comme Poe.

– Dites-moi, fit-il, qu'est-ce que vous allez faire quand tout cela sera fini ?

Anna contempla la mer puis son regard revint à Bennett, dont le visage hâlé ressortait sur le blanc de sa bavette.

– Je pense que je rentrerai à New York. Je réglerai les médecins, je verrai ma mère, je lui parlerai peut-être de ce type que j'ai rencontré en France.

– Qu'est-ce que vous lui diriez ?

Anna fit semblant de réfléchir.

– Voyons. Ce n'était pas un dentiste, pas un avocat. Pas un juif. Pas un employé.

Bennett sauça son assiette avec un morceau de pain.

– Oh, vous voulez dire un beau parti. Le rêve de toutes les jeunes filles.

– Et vous, qu'est-ce que vous diriez à votre mère ?

– Ma foi, dit Bennett, il faudrait que je commence par la trouver. Elle a disparu quand j'avais sept ans. Je suis un orphelin officieux.

Il lui parla de ses parents vagabonds. Peut-être l'aurait-elle plaint s'il avait manifesté le moindre signe de s'apitoyer sur son sort et si elle n'avait pas ri aux éclats. Elle avait oublié combien le sens de l'humour était séduisant chez un homme, à quel point cela facilitait les rapports.

Bennett s'interrompit. Ils observèrent le numéro de dextérité, qui aurait fait honneur à un chirurgien, du garçon détachant les filets de leur poisson sans autre instrument qu'une cuillère et une fourchette. Pendant un moment ils se concentrèrent sur le contenu de leur assiette, n'échangeant qu'un coup d'œil de temps en temps, Bennett ne la laissant jamais manquer de vin et Anna se trouvant de plus en plus détendue.

Ils terminèrent leur repas et se renversèrent dans leurs fauteuils. Anna regarda Bennett qui observait sa bavette.

— J'ai cette femme de ménage à Saint-Martin, dit-il. Elle adore me répéter que les Anglais ne savent pas manger sans tout éclabousser. Aujourd'hui, elle m'aurait convaincu.

— Vous croyez toujours ce que les femmes vous disent ?

— Absolument. J'ai toujours été de la pâte à modeler dans les mains d'une femme depuis l'époque où je me suis amouraché de l'intendante de mon pensionnat. (Il sourit.) Un jour, je me souviens, nous étions tous en train de faire nos lits dans le dortoir, l'intendante les inspectait. « Bennett, m'a-t-elle dit, si vous ne vous mettez pas à faire votre lit convenablement, vous allez avoir affaire à moi. » Là-dessus, elle s'est rendu compte de ce qu'elle venait de dire et elle est devenue toute rouge. J'ai été fou d'elle pendant tout un trimestre.

— Quel âge aviez-vous ?

— Treize ans. Et puis elle m'a brisé le cœur en s'en allant avec le professeur de musique. Je ne m'en suis jamais remis. Aujourd'hui encore, je languis après elle. Voulez-vous que nous prenions des fraises des bois ? Elles sont merveilleuses avec de la crème fraîche.

Les fraises arrivèrent et elles étaient merveilleuses. Bennett prit un havane avec son café. Ils bavardèrent, tous deux évitant l'avenir immédiat, se contentant de s'abandonner aux plaisirs de l'instant. Le déjeuner s'était prolongé deux heures et demie qui semblaient avoir passé en quelques minutes. Il fallut une autre toux discrète du garçon pour les ramener sur terre.

Bennett recouvrit l'addition de quelques billets de

cinq cents francs et inspecta le restaurant, maintenant presque désert. Dans la douce lumière du soleil diffus de l'après-midi, Anna semblait rayonner, avec ses bras nus soyeux et bruns, le visage légèrement coloré par le vin, une lueur dansante au fond des yeux. Bennett se pencha vers elle.

— Nous pourrions toujours rester pour dîner.

— C'est ce que j'aime chez vous : toujours prêt à s'amuser et jamais à travailler. (Elle tendit le bras pour épousseter sur son revers de la cendre de cigare.) Mais ce serait agréable de revenir.

Quand ils arrivèrent à Cannes, le service de taxi de Tuzzi les attendait sur le port : deux gaillards en blanc avec l'inscription *Ragazza di Napoli* sur les maillots moulant leur torse puissant. On installa Anna, Bennett et leurs bagages à l'arrière d'un Riva étincelant. Avec un gargouillis d'eau qui sortait de l'échappement, et quelques spectaculaires tours de volant qui n'étaient pas indispensables, ils se faufilèrent au milieu des autres embarcations et se dirigèrent vers ce qui avait l'air d'être un petit immeuble à un demi-mille de la côte.

Le *Ragazza* se rapprochait en fait de l'idée que Bennett pouvait se faire d'une résidence flottante. Une laideur monumentale mais d'une immensité rassurante. Antennes, radar et paraboles de satellite hérissaient le rouf du pont supérieur, lui donnant l'aspect d'un toit d'immeuble. Des dais de toile blanche ombrageaient la surface du pont à l'avant et à l'arrière et, comme ils gravissaient la passerelle arrière, l'ovale d'une piscine s'offrit à leur regard. Ils étaient sur une île plutôt que sur un bateau, isolés autant que possible de toute intrusion de la mer qui les entourait.

Un steward en tenue blanche amidonnée les escorta jusqu'à leurs cabines contiguës. Quand ils seraient prêts, le *Signor* Tuzzi serait heureux de les accueillir sur la plage avant. Avaient-ils besoin qu'on les aide à défaire leurs bagages? Songeant au faux porte-documents enveloppé dans un chandail, Bennett congédia le steward avec un billet de cent francs avant de refermer la porte et de faire l'inventaire de sa cabine et de la petite salle de bains attenante. Il remarqua avec satisfaction la présence d'un vrai lit et l'absence de toute horreur nautique telle que toilettes à siphon aspirant. Il aurait aussi bien pu être dans une chambre d'hôtel. La seule allusion à la vie en mer, c'était un hublot, présentement ouvert pour laisser entrer la brise. Il passa la tête à l'extérieur et contempla la vaste étendue de la coque qui s'incurvait vers l'avant.

– Anna? Ça va? Vous avez le pied marin?

Un bras apparut par l'autre hublot et un doigt lui fit signe de venir jusqu'à la porte voisine. Comme Bennett entrait dans la cabine, Anna lui plaqua une main sur la bouche avant qu'il ait eu le temps de parler, puis passa dans la salle de bains d'où elle revint avec un bâton de rouge à lèvres et une feuille de Kleenex. Il la regarda griffonner : « Il y a peut-être des micros cachés dans les cabines. »

Bennett promena autour de lui un regard furtif et hocha la tête.

– Ah, vous voilà, Miss Hersh, dit-il d'un ton qu'il espérait professionnel à souhait. Eh bien, il faut rendre cette justice aux Italiens : les cabines sont très confortables. Si vous êtes prête, je pense que nous devrions aller faire la connaissance de notre hôte.

Anna eut un clin d'œil et lui fit un signe avec le pouce levé.

– Mais oui, monsieur Bennett. Faudra-t-il que je prenne des notes ?

– Non, je ne pense pas. Si vous avez besoin de votre bloc, vous pourrez toujours retourner le chercher.

Elle lui fit un charmant sourire et un nouveau signe : cette fois avec un doigt levé.

Le groupe d'hommes assis autour d'une table basse se leva pour saluer Anna et Bennett lorsqu'ils débouchèrent sur le pont : l'un d'eux s'avança, les bras largement ouverts.

– Ah, *Signor* Bennett. Bienvenue à bord du *Ragazza*. Je suis Tuzzi.

Son visage, qui avait la couleur et le lustre craquelé du vieux cuir, se fendit en un sourire, la blancheur de ses dents soulignée par une grosse moustache noire. Au-dessus, un nez crochu légèrement de travers, des yeux d'une déconcertante pâleur : une couleur qui se situait entre le gris et le vert. Ce qui lui restait de cheveux noirs était tiré en arrière sur le dôme hâlé de son crâne et attaché en queue de cheval. Sur sa poitrine, un système pileux plus abondant venait mousser à l'échancrure de son polo blanc. Il serra vigoureusement la main de Bennett puis, inspirant de façon théâtrale, il ferma les yeux et secoua la tête comme pour s'éclaircir les idées.

– Pardonnez-moi, dit-il, je suis mort et sans doute au paradis. Qui est-ce ?

– Ma secrétaire, Miss Hersh, répondit Bennett.

– *Signorina*. (Tuzzi se pencha sur la main que lui tendait Anna et l'effleura de sa moustache.) *Non è vero.* Secrétaire ? Non, une princesse.

Anna lui sourit et dut faire un effort pour récupérer sa main.

— Très heureuse de vous connaître, monsieur Tuzzi.

— Enzo. Pour vous, Enzo. (Il se frappa le front.) Mais j'oublie les bonnes manières. Permettez-moi.

Il fit les présentations. Il y avait un homme parcheminé d'un certain âge, M. Polluce, de Calvi. Le petit M. Kasuga, de Tokyo, tiré à quatre épingles et courtois. Un homme brun entre deux âges, en tenue de yachting et couvert d'or, Anthony Penato, de Californie : « Un bon Californien, précisa Tuzzi. Il fume, il boit, il n'est pas comme ces fichus maniaques de la diététique. » Et enfin un Anglais, au visage anguleux et intelligent, l'air absent, les cheveux gris acier : Lord Glebe, le conseiller de Tuzzi.

— Et n'oublions pas mon petit camarade, Genghis, dit Glebe à Bennett en désignant un pékinois couleur caramel couché dans un grand plat sous la table. Ou peut-être, puisque je suis pair du royaume, devrions-nous l'appeler l'Honorable Genghis. Je plaisante. Hmmm ?

— Ah, fit Bennett, le dieu de la gambade.

Il s'accroupit complaisamment pour se faire connaître de Genghis. Le chien ouvrit un œil, inspecta l'inconnu et émit un reniflement dédaigneux.

— Pourquoi est-il sur un plat ? s'étonna Bennett.

— Parce que c'est frais, mon cher, dit Lord Glebe. Du Westwood XVIIIe siècle. Il ne le quitte jamais. Les pékinois, vous savez, souffrent de la chaleur, surtout autour des organes vitaux.

Salutations et poignées de main terminées, un jeune homme vint murmurer quelque chose à l'oreille de Tuzzi.

— *Si, si. Andiamo.* (Tuzzi se tourna vers ses hôtes.) Maintenant, nous allons faire une petite croisière avant le dîner. *Signorina ?* J'ai commandé pour vous un coucher de soleil parfait, mais il faut d'abord me permettre de vous faire faire le tour de mon petit bateau. Venez. Nous allons faire une visite guidée.

À la surprise de Bennett, Anna parut ravie de l'invitation : elle eut un délicieux sourire et s'empara du bras velu de Tuzzi.

— J'ai toujours été fascinée par les bateaux, Enzo. C'est vrai qu'il y a quelque part un rivet en or dans la salle des machines ?

Comme ils se dirigeaient vers l'arrière, le pont frémit de façon à peine perceptible, on entendit le ronronnement assourdi des turbines et le *Ragazza* appareilla.

Lord Glebe fit signe aux autres de s'asseoir.

— Maintenant que nous sommes tous réunis, messieurs, peut-être pourrais-je préciser avec vous quelques détails. M. Tuzzi à n'en pas douter aura aussi quelques commentaires à faire. (Il les examina pardessus les verres de ses lunettes demi-lune.) Malheureusement, malgré ses vaillants efforts pour pratiquer l'anglais, il manque souvent son coup, comme vous l'avez peut-être remarqué, et je ne voudrais pas qu'il y ait le moindre petit malentendu. (Il alluma un petit cigare avant de poursuivre.) Les enchères se tiendront demain matin, une fois que vous aurez eu l'occasion d'examiner le contenu de la mallette. Je n'y comprends pas grand-chose, je dois l'avouer, mais je présume que vous autres savez ce que vous cherchez. N'est-il pas vrai ?

Bennett se surprit à hocher la tête d'un air entendu en même temps que les autres.

— Excellent, reprit Lord Glebe. Maintenant, si vous voulez bien me pardonner d'aborder ce point, je dois évoquer le problème du paiement. Nous relâcherons à Marseille, demain, sitôt nos affaires réglées. J'ai prévenu ma banque de s'apprêter à recevoir un transfert de fonds de celui d'entre vous qui sera l'éventuel acquéreur. Je suppose que chacun de vous a pris ses dispositions avec ses banquiers et, bien entendu, à tout moment, vous pourrez entrer en contact avec eux depuis le navire. Le garçon qui est là-haut (du cigare il indiqua la direction de la passerelle) dispose d'un système perfectionné de communication. Ah, ce n'est pas comme la navigation dans mon jeune temps, mais... que voulez-vous... Tout est clair jusque-là ?

Des hochements de tête vinrent répondre à un nouveau regard sagace de Glebe.

— Très bien. Continuons. Une fois que nous aurons accosté à Marseille, l'acheteur et moi trottinerons jusqu'à ma banque, nous nous assurerons que le virement a été effectué : la mallette changera de mains et adieu Berthe.

Glebe remarqua le froncement de sourcils étonné de Polluce, de Kasuga et de Penato.

— Ah, fit-il, pardonnez-moi. Façon de parler. Ça veut dire que tout est réglé. Il n'y a pas de véritable Berthe, vous comprenez. (Il sourit.) Quelle langue admirablement déconcertante que l'anglais. Pas étonnant qu'on en fasse un tel usage dans la Communauté européenne. Alors ? Pas de questions ?

Kasuga leva un doigt.

— C'est certain que nous accostons à Marseille ? (Glebe acquiesça.) Alors, je dois contacter mes collègues.

— Bien sûr, mon cher. Vous trouverez le jeune Benito, ou Dieu sait comment il s'appelle, très précieux. Il sait sur quels boutons appuyer. Vous pouvez donc à votre guise appeler à tout moment vos secrétaires, gardes du corps et êtres chers. (Il regarda Bennett en souriant.) Évidemment, vous, monsieur Bennett, vous n'aurez pas besoin d'appeler puisque vous avez votre secrétaire avec vous : sacrément belle fille, d'ailleurs. Le repos du guerrier, hein?

— Mon Dieu, rien de tel. Mais elle est très efficace. Glebe baissa la voix.

— À votre place, je les aurais à l'œil, elle et notre ami Enzo. C'est un prince à bien des égards, mais il est ce que j'ai vu de plus proche d'un cerf en rut. C'est un grand câlin, si vous voyez ce que je veux dire. Je ne sais pas où il puise son énergie. (Il se pencha vers Bennett.) Dites-moi une chose. Je crois connaître la plupart des établissements financiers d'Europe, mais la Société des investissements européens consolidés, ça ne me dit rien. Il y a longtemps que vous êtes installé?

Bennett n'avait pas pensé à inventer une histoire financière pour accompagner ses cartes de visite et, un moment, il fut pris de court. Il gagna du temps en demandant un cigare et prit tout le loisir de l'allumer.

— Tout à fait entre vous et moi, Lord Glebe, c'est une façade.

— Ah, fit Glebe, c'est bien ce que je pensais. Vous agissez pour le Brunei ou quelque chose comme ça, je suppose.

— Les Saoudiens, en fait. Mais je préférerais ne pas entrer dans les détails.

— Naturellement. Enfin, l'argent, c'est l'argent, d'où qu'il vienne. (Il consulta sa montre, puis se tourna vers les autres.) J'espère que vous voudrez bien m'excuser, messieurs. Nous allons faire un tour sur le pont. Cocktail à sept heures, dîner à huit. (Il se pencha vers le pékinois endormi.) Woof, woof, mon vieux. Woof, woof.

Genghis se leva tout ensommeillé de son plat et tous deux s'éloignèrent d'un pas nonchalant, laissant derrière eux des nuages de fumée de cigare.

Tuzzi fit tourner la clef dans la serrure des doubles portes donnant accès à sa cabine et les ouvrit d'un geste théâtral.

– Voici, dit-il, mon pauvre petit coin.

Anna embrassa du regard l'immense lit à baldaquin, le plafond en miroir, la cheminée flanquée de deux gigantesques défenses d'éléphant, les rideaux de lourde soie rouge sombre, les meubles incrustés de dorures et, sur un bureau placé sous le plus grand hublot, pas du tout à sa place dans un décor qui aurait convenu à un bordel de luxe, le porte-documents en aluminium.

Elle s'arrêta pour regarder une statue, un nu grandeur nature serrant un sein dans une main et une lampe dans l'autre.

– Quelle pièce pleine de charme, Enzo.

Il poussa un grand soupir mélancolique.

– Je m'y sens si seul. Je fais un petit *pisolino* dans l'après-midi, je viens me coucher le soir. Je dors toujours avec mes oreillers, mes souvenirs. C'est tragique. (Il regarda Anna, et il lui prit la main.) Non, ma vie n'est pas une coupe de cerises.

Elle lui tapota le bras, jeta un coup d'œil à sa montre et feignit un petit sursaut d'étonnement.

– Mon Dieu, Enzo, regardez l'heure. Je ferais mieux d'aller me changer pour le dîner.

– *Si, si.* Je vous conduis.

Les doigts de l'Italien glissèrent jusqu'au creux des reins d'Anna, continuant leur progression vers le bas tandis qu'elle franchissait la porte. Il la quitta devant sa cabine, après un nouveau baisemain prolongé : elle s'assit sur le lit avec l'impression de s'être fait caresser d'une extrémité du bateau à l'autre.

Elle entendit frapper à la porte. Seigneur, se dit-elle, il revient pour en redemander.

– Enzo, je vais prendre une douche.

– Anna, c'est moi. Bennett. Pouvez-vous sortir ? Il faut que nous parlions.

Ils trouvèrent un coin désert sur le pont et s'accoudèrent au bastingage en observant la longue bande du sillage qui s'allongeait derrière le yacht. Bennett commença : il lui rapporta ce qu'il avait appris sur l'organisation des enchères, ravi qu'il était à l'idée de retrouver la terre ferme et de laisser le reste à Poe.

– Alors, et vous ? Est-ce que Tuzzi a réussi à se tenir ? Je le voyais piaffer d'impatience.

– Il ne s'est pas contenté de ça. Je jurerais qu'il a deux paires de mains. Mais j'ai vu le porte-documents : il est dans sa cabine.

Bennett haussa les sourcils.

– Vous êtes allée dans sa cabine ? Anna, vous n'allez pas me dire... Enfin...

– Bien sûr que j'y suis allée. Il est posé sur le bureau, auprès de sa Vénus de Milo qui fait presse-papiers.

– Et il peut très bien rester là-bas. Écoutez, c'est bien simple. Nous n'avons qu'à faire semblant ce soir et perdre les enchères demain. Voilà tout. Pas d'héroïsme. Vous avez quitté l'armée, vous vous rappelez ? Et vous n'avez certainement pas besoin de jouer à

cache-cache avec ce Lothario trop gros. Glebe m'a
parlé de lui : c'est un salopard lubrique.

— C'est surtout pour la galerie. Ça n'est qu'un de ces
Italiens qui ne portent pas de sous-vêtements.

— Quoi ? fit Bennett abasourdi. Comment le savez-
vous ?

— Il y a des hommes comme ça. Les femmes le
devinent. (Elle sourit en voyant sur son visage l'expression tout à la fois choquée et désapprobatrice.) Bennett,
vous avez l'air sévère. Ça va vous donner des rides.
Cessez de vous inquiéter. Allons... nous ferions mieux
d'aller nous changer. Ne m'attendez pas.

On avait apprêté toute la plage arrière du *Ragazza*
pour le dîner, avec un liseré de petites lumières qui suivait les bords du dais de toile. Une table ronde, avec
argenterie, verres en cristal, un surtout de fleurs
fraîches, de grandes lampes tempête, était dressée au
milieu du pont. Sur le côté, un steward disposait sur un
petit bar les seaux à glace et les bouteilles de champagne. On avait jeté l'ancre face au coucher de soleil et
une traînée de lumière rouge dorée venait battre la
coque du bateau. Bennett vint rejoindre les autres pour
trouver Tuzzi qui pérorait, drapé dans un caftan bleu
pâle.

— ... alors je l'ai prévenu. Mon ami, je lui dis, si vous
croyez que vous pouvez faire ça à Tuzzi, vous vous
fourrez le doigt dans la clavicule. *Caprice ?*

Lord Glebe traduisait à voix basse pour son auditoire étonné quand Tuzzi vit Bennett debout auprès du
bar : il s'approcha de lui.

— Ah, monsieur Bennett. Vous avez un verre ? *Bene.*

(Il passa un bras autour des épaules de Bennett et l'entraîna à l'écart des autres.) Je vous pose une question personnelle, oui ? D'homme à homme.

Bennett enfouit le nez dans sa coupe de champagne pour échapper au parfum envahissant de l'eau de toilette de Tuzzi.

— Bien sûr. De quoi s'agit-il ?

— La *bellissima* Miss Hersh. Vous êtes très proches ?

— Oh, vous savez... De bonnes relations de travail. C'est une secrétaire de première classe, elle parle plusieurs langues, c'est une fille sur qui on peut compter.

— Non, non, je veux dire *proches*.

Tuzzi courba les épaules et de sa main libre parut caresser d'intéressantes rondeurs tandis que, comme un sémaphore, ses sourcils lançaient une interrogation vibrante. L'implication était claire.

— Ah, fit Bennett, vous me demandez si elle couche.

— *Si, si,* dit Tuzzi en secouant vigoureusement la tête. Si elle couche.

Bennett rajusta le nœud de sa cravate d'ancien élève d'Eton.

— Bonté divine, non. On est très strict à la Société des investissements européens consolidés sur ce genre de choses. C'est mauvais pour le moral. Ça détourne votre attention de votre portefeuille d'actions et nous ne pouvons pas avoir ça chez nous.

Tuzzi eut un grand sourire et hocha de nouveau la tête.

— *Bene, bene.* Ça me rend heureux. (Il donna une petite tape sur l'épaule de Bennett.) Vous comprenez, en Sicile, aimer la femme d'un autre homme est *pericoloso*. Très dangereux. On patine sur des œufs.

— Oui, j'ai entendu dire que la Sicile est un endroit où il faut faire attention.

Bennett but une gorgée de champagne et s'efforça de réprimer la répulsion que lui inspirait l'image de ce libertin velu en train de tripoter Anna. De la répulsion et, il devait en convenir – l'idée de la tripoter lui-même lui traversant l'esprit –, un soupçon de jalousie. Dieu merci, demain ils quitteraient le bateau. Il ferait mieux de prévenir Anna de fermer la porte de sa cabine à clef.

– Ah, fit Tuzzi, en donnant une dernière tape sur l'épaule de Bennett, voici justement Miss Hersh. *Ai, ai, ai!* (Il agita la main comme s'il s'était brûlé les doigts.) Quelle somptuosité!

Bennett lança à Anna un regard consterné. Elle portait une jupe qui lui semblait de plusieurs centimètres plus courte que Bennett n'en avait gardé le souvenir quand ils l'avaient achetée à Nice et un petit corsage bain de soleil qui lui laissait le ventre nu. Tuzzi, emporté par la concupiscence, se précipita pour l'accueillir : sous prétexte de lui baiser la main, il entreprit une minutieuse inspection de la poitrine qui s'étalait si généreusement. Voilà qui va nous attirer des ennuis, songea Bennett. Il apporta à Anna une coupe de champagne et attendit que Tuzzi fût hors de portée de voix.

– Vous êtes folle, chuchota-t-il. Il est capable d'enfoncer cette foutue porte pour vous mettre la main dessus.

Elle sourit comme s'il venait de lui faire un compliment.

– Elle vous plaît, cette tenue ? Il s'agit d'affaires, Bennett. Vous vous souvenez ?

Sans laisser à Bennett le temps de répondre, Tuzzi les appela pour passer à table, plaçant Anna entre lui-même et Lord Glebe. Ils s'assirent tous tandis qu'un steward, portant Genghis sur son plat, s'agenouillait pour installer avec précaution le chien sous le siège de son maître. Glebe jeta un coup d'œil et donna une tape sur l'épaule du steward.

— Juste un petit peu de foie gras, Piero, dit-il, et un de ces gressins, cassé en morceaux. De l'eau plate. Surtout pas d'eau gazeuse : ça lui donne des flatulences.

Penato, le Californien, se tourna vers Bennett en secouant la tête.

— Maintenant, j'aurai tout vu. Est-ce que tous les Anglais sont comme ça avec leurs chiens ?

Bennett observait Anna qui laissait gracieusement Tuzzi lui disposer une serviette sur les genoux.

— Quoi ? Pardon... les chiens. Ils sont généralement bien mieux traités que nos épouses.

Une fois la serviette d'Anna placée d'une façon qui le satisfaisait, Tuzzi tapota le bord de son verre avec une fourchette et promena son regard autour de la table.

— Mes chers amis, ce soir, pas d'affaires. Ce soir, c'est gala en l'honneur de notre plus belle invitée. Après le dîner, nous avons un film dans la salle de projection : le *Ragazza* est maintenant à l'ancre pour la nuit, alors nous pouvons manger et dormir confortablement. *Buon appetito !*

Bennett tenta d'engager la conversation avec ses voisins, Polluce et Kasuga, mais avec un succès très limité. Les deux hommes buvaient plus d'eau que de vin et semblaient se contenter d'observer un silence vigilant. Après le premier plat, Bennett renonça pour se concentrer sur le loup de mer qu'on avait placé devant lui et pour jeter de temps en temps avec une appréhension croissante un coup d'œil à Anna. Elle flirtait —

flirtait, selon Bennett, de façon parfaitement scandaleuse – aussi bien avec Tuzzi qu'avec Lord Glebe qui
rivalisaient chacun pour lui prodiguer leurs attentions.

– Et maintenant, ma chère, un régal hors du
commun.

Glebe se pencha sur son poisson tout en pratiquant
sur la tête de celui-ci une délicate opération chirurgi-
cale menée avec son couteau et sa fourchette.

– Ah, nous y voilà. (Il tendit sa fourchette à Anna.)
Goûtez donc une joue. C'est un excellent poisson que
le bar et ses joues sont délicieuses.

Les hommes autour de la table regardèrent en
silence Anna se pencher tout en redressant les épaules,
ce qui accentuait le creux déjà généreusement découvert entre ses seins. Elle ouvrit la bouche, passa sur ses
lèvres le bout de sa langue et, ses grands yeux fixés sur
Lord Glebe, elle suça avec une lenteur délibérée le
petit bout de chair blanche piqué sur la fourchette. Un
numéro, se dit Bennett, qui ne laissait absolument rien
à l'imagination.

– Hmmm, fit Anna, que c'est bon.

La table poussa un soupir collectif. Rayonnant,
Glebe reprit le contrôle de sa fourchette tremblotante
tandis qu'Anna se tamponnait les lèvres avec sa serviette. Tuzzi, pour ne pas être en reste de joues de poisson, insista pour aider la jeune femme à creuser la tête
du poisson qu'elle avait dans son assiette. Bennett lui
lança un regard mauvais. Elle répondit par un sourire.
De l'autre côté de la table, Penato interpella Tuzzi.

– Hé, Enzo. Quel est le film de ce soir?

– *Momento*. (Tuzzi mena à bien son opération et
tapota le bras d'Anna.) Ce soir, nous avons Fellini.

– Bonté divine, fit Lord Glebe. Encore?

– Mon ami, répliqua Tuzzi, Fellini était le maestro. Cela vous fait grincer des dents parce qu'il n'était pas Anglais.

Anna reposa son couteau et sa fourchette, battit des cils en direction de Tuzzi.

– J'*adore* Fellini. Je crois que c'est mon préféré.

Bennett avait quelque difficulté à observer Anna, mais il ne pouvait s'en empêcher. Quand Tuzzi la regardait, on sentait que dans sa tête il tirait les draps. La soirée allait se terminer sur un éclat, il en était convaincu, à moins qu'il ne parvienne à faire entendre raison à Anna pendant le film.

Mais, le dîner terminé, quand ils passèrent tous avec leur cognac et leur cigare dans la salle de projection, Tuzzi insista de nouveau pour répartir les places : il réserva deux fauteuils au dernier rang pour lui-même et Anna. Les lumières s'éteignirent, le générique d'*Amarcord* apparut sur l'écran et Bennett sombra dans une rumination qui se prolongea durant tout le film. Auprès de lui, Lord Glebe s'endormit avec Genghis à ses pieds, leurs ronflements apportant un accompagnement de basses à la bande sonore du film.

Comme on rallumait, Bennett réveilla son voisin d'un coup de coude.

– Quoi ? Quoi ? C'est fini... Dieu soit loué. Je ne le supporte pas après le dîner. Il faut prendre Fellini l'estomac vide.

Bennett se leva, s'étira et se retourna. C'était bien ce à quoi il s'attendait malgré lui : les deux fauteuils du fond étaient inoccupés.

11

– Mon Dieu, fit Lord Glebe quand il remarqua les deux sièges vides. On dirait que nous avons perdu notre hôte. (Il promena autour de la salle de projection un regard légèrement irrité.) Bon. Je pense que je ferais mieux de jouer le maître de maison. Messieurs, si vous avez envie du coup de l'étrier, servez-vous au bar sur la plage arrière. Sinon, je suis sûr que le jeune Piero vous préparera une tasse de chocolat si vous le lui demandez gentiment. (Il se baissa pour ramasser le plat de Genghis.) Pour moi, je m'en vais gagner le pays des songes. Une journée chargée, demain.

Bennett descendit. Sans espérer vraiment de réponse, il s'arrêta pour frapper à la porte d'Anna, et écouta quelques instants le silence. Il entra et s'assit sur le lit, maussade, en proie à un mélange âcre et confus de déception et de jalousie. Puis il remonta sur le pont principal, désert.

Un silence total régnait maintenant sur le bateau. C'était à peine si l'on voyait bouger la surface de la piscine éclairée par les projecteurs : une petite inclinaison d'un côté, une petite inclinaison de l'autre. L'air était doux et salé, tiède et calme. Les étoiles brillaient de tout leur éclat. Bennett jura sous cape et contempla la côte. Il apercevait au loin un petit port, la courbe de la rade soulignée par les lumières, une masse de collines plus noires que le noir du ciel s'élevant derrière l'entassement des maisons. Une belle nuit de cafard en perspective.

Un bruit à peine perceptible, pas plus fort qu'un frottement sur le pont, lui fit tourner la tête. Il y avait quelque chose là, dans une des flaques d'ombre entre l'éclairage des cloisons. Sans doute le chien de Glebe, qui faisait sa ronde du soir. Curieux, Bennett s'approcha puis se figea sur place, stupéfait en voyant une silhouette s'avancer dans la lumière.

À l'exception d'un minuscule triangle de blanc sur ses hanches, Anna était nue, serrant contre sa poitrine le porte-documents en aluminium. Les yeux brillant de soulagement, elle désigna de la tête l'arrière et entraîna sans bruit Bennett abasourdi sur toute la longueur du bateau jusqu'au moment où ils arrivèrent à l'échelle de coupée qui descendait dans la mer. Anna colla sa bouche contre l'oreille de Bennett.

— Passez le premier. Il faudra que vous nagiez sur le dos et que vous me tiriez. Je maintiendrai la mallette hors de l'eau.

— Qu'est-ce qui s'est passé ? Ça va ?

— Bon sang, Bennett. Allez-y.

Il se laissa glisser dans l'eau, son blazer se gonflant autour de lui et sa cravate d'ancien élève d'Eton flottant vaillamment devant lui, puis il saisit Anna par les aisselles. Le porte-documents soigneusement maintenu hors de l'eau, ils s'éloignèrent du bateau et se mirent à nager vers le rivage.

Aucun signe de vie à bord du *Ragazza*, pas de sonnette d'alarme, pas de silhouettes courant sur le pont.

— Mais qu'est-ce qui s'est passé ? Où est Tuzzi ?

— Il n'est plus dans le coup, mais je ne sais pas pour combien de temps. Allons. En route.

Ils continuèrent à s'efforcer de battre l'eau à l'unisson. Leur progression était lente et pénible : les vêtements trempés de Bennett lui semblaient peser de plus en plus lourd, Anna avait les bras endoloris par l'effort de tenir le porte-documents en l'air, leurs regards restaient fixés sur le *Ragazza*. Une longue heure s'écoula.

Enfin l'épaule de Bennett heurta la proue effilée d'un voilier à l'ancre. En tournant la tête, il aperçut avec plaisir les lumières du port toutes proches. Cinq minutes plus tard, ils étaient debout dans une eau visqueuse et huileuse qui leur arrivait jusqu'à la poitrine. Encore cinquante mètres et ils se retrouvèrent accroupis sur les marches de pierre menant de la plage au quai, la lumière baignant les épaules d'Anna et une poitrine palpitant encore de l'effort de cette longue nage.

— Bennett, ça suffit maintenant.

— Quoi donc ?

— Vous vous rincez l'œil. Passez-moi votre chemise.

Bennett se dépouilla de son blazer et donna sa chemise à Anna, faisant de son mieux pour ne pas remarquer la façon dont le tissu trempé lui collait au corps. Il commençait à se sentir étourdi de fatigue. Mais ils avaient réussi. Ils s'étaient échappés. Les hommes de Poe devaient être quelque part sur le port, à surveiller le bateau. Il n'y avait plus qu'à les trouver, leur remettre la mallette et puis rentrer prendre un bon bain chaud. Il effleura la joue d'Anna.

— Bien joué, sergent. La décoration est au courrier. Allons trouver les hommes de Poe et débarrassons-nous de ce foutu porte-documents.

Anna secoua la tête.

– Il faut qu'on en discute, mais pas ici. Pas maintenant. C'est le premier endroit où Tuzzi viendra nous chercher. Il faut filer. (Le visage tendu, elle regarda par-dessus son épaule en direction du yacht.) Bennett. Je vous en prie.

Bennett remit tant bien que mal son blazer trempé.

– Vous savez, c'est une sacrée longue marche pour aller n'importe où en partant d'ici.

– Nous allons voler une voiture.

– Parfait. Mais oui, bien sûr, où avais-je la tête? Nous allons voler une voiture. Vous tenez à une couleur particulière?

– Il suffit de rapprocher deux fils et on peut faire démarrer le moteur. Je sais comment m'y prendre. (Son visage se détendit et elle arbora un large sourire.) Faites-moi confiance.

En entendant ces mots, les plus lourds de menace de la langue anglaise, Bennett soupira et regarda avec précaution par-dessus le haut du mur. À une extrémité du port, un petit hôtel et une rangée de boutiques aux volets fermés. À côté, trois restaurants, d'autres boutiques, quelques maisons et la route qui menait hors du village. Mais des voitures? Pourquoi n'y en avait-il aucune? Bennett eut un moment de panique, puis il reconnut quelque chose de familier dans le trio de restaurants. Il était allé dans l'un d'eux, voilà des années. Il se rendit compte qu'ils étaient à Cassis et qu'à Cassis le quai était interdit aux voitures. Il se rappela avoir dû se garer au-dessus du village.

– Je ne vois personne, dit Bennett, mais nous ferions mieux de ne pas nous risquer dans la rue. Suivez la digue.

Ils s'avancèrent sur les galets jusqu'à l'extrémité non éclairée de la rade. Rien ne bougeait. Rien ne vint rompre le silence sauf le frottement et le crissement des gréements des voiliers au mouillage et le bruit des cailloux sous leurs pas. Bennett se hissa par-dessus la jetée, il tira Anna après lui et ils suivirent la route qui menait hors du village.

Dans la petite chambre étouffante de l'hôtel au bout du port, Gérard se frotta les yeux et regarda sa montre. Dieu merci, son tour de garde était terminé. Il se leva de la chaise postée près de la fenêtre et secoua son équipier pour le réveiller. « À ton tour jusqu'au lever du jour. Amuse-toi bien. » Gérard s'allongea sur le lit, poisseux de transpiration et mal à l'aise dans sa tenue de policier qui ne lui allait pas. Son partenaire alluma une cigarette pour décourager les moustiques et observa consciencieusement au loin les feux du *Ragazza*, s'apprêtant à rester éveillé durant quatre heures d'ennui. Mais ça valait le coup : le patron payait bien.

Anna et Bennett traversèrent lentement le parking : ils cherchaient une voiture sans système d'alarme, essayaient des poignées de portière, l'œil à l'affût d'un coffre non fermé à clef, espérant toujours ne pas avoir à casser une vitre. Bennett s'arrêta auprès d'un cabriolet 205 Peugeot et constata qu'aucune étiquette n'annonçait la présence d'une alarme, qu'aucune lumière rouge ne clignotait sur le tableau de bord.

Il appela doucement Anna.

– Vous pouvez faire démarrer ça ?

Anna s'approcha de la voiture.

– Bien sûr. Vous l'ouvrez, je la fais démarrer.

Bennett retourna à l'entrée du parking où on avait placé deux grandes poubelles à l'intention des automobilistes à l'esprit civique. Il fouilla parmi les vestiges de pique-niques sur la plage jusqu'au moment où il eut trouvé une canette de bière. Elle se cassa sans mal contre le mur et Bennett revint jusqu'à la voiture avec une lame de verre effilée dont il se servit pour découper une fente dans le toit de la capote. Il plongea le bras à l'intérieur et déverrouilla la porte.

– Entrez donc.

– Vous faites des progrès, dit Anna.

Elle s'agenouilla et commença à tâtonner sous le tableau de bord. La chemise avait remonté jusqu'à sa taille : Bennett se trouva fasciné par le spectacle du coton mouillé et transparent tendu sur un postérieur de rêve. Ce n'est pas le moment, se dit-il. Concentre-toi sur ce qu'il y a à faire.

La petite voiture toussota, le moteur se mit à tourner.

Bennett alluma les lanternes et vérifia la jauge d'essence : le réservoir était à moitié plein.

– Ça va, dit-il. Il y a largement de quoi nous amener jusqu'à Monaco.

– Bennett, un peu de réflexion. Monaco, c'est mauvais. Ils surveillent peut-être l'appartement. Ils sont peut-être dans l'appartement. Il faut que nous discutions.

– On peut discuter en chemin. Ils ne vont pas surveiller l'appartement. Ils pensent que nous sommes toujours sur le yacht.

– Non. Il faut aller ailleurs. Pas à Monaco.

– Anna, regardez-nous. Nous sommes crasseux, trempés, vous n'avez pour tout vêtement qu'une chemise et une culotte, nous sommes dans une voiture volée et il doit être deux heures du matin. Qu'est-ce que vous voulez faire ? Prendre une chambre à l'Hôtel du Cap ? Est-ce que nous avons l'air de touristes respectables ?

– Il doit bien y avoir un endroit où nous pouvons aller.

– Oh, mon Dieu. Très bien. (Bennett embraya brutalement et prit la direction de l'autoroute.) On va aller à Saint-Martin.

– Bennett ?

– Quoi, encore ?

– Vous êtes en colère contre moi, n'est-ce pas ?

– Je suis furieux. C'est fait. Nous avons le portedocuments. Vous allez toucher votre argent. Pourquoi tout compliquer ? Que voulez-vous de plus ?

– Je vous le dirai quand nous serons arrivés là-bas. (Anna se lova dans le siège du passager, le portedocuments entre ses genoux.) Voulez-vous que je vous dise ce qui s'est passé ?

– Non. (Il avait le regard fixé sur la route, le pied enfoncé sur l'accélérateur.) Si. Mais épargnez-moi les détails sordides.

– Il n'y en a pas eu. Nous avons regardé le film quelques minutes, et puis il a dit qu'il avait quelque chose qu'il voulait me montrer.

– Laissez-moi deviner.

– C'était la lune...

– Quelle lune ? Il n'y en avait pas...

– Bon, alors c'étaient les étoiles. Bref, nous avons

quitté la salle de projection, nous avons regardé les étoiles, et il m'a demandé si j'aimerais prendre une coupe de champagne dans un endroit confortable.

– Je n'arrive pas à imaginer où ça aurait pu être. Mon Dieu, j'ai déjà entendu dans ma vie des répliques faiblardes...

– Et moi donc ! Alors, ô surprise, il m'emmène dans sa cabine : du champagne dans un seau, éclairage tamisé, musique d'ambiance, le grand jeu. Mais je ne voyais nulle part le porte-documents. Je lui en ai parlé, je lui ai dit que j'avais envie de voir ce qui excitait à ce point-là tous ces grands hommes d'affaires. Ah, m'a-t-il dit, je l'ai dans mon coffre. Nous pourrons le regarder plus tard. Puis il a dit : Qu'est-ce que vous diriez d'un peu de coke ?

– L'hôte parfait. J'espère que vous avez éternué.

– Je ne touche jamais à ça. Mais lui s'en est mis plein les trous de nez : il a voulu me sauter dessus, nous nous sommes poursuivis autour du lit pendant deux minutes. Puis il s'est arrêté. Il avait un air un peu sournois et m'a dit : O.K., je vous propose un marché. J'ouvre le coffre, vous ôtez la jupe. J'ouvre la mallette, vous ôtez le haut.

Bennett soupira.

– Et on dit qu'il n'y a plus de romantisme. Et après ? Non. Ne me racontez pas. Il a voulu vous ramener chez lui pour vous présenter à sa mère.

– Il a ouvert le coffre. Il a ouvert le porte-documents – je voulais m'assurer que la marchandise était encore dedans – et alors je lui ai donné la poignée de main Rive Gauche. (Elle resta un moment silencieuse.) Je lui ai envoyé un coup de pied dans les roustes et je l'ai assommé avec une des lampes de chevet. Ensuite je l'ai bâillonné et je l'ai attaché au lit avec le fil de la lampe. Là-dessus, j'ai un peu perdu les pédales et je suis partie à votre recherche.

Bennett ralentit à l'entrée de l'autoroute, tâtonna pour trouver dans sa poche un peu de monnaie humide. Il ne disait rien. Il imaginait la scène dans la cabine de Tuzzi, plus satisfait qu'il ne voulait bien l'admettre que tout cela ne se fût pas terminé au lit. Mais ça n'était pas fini. Dès que l'Italien et ses organes vitaux auraient récupéré, les tentatives de vengeance n'allaient pas manquer de suivre.

– Eh bien, dit-il tandis que la voiture reprenait de la vitesse, voilà un endroit où on ne nous invitera plus. Vous l'avez frappé fort?

– Oh, plutôt.

– Bon.

Ils se dirigèrent vers le nord pour rejoindre l'A7. Dans deux heures, ils seraient à Saint-Martin.

Anna regarda l'expression de Bennett à la lueur du tableau de bord. Il avait oublié de plaisanter. Il était jaloux. C'est mignon, se dit-elle en fermant les yeux.

Tuzzi avait mal partout. Sa tête, ses testicules et, surtout, son orgueil avaient été sévèrement meurtris. Dès l'instant où il avait repris connaissance, il lui avait fallu une demi-heure extrêmement pénible pour libérer une main de ses liens, donner l'alarme et ordonner qu'on fouille le *Ragazza* de fond en comble. Maintenant, la tête bandée et un sac de glace en train de fondre entre ses jambes, il était assis auprès de Lord Glebe en pyjama, la mallette retrouvée ouverte dans la cabine de Bennett posée sur la table devant eux.

Glebe secoua la tête en fronçant les sourcils.

– J'aurais dû me douter que c'était une canaille. Un type ne met pas « Honorable » sur ses cartes de visite à moins d'être un fournisseur parvenu.

Tuzzi parut intrigué.

– C'est un titre, non ?

– Si on veut. Au fond, ça veut dire que vous attendez que votre papa passe l'arme à gauche.

– Quoi ?

– Qu'il meure, mon cher. Alors, le titre revient à l'héritier. (Glebe secoua de nouveau la tête en inspectant la mallette.) Ma foi, c'est une imitation, mais fichtrement bien faite.

– Ce doit être Poe. (Tuzzi entreprit de croiser les jambes, grimaça et changea d'avis.) Ce *stronzo*. Lui seul pouvait savoir. Je vais lui arracher le cœur. Je lui ferai regretter d'avoir jamais quitté l'antre de sa mère.

– Le ventre, mon cher. (Glebe se gratta la tête.) Évidemment, les autres ne sauraient pas que ce n'est pas le vrai porte-documents. Hein ?

Tuzzi le dévisagea : le bandage autour de sa tête lui donnait l'air d'un pirate endommagé.

– Peut-être pas. Sauf que les papiers sont différents.

– Mais vous êtes le seul à le savoir parce que vous avez vu les vrais documents.

– *Si.*

– Eh bien alors, fit Glebe, je suis d'avis que les enchères aient lieu comme prévu. Bien sûr, il ne faudra pas longtemps à l'acheteur pour s'apercevoir qu'on lui a vendu du vent. Il reviendra nous voir. Nous nous montrerons convenablement choqués et horrifiés, nous rejetterons la responsabilité sur Poe et nous unirons nos forces pour nous lancer à sa poursuite. Pendant ce temps, nous enverrons nos hommes à la recherche de Bennett et de la fille et le produit de la vente sera placé pour rapporter des intérêts jusqu'à ce que nous le restituions. Un sou est un sou. N'est-il pas vrai ?

Tuzzi plissa les lèvres et se balança lentement sur son fauteuil. Puis il sourit, hocha la tête et, très doucement, se tapota la joue juste sous l'œil avec son index.

– *Bene*. Vous pensez comme un Sicilien, mon ami.

– Vraiment ? fit Glebe. Oh, mon Dieu. Ça doit faire trop longtemps que je ne suis pas retourné en Angleterre.

Bennett glissa la main sur la pierre du linteau jusqu'au moment où ses doigts eurent découvert la clef de Georgette. Il ouvrit la porte et alluma : il retrouva aussitôt les odeurs familières de lavande, d'encaustique et d'huile de lin. Comme d'habitude, le petit salon était impeccable.

Anna regarda autour d'elle et émit un petit sifflement.

– Vous êtes sûr que vous n'êtes pas marié ?

– Oh, je suis une vraie petite femme d'intérieur. (Bennett se dirigea vers la cuisine, en quête de café.) À vrai dire, c'est Georgette. Elle est ce qu'on appelle une perle. (Il passa la tête par la porte de la cuisine.) Vous trouverez la douche à l'étage. Je vais voir si je peux dénicher quelque chose à vous mettre sur le dos.

Pendant que le café passait, Bennett retourna ses poches. Il étala soigneusement ses billets trempés sur le fond d'une poêle à frire et les mit à chauffer sur la plaque. Il s'aperçut que son passeport était resté sur le bateau. Tout comme celui d'Anna. S'ils envisageaient de quitter l'Europe, ils feraient mieux d'y réfléchir à deux fois.

L'argent se mit à fumer. Il éteignit le gaz, s'en alla voir si Georgette avait estimé qu'il lui restait des vêtements méritant d'être conservés, puis il déposa ce qu'il y avait sur le lit. En passant devant la porte de la salle de bains, il dit à Anna de se servir.

C'était agréable de l'avoir dans la maison. Il songea un moment à téléphoner à Poe pour lui dire de venir chercher le porte-documents. La vie ensuite reprendrait son cours normal. Il pourrait faire visiter le Luberon à Anna, s'asseoir à des terrasses de café, déjeuner dans des restaurants sans être surveillé, reprendre les choses là où il les avait laissées après ce déjeuner au cap d'Antibes. Mais évidemment, Tuzzi allait se lancer à leur recherche.

Il se dépouilla de son blazer et l'accrocha au dossier d'une chaise devant la cuisinière. Malgré la douceur de la nuit, il était transi et il avait besoin d'une douche bien chaude. Il trouva une bouteille de marc et en versa un peu dans son café : il tenait la tasse à deux mains tout en contemplant les billets de banque qui commençaient maintenant à prendre dans la poêle un aspect quasi croustillant.

— Qu'est-ce que c'est? Le petit déjeuner?

Anna était plantée sur le seuil de la cuisine, vêtue d'un T-shirt, d'un caleçon, pieds nus, les cheveux mouillés, briquée et souriante. Délicieuse enfant. Bennett sentit son cœur palpiter lentement, mais résolument.

— Comment aimez-vous vos billets? fit-il. Surveillez-les pendant que je prends une douche. C'est tout ce que nous avons.

— Eh bien, sergent, dit-il dix minutes plus tard. C'est le moment d'avoir une petite conversation.

Il l'entraîna dans le salon et la fit asseoir.

— Nous avons une voiture volée, quelques milliers de francs en liquide, mes cartes de crédit et une poignée d'Italiens profondément mécontents qui vont d'un instant à l'autre se lancer à notre recherche, à supposer que Tuzzi se réveille. En outre, nous n'avons pas de passeport. Et, pour donner un peu de piment aux choses, nous allons avoir Poe sur le dos dès l'instant où il découvrira ce qui s'est passé : c'est-à-dire dans quelques heures, quand le yacht accostera à Marseille et que nous ne serons pas à bord. Vous êtes d'accord?

Anna hocha la tête en ouvrant de grands yeux au regard grave.

— D'accord.

Bennett se mit à arpenter la pièce.

— Mais, reprit-il, nous avons le porte-documents. Cet objet vous donne droit à cinquante mille dollars en liquide, avec une récompense modeste mais bienvenue pour votre serviteur. (Il s'arrêta de marcher pour la regarder.) D'accord?

— D'accord.

— Parfait. Alors, dès qu'il fera jour, nous tripotons les fils de notre petite voiture volée, nous roulons jusque chez Poe, nous lui remettons le porte-documents, nous empochons l'argent et nous filons. D'accord?

Anna secoua la tête :

— Pas d'accord.

Bennett soupira.

– J'avais le déplaisant pressentiment que vous alliez dire ça.

Il tendit la main vers la bouteille de marc et s'en versa un peu dans sa tasse de café vide.

– Vous n'avez pas cessé d'éluder la question depuis que nous avons quitté ce foutu bateau. Écoutez, je me plais à croire que je suis un homme raisonnable. (Il sentit la morsure du marc qui lui coulait au fond de la gorge.) Mais puisqu'il s'agit ici de ma sécurité personnelle et de mon bien-être – ou bien comme vous le diriez sans doute, puisque mes fesses risquent autant que les vôtres –, j'estime avoir le droit de savoir au juste ce qu'il y a au fond de votre tortueuse petite cervelle.

– Passez-moi un peu de ça. (Anna tendit sa tasse, avala une gorgée et frissonna.) Seigneur ! Bon, Bennett, voici ce que je pense. (Elle reposa sa tasse et prit une profonde inspiration.) Poe est une canaille, n'est-ce pas ? Une riche canaille. C'est aussi un triste fils de salaud qui a bousillé ma vie pendant deux ans. Un jour, je vous raconterai. Croyez-moi, c'est un vrai salopard.

– Et vous voulez vous venger. Eh bien, est-ce que ceci n'est pas...

– Il y a une part de vengeance, certes. Je suis humaine après tout. J'ai besoin de l'argent pour ma mère. Avec cinquante mille dollars, on ne va pas loin en Amérique, si on est malade. Je veux plus pour le porte-documents. Je veux beaucoup plus, et il peut payer.

– De combien parlez-vous ?

Anna leva un index.

– Un million. La mallette aurait atteint au moins ça dans une enchère.

— Un million de dollars. Pourquoi pas deux ? Pourquoi pas cinq ? (Bennett se laissa tomber sur le canapé en secouant la tête.) C'est ridicule. Vous allez demander à un escroc patenté et à son armée d'hommes de main de passer nous voir, de nous remettre un million de dollars, et de nous laisser partir. Pourquoi le feraient-ils ?

— Parce qu'ils veulent récupérer le porte-documents.

— Ils peuvent reprendre cette foutue mallette quand ils le veulent.

— Il faut d'abord la trouver. (Anna avait un air obstiné.) Bennett, écoutez-moi. Un million de dollars, ce n'est rien pour Poe. C'est une affaire qui a foiré avec ses amis en Irak ou en Afrique. Il paiera.

Bennett regarda son visage décidé : elle ne souriait pas. Cette sacrée bonne femme était sérieuse. C'était un plan qui ne tenait pas debout et il serait fou de se laisser entraîner là-dedans. Ils avaient déjà assez de problèmes avec Tuzzi, mais au moins celui-ci ne savait pas où ils étaient. Poe, lui, saurait où venir les chercher et Poe ne serait pas content. Non, il était hors de question de suivre cette idée idiote. Si Anna voulait s'en aller jouer à des jeux dangereux avec des hommes dangereux, eh bien, qu'elle y aille. Mais pas avec lui, jamais de la vie.

Comme s'ils réagissaient à un signal marquant la fin d'une réunion, ils se levèrent tous les deux. Anna s'approcha de Bennett et lui prit le visage entre ses mains. Ses yeux, sombres, énormes, qui brillaient dans l'éclairage tamisé, étaient à quelques centimètres des siens.

— Bennett. Aidez-moi.

Il n'arrivait pas à détourner son regard. Il avait l'impression d'être en train de se noyer. Mais une partie de lui se détachait, s'écartait, regardait avec amusement sa détermination chanceler, faiblir et s'évanouir. Il se rendit compte qu'il retenait son souffle, qu'il avait les épaules crispées.

– Oh, merde, dit-il.

Puis de nouveau :

– Merde.

Le visage d'Anna s'éclaira.

12

Le ciel sombre au-dessus de Saint-Martin virait au gris, puis au rose. Il leur fallait une voiture avec des papiers. Il leur fallait une cachette sûre. Il leur fallait un plan. Et ils n'avaient que quelques heures, pas davantage, pour respirer.

Bennett s'étonna lui-même. Les effets conjugués du marc, de l'adrénaline, de la reconnaissance d'Anna le transformaient de fugitif malgré lui en un personnage qu'il n'avait jamais compté devenir : l'homme qui a une mission. Il voulait se montrer plus malin que Poe et Tuzzi. Il voulait empocher le million de dollars. Il voulait gagner. Il arpentait le salon en pensant tout haut.

— Maintenant, la voiture. Nous en avons une. Elle se trouve être à Monaco, mais je suis tout à fait certain que personne ne surveillera l'appartement. Pourquoi le feraient-ils ? Poe ne saura pas que quelque chose a mal tourné avant que le bateau n'arrive à Marseille. Tuzzi n'a aucune raison de faire le rapprochement entre nous et Monaco. Nous pouvons nous introduire discrètement là-bas, reprendre notre voiture et filer. Question suivante : où allons-nous ?

— On ne peut pas rester ici ?

Bennett secoua la tête.

— C'est trop près de chez Poe. Et puis Shimo connaît la maison. Et d'ailleurs, nous ne pourrions pas nous cacher dans le village. Dès l'heure du déjeuner, tout le monde serait au courant. Nous pouvons peut-être trouver un hôtel quelque part dans les collines, mais je n'aime pas tellement les hôtels, pas avec les faux policiers de Poe traînant dans les parages à consulter les registres. Non, je crois que j'ai une meilleure idée.

Bennett cessa de marcher de long en large et considéra d'un air soucieux la mallette posée auprès d'Anna sur le canapé.

— Et je n'ai pas envie de trimballer ça. Trop risqué. Nous laisserons le porte-documents à Georgette. Avec elle, il sera en sûreté. Ça lui fera un nouvel objet à astiquer.

Il regarda par la fenêtre. Il faisait assez clair pour qu'on pût distinguer le contour des pierres sèches sur le mur de la maison de l'autre côté de l'allée. Dans quelques minutes, ce serait l'aube.

— Bennett? (Anna souriait. Elle sentait le changement chez lui... de compagnon aimable et détaché, il était devenu un vrai complice.) Ça vous amuse plutôt, n'est-ce pas?

— Absolument, répondit-il. Je n'imagine rien qui me plairait plus qu'être traqué dans la campagne par des hommes animés de mauvaises intentions et armés. (Il prit la mallette et éteignit les lumières.) Allons-y.

Traversant d'un pas vif les rues où flottait encore l'odeur des pierres refroidies par la nuit, ils s'engagèrent dans le cul-de-sac où habitait Georgette. Bennett entendit l'écho de la sonnette retentir dans la maison, puis le grincement d'un volet qu'on ouvrait. Un visage méfiant sous un filet à cheveux turquoise l'inspecta d'une fenêtre d'en haut.

– Tiens donc, fit Georgette. Voilà l'Anglais de retour. Qu'est-ce qui se passe ? Vous avez perdu votre clef ?

Bennett posa un doigt sur ses lèvres et désigna de la tête la porte de la rue. Georgette poussa un grand soupir, referma le volet et descendit leur ouvrir.

– Voici Anna, dit Bennett, une amie.

Georgette inspecta d'un coup d'œil le T-shirt, le caleçon et les pieds nus : elle pinça les lèvres.

– Maintenant, Georgette, écoutez. Je veux que vous gardiez cette mallette pour nous. Cachez-la. N'en parlez à personne : c'est très important que vous n'en parliez à personne. Nous reviendrons la chercher bientôt. Je n'ai pas le temps de vous expliquer maintenant. Vous voulez bien faire ça ?

Georgette regarda d'un air dédaigneux la mallette et lui donna une chiquenaude.

– Qu'est-ce qu'il y a de si précieux dans cette petite valise-là ?

– Des documents. Des papiers d'affaires. Rien d'illégal, je vous le promets : c'est simplement que nous ne voulons pas les trimballer avec nous. (Bennett essaya son sourire le plus enjôleur.) Faites-moi confiance.

– Tout ça sent mauvais. (Georgette hocha la tête.) Oui, c'est sans doute une magouille. Vous avez des ennuis ?

Bennett regarda Anna.

– Ma foi...

– C'est bien ce que je pensais, fit Georgette. (Elle

tendit la main.) Donnez-moi ça. Je vais la mettre dans
la cave, sous le gravier. Encore un souci de plus,
comme si je n'en avais pas assez.

– Vous êtes un ange.

Bennett lui remit le porte-documents et l'embrassa
sur les deux joues. Du pas de sa porte, elle les regarda
s'éloigner, une main sur la hanche, l'autre serrant la
poignée de la mallette, son expression méfiante
contrastant avec la gaieté voyante de son filet à cheveux.

Ils traversèrent rapidement le village qui commençait maintenant à s'éveiller : des chats rentraient en
rasant les murs après une nuit dehors, des volets
s'ouvraient, un souffle chaud et parfumé montait de la
boulangerie, on entendait le bruit d'une radio et la
toux d'un virtuose en provenance du café, le ferraille-
ment d'un tracteur vétuste qu'on voulait persuader de
démarrer, le mécanisme de l'horloge de l'église qui
frappait six coups. Bennett se félicitait d'avoir garé la
voiture dans un coin sombre de la place du village, à
demi dissimulée par le petit bâtiment de ciment qui
abritait les toilettes publiques de Saint-Martin.

Comme Anna s'accroupissait pour brancher les fils,
il croisa les doigts en regardant autour de lui. Il ne
s'écoulerait pas longtemps avant que les vieilles dames
qui se chargeaient de surveiller les allées et venues de
tout ce qui bougeait ne viennent prendre position : les
plus effrontées sur des chaises devant le pas de leur
porte, les plus discrètes derrière les pans jaunissants de
rideaux de dentelle. Le spectacle d'une jeune femme
en dessous masculins en train de bricoler une voiture
fournirait de quoi alimenter une matinée tout entière
de conjectures. Bennett songea à aller emprunter une
jupe à Georgette. Mais non. Ils n'avaient pas le temps.

Le moteur toussota, démarra, Bennett respira de nouveau. Ils descendirent la côte, traversèrent la nationale 100 et mirent le cap à l'est, se cantonnant sur les petites routes dans l'espoir que les gendarmes provençaux seraient entièrement absorbés par leur tâche estivale : distribuer des contraventions pour excès de vitesse aux pauvres et aux nécessiteux de l'autoroute.

À bord du *Ragazza*, qui voguait maintenant lentement vers Marseille, Lord Glebe s'apprêtait à ouvrir les enchères. On avait expliqué la tête bandée et la démarche hésitante de Tuzzi comme étant le résultat d'une regrettable chute après un peu trop de champagne. Bennett, raconta-t-on aux autres, avait quelques problèmes avec ses commanditaires : il était dans sa cabine, retenu par une longue conversation en multiplex. Toutefois, comme le déclara Lord Glebe, il fallait s'en tenir au plan prévu, ils étaient tous des hommes très occupés, le temps c'était de l'argent et il n'y avait aucune raison de ne pas commencer les enchères sitôt qu'on aurait pu examiner la marchandise.

Avec des airs de prestidigitateur regorgeant de lapins blancs, Glebe ouvrit le porte-documents et en exhiba le contenu aux trois enchérisseurs.

— Bien entendu, dit-il, vous voudrez que vos spécialistes viennent vérifier tout cela plus tard, mais je suis certain que vous constaterez que tout est en ordre. Le manuel utilisation, le jus de la jungle, les conseils de jardinage et ainsi de suite. Mais, pour revenir un moment aux choses sérieuses (il adopta l'expression de sincérité soucieuse à laquelle il s'était exercé au cours de nombreux débats soporifiques à la Chambre des lords), je dois vous rappeler une nouvelle fois que l'acquéreur de ce porte-documents sera en mesure de contrôler tout le marché de la truffe noire.

Les trois enchérisseurs examinèrent la rangée de flacons et les dossiers sans manifester plus qu'un intérêt poli. C'étaient des financiers, ils étaient venus pour acheter. Les techniciens s'occuperaient des détails de l'analyse et des vérifications, et Tuzzi n'était pas un homme difficile à trouver si un problème se présentait. Il n'y eut donc pas de questions.

— Parfait, fit Glebe. Je vous en prie, messieurs, par multiples de cent mille dollars. Maintenant, qui va me commencer avec un beau million tout rond, histoire de nous échauffer un peu ?

Kasuga leva un doigt. Penato fit un signe de tête, puis Polluce. Kasuga de nouveau. Puis une pause.

— J'ai là un million trois, annonça Glebe, ce qui est un prix insignifiant pour payer une fortune. Non, messieurs. Je pense que nous pouvons faire mieux que cela. M. Tuzzi a fixé un prix de réserve pour le porte-documents et je crois malheureusement que pour l'instant les enchères n'en approchent pas. (Il porta une main à son oreille.) Est-ce que j'entends quelque chose de plus réaliste ? Deux millions ? C'est cela ?

— O.K., fit Penato.

Une nouvelle fois, Kasuga leva un doigt.

Polluce regarda les visages impassibles des deux autres enchérisseurs. Jusqu'à quelle hauteur iraient-ils ? C'étaient des hommes d'affaires, qui ne recherchaient que le profit. Mais lui, Polluce, avait un autre but, plus noble : baiser les Français. Ses collègues de Calvi lui avaient confié un mandat pour se procurer la formule, à n'importe quel prix. Il fit un signe de tête à Glebe.

— J'enchéris pour la Corse, dit-il, en levant trois doigts. Trois millions.

Glebe était rayonnant.

— Bien joué, la Corse. (Il se frotta les mains.) Voilà qui me paraît plus raisonnable.

Gérard et son équipier, assis dans la Citroën noire banalisée devant le club nautique à l'entrée du Vieux-Port, fumaient et maudissaient la chaleur, l'ennui et l'inconfort de leurs uniformes froissés. Au début de la matinée, Shimo avait appelé d'un hélicoptère pour leur annoncer que le *Ragazza* faisait route vers Marseille : mais le rafiot prenait son temps, la température à l'intérieur de la voiture dépassait 40 degrés, Gérard avait soif et était bien mal installé.

— Putain, dit-il. Je me taperais bien une bière.

Son équipier ôta ses lunettes de soleil pour éponger la sueur sur son visage et loucha vers la mer. Un pastis, songea-t-il, ça ferait du bien, au bar du club nautique, suivi d'un repas convenable. Ce régime forcé de sandwichs et de pizzas auquel il était soumis depuis quelques jours jouait des tours à sa digestion. Si ça se prolongeait, il allait se retrouver avec une crise de transit intestinal ; il la sentait venir. Il prit les jumelles sur le tableau de bord et les braqua sur une fille en minuscule short blanc qui agitait les bras devant un voilier qui arrivait.

— Merde, regarde-moi ces jambes, elles lui vont tout droit jusqu'aux aisselles.

Gérard fut le premier à apercevoir le *Ragazza* ; il apparut aux regards et jeta l'ancre à mi-chemin entre la côte et l'île d'If. Avant qu'il eût repris les jumelles à

son équipier, une vedette avait quitté le quai et se dirigeait vers le gros bateau. Dieu soit loué, il se passait
enfin quelque chose. Il regarda le canot accoster le
Ragazza où un petit groupe attendait à l'arrière. Il
décrocha le téléphone de la voiture et composa le
numéro de Poe.

— Ils sont ici. Une vedette vient de partir pour les
prendre.

À travers le crépitement des parasites il entendit la
voix de Shimo.

— Combien sont-ils ? Pouvez-vous les identifier ?

— Attendez.

Gérard regarda le canot virer lentement en s'éloi-
gnant du *Ragazza* avant de prendre de la vitesse. À
l'arrière du yacht, une silhouette qui semblait porter
sur la tête un turban ou un pansement leur faisait des
gestes d'adieu. Gérard régla les jumelles et les braqua
sur le canot.

— Quatre hommes à l'arrière. (Dans les jumelles les
images devenaient plus précises et plus détaillées.) Un
avec des cheveux gris. Un Japonais. Un homme âgé,
maigre. Un plus jeune, à cheveux sombres.

— Est-ce que c'est l'Anglais ?

Gérard examina le large visage charnu de Penato et
le compara avec celui qu'il avait vu à Monaco.

— Non, ce n'est pas l'Anglais.

— Et la fille ?

— Pas de fille.

La vedette s'arrêta le long du quai. Trois hommes
sortirent des voitures qui attendaient en haut des
marches. Gérard poursuivit son commentaire :

— Le grand aux cheveux blancs a une mallette. Lui
et le vieux mec maigre s'approchent d'une Mercedes.
Les deux autres ont des Citroën.

– Suivez la mallette. La Mercedes. Gardez le contact.

Shimo coupa le haut-parleur et alluma une cigarette. Poe était assis de l'autre côté du bureau : il se mordillait la lèvre inférieure et regardait par la fenêtre, en essayant d'envisager toutes les possibilités. L'homme aux cheveux blancs portait-il la vraie mallette ou sa remplaçante ? Bennett et Anna avaient-ils procédé à l'échange ? Avaient-ils été découverts ? Étaient-ils toujours retenus à bord du *Ragazza* ou bien Tuzzi les avait-il jetés par-dessus bord ?

La Peugeot fatiguée fit son entrée à Monaco. Bennett se laissa glisser à la première place qu'il put trouver et débrancha les fils. Ils avaient eu de la chance : Cela faisait une demi-heure qu'ils roulaient sur l'espoir, la jauge à essence en dessous de « vide ».

Comme ils gravissaient la côte vers la place du Casino, un vieux couple escorté d'un caniche savamment tondu s'arrêta et les dévisagea en secouant la tête d'un air désapprobateur.

– Quel est leur problème ? fit Anna.

– Je crois que vous contrevenez peut-être au code vestimentaire de Monaco. Ce doit être un délit pour une jeune femme de se montrer en public en arborant un caleçon d'homme. Avancez toujours.

L'appartement était exactement comme ils l'avaient laissé : les tasses à café et les assiettes du petit déjeuner toujours dans l'évier, le lit défait, la bouteille de whisky vide sur la table. Anna fourra quelques vêtements dans un sac tandis que Bennett déployait la carte Michelin de la côte et du Vaucluse. Où était donc cet endroit sur lequel il était tombé par accident l'année dernière ? Un village en altitude, quelque part du côté de Banon.

– O.K., fit Anna. Je suis prête.

Elle avait mis des bottes, un jean et un T-shirt, s'était plaqué les cheveux avec de l'eau et ne donnait aucun signe d'avoir passé une nuit tendue et sans sommeil. Bennett replia la carte et se redressa. Ils allaient faire route vers l'ouest. Le nom de cet endroit lui reviendrait plus tard.

La sonnerie du téléphone les pétrifia tous les deux : une réaction instinctive de culpabilité, comme si le moindre mouvement allait révéler leur présence à celui qui appelait. Au bout de quatre sonneries, l'appareil délivra le message de Bennett sur le répondeur. Un bip. Puis la voix de Shimo, métallique et précise : « Poe aimerait avoir de vos nouvelles. Immédiatement. »

Bennett jeta un coup d'œil à la pendule. Douze heures trente. Les enchères devaient être terminées.

– Ça y est, dit-il. Ils se sont aperçus que quelque chose clochait. Ne nous arrêtons pas pour faire la vaisselle.

Ils roulèrent bon train, parvinrent à Aix au milieu de l'après-midi, affamés, assoiffés, ravis de trouver une table dans la fraîcheur de la salle du fond des Deux Garçons. Dehors, sur le cours Mirabeau, un cortège de touristes nonchalants flânait à l'ombre des platanes. Les spectateurs assis, pour la plupart des étudiants de l'université se remettant de leurs efforts, riaient, flirtaient, laissant comme pourboires un peu de petite monnaie sur la table afin de voir s'ils pourraient tenir ainsi jusqu'à une autre tasse de café, un autre Perrier menthe, une autre heure d'éducation au café. Aix glissait déjà dans son rythme estival, nonchalant et détendu.

Les bières arrivèrent, puis le steak-pommes frites. Une fois leur fringale un peu calmée, ils tirèrent à pile ou face pour voir qui allait commander le café et qui allait appeler Poe. Ce fut Bennett qui perdit.

Il introduisit une pièce dans l'appareil et entendit à l'autre bout du fil la voix de Shimo. Il se présenta et demanda Poe.

– J'attendais votre coup de fil, monsieur Bennett, dit Poe. J'espère que vous avez de bonnes nouvelles ?

– Eh bien, oui et non. (Bennett prit une profonde inspiration.) Nous avons récupéré le porte-documents, mais il y a un léger changement de programme. Ça va vous coûter un petit supplément pour le récupérer.

Silence de Poe.

– Nous avons pensé en fait qu'un million de dollars était une somme raisonnable. En liquide.

Poe se mit à rire, un petit rire insultant, plein d'assurance.

– Très drôle, monsieur Bennett. Maintenant, où êtes-vous ? Je vais envoyer Shimo vous prendre.

– Je parle sérieusement. Un million de dollars.

– Vous parlez sérieusement, n'est-ce pas, monsieur Bennett ? C'est bien imprudent de votre part. Très imprudent. Bon, assez joué. Où êtes-vous ?

– Je vous rappellerai dans deux jours. Tenez l'argent prêt ou bien la mallette aura un nouveau propriétaire.

Bennett raccrocha. Quel salopard, plein de suffisance. Il espérait avoir eu un ton convaincant.

Anna leva les yeux de la carte qu'elle avait étalée sur la table.

— Comment ça s'est passé ?

— Je crois que c'est la fin d'une belle amitié.

Poe était un homme qui croyait beaucoup à la maîtrise de soi : cela lui demanda quand même un effort de réprimer la fureur dans sa voix quand il appela le directeur de sa banque à Monaco pour arranger le retrait d'un million de dollars. Si cette merde de Bennett s'imaginait qu'il allait vivre pour les dépenser, il pouvait s'attendre à une déplaisante surprise. Tôt ou tard, il devrait bien se montrer et alors il disparaîtrait pour de bon. Ce pourrait être amusant de le larguer de l'hélicoptère sur le pont du yacht de Tuzzi, en laissant l'Italien nettoyer le gâchis. Oui, ce serait une conclusion élégante, qui ne manquerait pas d'une certaine symétrie. Quelque peu ragaillardi à cette idée, Poe dépêcha alors Shimo à Saint-Martin. Il était peu probable que Bennett fût assez stupide pour se cacher dans sa propre maison, mais, avec les amateurs, on ne sait jamais.

La Peugeot de Bennett franchit la Durance à Pertuis et prit à l'est vers Manosque.

— L'année dernière j'ai roulé dans cette direction, dit Bennett, et je suis arrivé dans un endroit extraordinaire, entouré de vignes, absolument au milieu de nulle part. Si je parviens à le retrouver, ce sera parfait pour nous. Regardez si vous pouvez trouver l'Arginaud sur la carte, juste au-dessus de Banon... C'est quelque part par là.

— Comment savez-vous que nous pourrons y rester ?

– J'ai passé la nuit là et l'abbé et moi nous nous sommes très bien entendus. Il a reconnu en moi un frère croyant. Il m'a dit que je pourrais revenir quand je le voudrais.

– Vous et un abbé ? Vous plaisantez. Vous ne me paraissez pas du genre religieux.

– Lui non plus. Mais il dirige ce monastère. Vous savez : les cloîtres, les moines, les habits. Il vous plaira. C'est un vieux coquin : il se considère comme une sorte de dom Pérignon réincarné, qui perpétue une longue tradition.

Anna secoua la tête.

– Laquelle ?

– Les moines et l'alcool. Ces gens-là prennent ça très au sérieux. Ils s'appellent eux-mêmes la Fraternité de Bacchus. Avec un peu de chance, nous pourrons arriver là à temps pour le cocktail des Vêpres.

13

Après les rues encombrées d'Aix, la Haute-Provence fit à Anna l'effet d'une autre planète, déserte, rude et belle. C'était un pays impitoyable, avec une terre rare et rocailleuse, des arbres clairsemés et rabougris par les vents qui balayaient la vallée du Rhône. Ils longèrent des champs striés de lavande, leurs buissons trapus blottis en longues lignes parfaitement droites. Ils passèrent devant des troupeaux de chèvres, dont on entendait le tintement grêle des clochettes tandis que deux chiens efflanqués les rameutaient. Ils passèrent devant des panneaux aux couleurs effacées vantant les mérites d'apéritifs depuis longtemps disparus. Devant des kilomètres et des kilomètres de vignobles.

La circulation se fit plus rare, puis presque nulle, à l'exception de quelques tracteurs rentrant en grinçant après une journée passée dans les vignobles. Dans les champs, des silhouettes se redressaient et interrompaient leur travail pour regarder la voiture passer : les têtes tournaient avec une lenteur délibérée, plissant les yeux devant le soleil du soir presque à l'horizon, une inspection qu'Anna trouva gênante et légèrement hostile.

Elle essaya de saluer de la main une ou deux de ces silhouettes : on la dévisagea sans répondre.

— Qu'est-ce qu'ils ont, ces types ? demanda-t-elle. Ils n'ont jamais vu de voiture ?

— C'est comme ça qu'ils sont dans ce pays : tout ce qui traverse ce coin de terre, ça les regarde. Encore heureux que nous ne soyons pas dans la Mercedes de Poe. Ils en discuteraient ce soir dans tous les bistrots du pays. Quand on habite un village par ici, on ne peut pas se gratter sans qu'une demi-douzaine de gens affirment que vous avez des puces.

— Vous aimez ça ? À Manhattan, les gens sont tous des étrangers. Je ne connais même pas mon voisin de palier.

Bennett songea un moment à Georgette, à Anny et à Léon, aux menues filouteries de M. Papin, aux ambitions matrimoniales de Mme Joux pour sa fille, aux potins du café, à la curiosité sans fin.

— Oui, fit-il, c'est vrai que j'aime ça. J'ai l'impression de vivre au milieu d'une famille un peu excentrique.

Anna lui posa une main sur le bras.

— Je vous ai gâché tout ça, n'est-ce pas ? Je suis désolée.

Bennett secoua la tête.

— Pas du tout. Vous m'avez fait connaître une vie brillante et aventureuse, vous m'avez fait rencontrer des gens fascinants qui veulent probablement me tuer. (Comme ils approchaient d'un embranchement de la route, il freina.) Je crois que nous approchons.

La chaussée passa brusquement du goudron à de la

terre creusée d'ornières : ils s'engagèrent sur un chemin montant en pente douce, à travers des bouquets de pins et de chênes rabougris, déformés et qui semblaient accroupis, le dos courbé par des années de mistral. La voiture roulait droit en direction du soleil et ils n'aperçurent d'abord du monastère qu'une silhouette massive et basse se découpant au bout du chemin. Bennett vint s'arrêter au pied d'un groupe de cyprès poussiéreux. Par-dessus les petits craquements du moteur qui refroidissait, il entendait le bruissement insistant du chœur d'un millier d'invisibles cigales.

Le monastère avait été construit quatre cents ans plus tôt en forme de H.

— Là-bas, c'est le cloître, dit Bennett. De l'autre côté, c'est le dortoir. Le grand bâtiment au milieu sert à tout le reste : cuisine, réfectoire, bureaux, salle de dégustation, distillerie, appartements de l'abbé. Au-dessous, il y a d'énormes caves. C'est un endroit étonnant, non ?

Anna examina la longue ligne de toits couverts de tuiles où ne pointait pas une croix, pas un clocher.

— Est-ce qu'il y a une chapelle ? Ou est-ce qu'ils prient simplement en allant et venant ?

— Eh bien, fit Bennett, ce n'est pas tout à fait un ordre religieux orthodoxe. À vrai dire, c'est plutôt une petite entreprise.

— Mais ils s'appellent moines, non ?

Bennett lui fit un grand sourire.

— C'est parce qu'ils obtiennent ainsi ce que le père Gilbert appelle une dispense céleste des autorités. Il vous expliquera tout ça.

Ils remontèrent une large allée de gros cailloux pâles. De chaque côté, d'épaisses rangées de lavande emplissaient d'une brume de couleur le secteur entre les deux ailes du monastère. Devant eux, quelques marches de pierre, dont chacune était usée en son milieu par des siècles de passage, menaient jusqu'à une porte cloutée de chêne noirci. Gravé dans le gros linteau de pierre, le credo du monastère : « *In Vino Felicitas* ».

Bennett tira sur la poignée d'une chaîne auprès de la porte et entendit le double coup d'une cloche, étouffé par les épais murs de pierre.

— Vous n'avez jamais rencontré de moines ?

Anna secoua la tête.

— Est-ce qu'ils ressemblent à des rabbins ?

— J'en doute. Pas ceux-là, en tout cas.

Dans un grincement de gonds, la porte s'entrebâilla de quelques centimètres pour révéler un visage brun sous une frange de cheveux blancs. Il avança prudemment, comme la tête d'une tortue émergeant de sa coquille.

— Êtes-vous perdus, mes chers enfants ?

— À vrai dire, non, répondit Bennett. Nous sommes venus voir le père Gilbert.

— Oh ? (Le visage exprima la surprise comme si Bennett avait révélé quelque savoir caché.) Père Gilbert, que Dieu le protège, est en pleine dégustation. Il goûte toujours le vin avant le repas du soir, parfois pendant plusieurs heures. C'est qu'il se dévoue à sa tâche. Mais je suis sûr que vous avez fait un long voyage pour le voir. (Le moine ouvrit plus largement la porte et leur fit signe.) Il faut que vous entriez.

On voyait maintenant qu'il était vêtu d'une simple robe d'un gros tissu marron foncé, serrée à la taille par une ceinture, avec un taste-vin d'argent accroché à son cou par une lanière de cuir. Ses sandales claquant sur les dalles, il leur fit franchir un large portail et pénétrer dans une longue salle aux proportions classiques, où le soleil couchant projetait des rais de lumière par des fenêtres hautes et étroites. D'un geste de sa main levée, le moine fit s'arrêter Anna et Bennett.

Une douzaine de personnages vêtus de brun, ressemblant à de grands oiseaux encapuchonnés, étaient assis autour d'une table de réfectoire. Leurs visages, totalement obscurcis par le capuchon de leur habit, étaient penchés sur de grands verres évasés. Des groupes de bouteilles sans étiquette étaient disposés par intervalles le long de la table. Ce silence absolu n'était troublé que par le bruit de l'air aspiré par une douzaine de paires de narines.

Anna chuchota quelque chose à l'oreille de Bennett qui murmura au moine :

— Qu'est-ce qui se passe ?

Le moine se pencha vers eux.

— Le père Gilbert fait faire aux frères une profonde inhalation.

— Pourquoi ont-ils leurs capuchons ?

Le moine rapprocha ses mains jointes, les porta jusqu'à son nez et leva les yeux vers le ciel.

— C'est d'autant mieux pour capter et concentrer le divin effluve, mon fils, lorsqu'il s'élève du verre.

— C'est le bouquet, expliqua Bennett à Anna. Ils hument le bouquet.

— Avec des capuchons de lutin ? Je n'arrive pas à y croire.

Des murmures alors s'élevèrent autour de la table : une litanie de commentaires tandis que les moines rapportaient les découvertes qu'ils avaient faites avec leur nez. Bennett parvint à surprendre des bribes qu'il répéta à Anna stupéfaite. « Des arômes de vanille... » « Bien équilibré... » « Une certaine précocité, vous ne trouvez pas, mes frères ? Il a pas mal de cuisse pour un vin de son âge... » « Des épices, de la mûre, oui... franc et honnête, mais prometteur. »

Au bout de la table, le père Gilbert leva son verre.

– Très bien, messieurs. Chapeau bas et goûtons cette petite canaille. (Il ôta son capuchon et s'apprêtait à boire quand il aperçut Anna, Bennett et le moine.) Mais attendez. Qui avons-nous là ? (Il se leva et s'appuya un doigt sur le menton tout en regardant Bennett.) Est-ce que je ne reconnais pas le voyageur assoiffé de l'hiver dernier ? L'Anglais aux nombreuses bouteilles ? C'est bien lui. Venez ici, mon fils, approchez. Laissez-moi vous accueillir.

Bennett se trouva emprisonné dans une étreinte chargée d'arômes où les vapeurs du vin se mêlaient aux relents d'engrais et de laine tiède tandis qu'on l'embrassait vigoureusement sur les deux joues. Le visage de Gilbert – large, rond et couleur de terre cuite – était rayonnant (de plaisir, espérait Bennett, même si le litre de vin du déjeuner avait sans doute apporté sa contribution au teint fleuri du bon père). Il présenta Anna qui reçut un accueil chaleureux et qu'on emmena avec Bennett rencontrer les autres moines assis autour de la table.

Les frères assemblés avaient le même teint coloré que le père Gilbert. Tandis que, radieux, ils hochaient la tête en levant leurs verres, le père Gilbert décrivit leurs responsabilités monastiques.

– Le frère Luc que voici est notre directeur des exportations : nous faisons pour les pays du tiers-monde un très respectable vin de communion un peu viné. Frère Yves s'occupe du développement de nouveaux produits, principalement des boissons fortifiantes et des liqueurs, mais il s'obstine à essayer de nous glisser par-ci, par-là une absinthe de première qualité. Le pervers !

Anna regarda frère Yves, un petit homme frêle comme un oiseau, à l'expression bienveillante et à l'œil brillant, l'antithèse même de la perversité.

– Quel mal y a-t-il à cela ?

Père Gilbert fit de son mieux pour prendre un air grave.

– C'est illégal, mon enfant. Ça l'est depuis bien des années. Mais, je dois en convenir, c'est tout à fait délicieux. S'il en reste, nous pourrions peut-être en boire une goutte après le dîner. Cela calme l'estomac et cela fait faire les rêves les plus délicieux.

On continua les présentations. Il y avait des frères pour s'occuper de tout, depuis l'emballage et les projections financières jusqu'au marketing et aux relations publiques. Il existait, expliqua le père Gilbert, un lien séculaire entre les ordres monastiques et les bienfaits de l'alcool. Il ne faisait que poursuivre cette noble tâche, avec cette légère différence qu'il s'était totalement exempté de toute exigence spirituelle. C'était un monastère où chacun avait sa chance, ouvert à toutes les confessions. Ou, pour dire les choses autrement, une petite entreprise confortablement installée dans un paradis fiscal religieux.

– Vous ne payez aucun impôt ? demanda Bennett. Absolument aucun ?

– Bonté divine, non. Pas un centime. (Le père Gilbert eut une moue écœurée.) Quelle scandaleuse

invention, déclara-t-il. Nous n'avons rien à faire avec
ça. Dom Pérignon n'a jamais payé d'impôt. Pourquoi
en acquitterions-nous ?

— Vous ne faites pas de champagne, n'est-ce pas ?
demanda Anna.

— Non, mon enfant, nous n'en faisons pas. Il n'y a
pas ici les conditions qui conviennent. Mais, après tout,
qu'est-ce que le champagne ? Rien que des raisins qui
ont des gaz, même si nos amis de Reims ne voudraient
sans doute pas en convenir.

Là-dessus, il emplit à demi deux gobelets de vin
rouge et les offrit à Anna et à Bennett.

— J'espère que vous pourrez vous joindre à nous
pour dîner. Nous avons un marcassin que frère Louis a
écrasé l'autre jour avec son tracteur. (Il les regarda en
souriant.) Vous voyez ? Le Seigneur nous approvi-
sionne.

— Avec le plus grand plaisir, répondit Bennett. À
vrai dire, cela nous arrangerait bien si nous pouvions
rester ici deux ou trois jours. Nous avons un petit problème.

Le père Gilbert s'empara sur la table d'une bouteille
de vin et les précéda en se dandinant devant eux
jusqu'à une alcôve tapissée de livres au fond de la
grande salle.

— Asseyez-vous, mes chers enfants, et faites-moi part
de vos ennuis.

Tandis que les frères s'affairaient à préparer le dîner,
Anna et Bennett firent le récit des événements qui les
avaient amenés jusqu'au monastère : le père Gilbert
hochait la tête devant son verre de vin, sa bouche for-
mant un O de surprise en les entendant raconter comment ils s'étaient échappés du *Ragazza*.

– Que tout cela est fascinant, dit-il lorsqu'ils eurent terminé. Et quelle vie excitante vous menez, jeunes gens. Je crains que vous ne la trouviez bien morne ici. Mais dites-moi une chose. (Il agita en l'air des doigts potelés comme si la question était sans grande importance.) Cette formule, ce sérum magique... c'est authentique, à votre avis? Ça donne des résultats?

– À ce qu'on m'a dit, fit Bennett. Apparemment, le produit a eu un taux de réussite très élevé... de l'ordre de 70 ou 80 %.

Le père Gilbert emplit son verre d'un air songeur.

– Ce serait une adjonction extrêmement précieuse au travail que nous effectuons ici au monastère. La vigne et la truffe côte à côte. Pourrait-on imaginer une combinaison plus plaisante? (Il regarda Bennett par-dessous ses sourcils froncés.) Je suppose qu'il n'y a aucune chance que nous parvenions à un arrangement? À une sorte d'association?

– Ma foi... fit Bennett.

– Absolument pas, intervint Anna.

– Vous comprenez, mon père, expliqua Bennett, ce produit ne nous appartient pas officiellement. Nous sommes en quelque sorte chargés de le surveiller.

– C'était juste une idée comme ça, dit le père Gilbert. Eh bien, buvons.

Le jeune sanglier, arrosé de graisse jusqu'à en étinceler, avait été rôti à la broche dans la cheminée de la cuisine et reposait maintenant sur un plateau de bois au milieu de la table, une énorme patate cuite dans sa gueule. Le père Gilbert découpa et servit des portions de la chair sombre et faisandée sur des assiettes d'étain cabossées, les manches de son habit retroussées au-dessus des coudes, son visage luisant à la lueur des bougies. On emplit des verres, on coupa d'épaisses tranches rondes de pain de campagne. Seuls les deux visiteurs, avec leurs vêtements modernes, indiquaient qu'on était au XXe siècle.

Anna était intriguée. D'où venaient ces hommes qui semblaient heureux de vivre dans un morceau de temps arraché au Moyen Âge ?

— Nous sommes tous des réfugiés du monde des affaires, expliqua le père Gilbert. Moi-même, je travaillais à la Banque Nationale de Paris. D'autres viennent d'Elf Aquitaine, d'IBM, de la Bourse, de l'Aérospatiale. Nous avions horreur de la vie des grosses sociétés. Nous adorions le vin. Voilà quinze ans, nous avons mis nos ressources en commun pour acheter le monastère qui était inoccupé depuis avant la guerre et nous sommes devenus moines. (Il fit un clin d'œil à Anna.) Des moines assez peu formalistes comme vous pouvez le voir.

Elle semblait intriguée.

— Puis-je vous poser une question ? Aucun de vous n'a de femme ?

Le père Gilbert se renversa dans son fauteuil et fixa les ombres que la lueur des chandelles projetait sur la voûte du plafond.

— C'était, nous l'avons découvert, encore un lien, dit-il. Les plaisirs de la compagnie des femmes n'étaient pas pour nous. Rappelez-moi... Comment dit-on cela dans votre pays ?

— Être « gay » ? fit Anna.

— Ah, oui. L'usage bien impropre d'un mot charmant. (Il secoua la tête.) Gay. Comme c'est ridicule !

On pourrait dire, alors, j'imagine, que nous vivons dans un état de gaieté perpétuelle. Voilà, j'en suis sûr, qui va être pour nous tous un remarquable réconfort. (Il se mit à rire et leva son verre en direction d'Anna.) Aux jours « gays » et qu'ils soient nombreux.

On servit le fromage, qu'on déballa cérémonieusement de sa couche protectrice de feuilles de vigne. Mais l'alliage de trop d'hospitalité et de pas assez de sommeil avait réduit Anna et Bennett au silence et ils ne tardèrent pas à dodeliner de la tête. Esquivant l'offre de frère Yves d'aller goûter son absinthe maison, ils suivirent le père Gilbert jusqu'à la cellule des visiteurs dans le dortoir. Il les laissa avec une bougie toute neuve et en les prévenant joyeusement que la vie du monastère commençait peu après l'aube.

La cellule était petite et simple. Une meurtrière en guise de fenêtre, une table avec une cruche d'eau et une cuvette, et deux étroites couchettes disposées contre des murs opposés. Anna s'étira en gémissant doucement.

— Je crois que j'ai peut-être bu un peu trop de vin. (Elle se redressa et examina ses pieds.) Vous voulez me faire plaisir ?

— Un verre d'absinthe ?

Anna frémit à cette idée.

— Me retirer mes bottes. Je n'y arriverai jamais.

Bennett tira sans succès sur une botte bien ajustée.

— Il va falloir que je fasse ça à l'ancienne, dit-il. Pardonnez-moi la vue.

Il lui tourna le dos, se mit à califourchon sur ses jambes, se pencha et fit glisser la première botte.

— Bennett ? fit Anna d'une voix ensommeillée. Ce que vous avez fait aujourd'hui, ce que vous êtes en train de faire... j'apprécie.

– Tout ça est compris dans le service.

Il s'escrima sur l'autre botte. Elle eut un petit rire étouffé.

– Et puis, pour un Anglais, vous avez un assez joli cul.

Le temps de lui poser les pieds sur la couchette et elle était endormie. Il se pencha pour remonter doucement une mèche qu'elle avait sur le front : elle sourit, frottant sa tête contre sa main comme un chien avant de se tourner sur le côté. Il souffla la bougie. Dans la tiède obscurité, il entendait le bruit de sa respiration. Sa dernière pensée consciente fut de se rappeler de demander au père Gilbert si le monastère possédait une grande couchette.

14

Polluce compta les billets de cinq cents francs et regarda la fille les compter à son tour, ses ongles cramoisis crissant contre le papier, avant de les plier avec soin et de les glisser dans son sac. Cette nuit elle avait bien travaillé. Ç'avait été une agréable transaction commerciale, le couronnement d'une journée de travail extrêmement réussie.

La fille sortit de la suite et Polluce décrocha le téléphone pour commander le petit déjeuner. De sa fenêtre, on apercevait le Vieux-Port et, plus loin, l'étendue bleu marine de la Méditerranée. Il allait de nouveau faire chaud : le temps idéal pour déjeuner dans le jardin de Passédat avant de reprendre l'avion pour la Corse. Polluce avait toujours aimé Marseille.

Il se doucha, se rasa, s'habilla, heureux du léger voile bleu pâle de sa chemise et de l'éclat discret de son costume de lin. Il tira une dernière fois sur ses manchettes et s'en alla ouvrir la porte au garçon qui frappait.

Tout en prenant son petit déjeuner, Polluce rêva à tout l'argent que la formule allait leur offrir, à lui et à ses collègues de l'Union corse. Comme leurs pères et leurs grands-pères avant eux, ils n'aimaient guère leurs voisins, les Français du continent. Les bons Corses, les vrais Corses voulaient l'indépendance. Si les Français refusaient de la leur accorder, alors il faudrait la prendre.

Polluce sourit en songeant à la façon dont ils allaient pouvoir manipuler le marché français de la truffe et extraire des millions des poches des Français. À n'en pas douter, l'Union trouverait bon de faire profiter d'une partie de ces bénéfices le mouvement nationaliste corse.

Il consulta sa montre. Dans une demi-heure, il aurait les résultats de l'analyse qu'il avait demandée la veille. Il tira un Montecristo d'un étui en cuir et le pressa doucement : il le trouva gras, presque juteux. Il en trancha l'extrémité, l'alluma avec soin et aspira la première bouffée de la lourde fumée odorante.

La cendre approchait de la bague couleur chocolat dont Polluce trouvait toujours les simples caractères blancs si sobres et si agréables à l'œil. Il tirait une dernière longue bouffée quand ses visiteurs arrivèrent : Bruno, son jeune cousin et garde du corps, et Arrighi, le chimiste, un homme décharné au visage allongé, vêtu de sombre et l'air lugubre.

Après les plaisanteries d'usage, Arrighi posa la mallette, regarda Polluce et secoua lentement la tête d'un côté à l'autre.

– J'ai le regret de te dire que ceci (il désigna d'une main méprisante le porte-documents) n'est pas ce à quoi nous nous attendions. Les documents ne veulent rien dire. C'est une collection de statistiques qu'on pourrait se procurer pour cent francs à la Société agricole.

Rien n'avait changé dans l'expression de Polluce quand il reposa son cigare.

– Et le sérum ?

– De l'eau mélangée à un herbicide ordinaire. Ça tuerait tout juste quelques mauvaises herbes. (Il écarta les mains, paumes ouvertes et haussa ses épaules osseuses.) Je suis désolé.

Polluce regarda par la fenêtre, le visage crispé par l'effort qu'il faisait pour dissimuler sa rage. Ce rustaud d'Italien et son aristocrate apprivoisé, ils devaient bien le savoir. Ils l'avaient roulé. Maîtrisant l'indignation que seule une crapule peut éprouver quand elle s'est fait rouler par d'autres escrocs, il congédia Arrighi et ordonna à Bruno de l'attendre en bas avec la voiture.

Il appela le bureau de Tuzzi à Cannes et on le mit en communication avec le *Ragazza*.

– Tuzzi ? Polluce.

– Hé, mon ami, comment ça va ? La vie en mer vous manque ?

Tuzzi posa sa main sur le microphone et dit à un matelot d'aller chercher Lord Glebe.

– Je pense que vous savez pourquoi j'appelle.

Tuzzi fit de son mieux pour prendre un ton étonné.

– Vous avez oublié quelque chose à bord ?

– Trêve de plaisanteries, Tuzzi. J'ai fait analyser la formule. C'est de la merde. C'est du désherbant.

Il y eut une explosion de feinte stupéfaction chez Tuzzi.

– Ça, je n'arrive pas à le croire ! *Non è possibile !* Attendez... Voilà Glebe. (Prenant soin de parler assez fort pour se faire entendre à l'autre bout du fil, il se lança dans un torrent d'explications.) Mon ami Polluce, il dit que la formule n'est pas bonne, qu'on lui a joué un tour. Qu'il a été rembobiné ! Il est scandalisé. Je suis scandalisé. Qu'est-ce que nous pouvons faire ?

Je lui ai juré sur la tête de ma mère. On a traîné ma réputation sur le trottoir...

— Dans le ruisseau, mon cher, dit Glebe. Attendez, laissez-moi lui parler.

Tuzzi lui passa le téléphone et se pencha d'un air attentif tandis que Glebe entamait le récit sur lequel ils s'étaient mis d'accord la veille au soir.

— Ici Glebe, monsieur Polluce. Tout cela est extrêmement regrettable, je dois le dire. Tout à fait regrettable. Mais cela explique certains événements qui se sont produits ici, à bord du *Ragazza*, des événements qui nous ont intrigués depuis hier soir. Vous rappelez-vous l'Anglais Bennett et la fille ?

— Bien sûr.

— Quand je suis revenu de notre petit rendez-vous à Marseille hier, ils avaient disparu : secrètement et précipitamment. Personne ne les a vus partir et ils ont laissé toutes leurs affaires dans leurs cabines. Nous sommes persuadés qu'ils ont dû gagner la côte à la nage. Vous êtes toujours avec moi, monsieur Polluce ?

Polluce allait devoir faire un rapport sur cette affaire à ses collègues de l'Union. Il se mit à prendre des notes.

— Continuez.

— Tout cela se tient, voyez-vous ? Ils ont dû s'emparer du contenu du porte-documents – la véritable formule – et remplacer tout cela par du matériel de contrefaçon. (La voix de Glebe avait des accents indignés.) Monsieur Polluce, nous avons tous été dupés. Tous, répéta-t-il solennellement. Il faut les traîner en justice. Il faut qu'ils subissent les conséquences de leur forfait.

— Oh, ils les subiront, dit Polluce. Mais il va falloir les retrouver.

— Je ne crois pas qu'ils soient allés bien loin. Ils étaient si pressés qu'ils ont laissé ici leurs passeports. Nous les avons trouvés dans leurs cabines.

— Ce sont peut-être des faux.

— Impossible, fit Glebe. L'un d'eux est britannique.

Polluce griffonna un nom sur son carnet.

— Faites-les-moi parvenir; j'ai des amis dans la police. Avec les passeports, ils auront quelque chose sur quoi travailler.

— La police? fit Glebe. Ah, mon cher, je ne sais pas. Vous croyez vraiment que nous devrions la mêler à ça?

Tuzzi secouait violemment la tête, une expression horrifiée se peignait sur son visage.

— Monsieur Glebe, la moitié de la police de Cannes est composée de Corses, il y a quelques authentiques Corses dans leurs rangs. Nous avons collaboré dans le passé.

Glebe regarda Tuzzi et acquiesça.

— Splendide, splendide. Alors, c'est réglé. Nous marcherons au coude à coude avec les hommes en bleu. Nous allons rallier immédiatement le port le plus proche et vous aurez les passeports d'ici ce soir. Où êtes-vous descendu?

Polluce donna l'adresse et le numéro de téléphone de son hôtel.

— D'ici ce soir, n'est-ce pas?

— Un Anglais n'a qu'une parole, mon cher Polluce.

— Est-ce que ça s'applique à Bennett?

— C'est malheureusement un goujat. Il a sans doute été giflé par sa nurse ou bien il est allé au mauvais collège.

— Merde!

Polluce reposa le combiné d'un geste écœuré et descendit jusqu'à sa voiture. Pour une affaire de cette importance, mieux valait parler directement au capitaine. Il dit à Bruno de mettre la climatisation et de prendre la route de Cannes.

Tuzzi se pencha et pinça la joue de Lord Glebe, une marque d'approbation que Sa Seigneurie jugeait d'un extrême mauvais goût.

— Bravo, mon ami, bravo. Quel beau numéro ! Je crois que je vais vous appeler Machiavel.

Glebe s'essuya la joue et alluma un cigare.

— Je dois le dire, ça m'a paru se passer assez bien. Nous n'allons pas bouger pendant vingt-quatre heures, et puis nous appellerons Polluce pour lui annoncer que nous avons découvert que Bennett travaille pour Poe. Voilà qui devrait mettre le loup dans la bergerie.

— La bergerie ?

— Peu importe, Enzo, peu importe. C'est une façon de parler. (Glebe lança dans l'air calme un panache de fumée et sourit.) Le plus beau, c'est que, dans toute cette excitation, vous avez négligé le point le plus important.

— Hein ?

— Polluce a oublié de demander qu'on lui rembourse son argent.

Tuzzi se frappa le front avec la paume de sa main, puis ouvrit les bras.

— Maestro ! Je vous baise les pieds.

— Non, je vous en prie, dit Glebe. L'équipage va commencer à jaser.

15

Poe leva les yeux de son bureau : il venait d'entendre le fracas de l'hélicoptère arrivant de Monaco et apportant avec lui le million de dollars qu'il était bien décidé à ne jamais laisser à Bennett ni à cette ingrate petite garce. Il descendit en sifflotant à la rencontre de Shimo.

Le Japonais fit coulisser la fermeture du méchant sac de nylon et Poe le regarda déverser sur la table les liasses de billets de cent dollars.

— J'espère que vous récupérerez ça très bientôt, Shimo. Je serais navré de les perdre. Ils ont une grande valeur sentimentale.

Shimo acquiesça.

— Ça va les obliger à se découvrir, et ensuite nous les aurons. Est-ce que l'Anglais a appelé ?

— Pas encore. (Poe ramassa le sac et en examina l'intérieur.) Où à votre avis devrions-nous le mettre ?

Shimo tira de sa poche un petit boîtier en plastique, grand comme la moitié d'un jeu de cartes.

— Nous pouvons le coudre dans la doublure du fond, ici dans le coin, sous les billets. La portée n'est pas très grande, peut-être cinq cents mètres, mais quelque chose de plus puissant serait trop gros à cacher.

Poe sourit en regardant le petit émetteur dans la main de Shimo.

— Monsieur Julian, quelque chose m'inquiète. (Shimo posa le boîtier et alluma une cigarette.) Supposez que l'Anglais traite avec d'autres, pour plus d'argent. Supposez qu'il fasse affaire avec Tuzzi.

Poe devait en convenir : c'était possible. À vrai dire, c'était exactement ce qu'il ferait à la place de Bennett. Tenter sa chance, voir si avec deux ou trois coups de fil il pouvait gagner quelques centaines de milliers de dollars supplémentaires.

— Vous avez raison, Shimo, dit-il. Je vais peut-être dire un mot à M. Tuzzi. Il pourrait laisser échapper quelque chose. Dieu sait, il est assez stupide pour ça.

Tuzzi et Poe échangèrent au téléphone de courtoises salutations, comme de vieux collègues qui reprennent contact après une séparation prolongée. Ils étaient ravis de se retrouver l'un et l'autre en bonne santé – Tuzzi évitant toute allusion au douloureux problème de ses testicules encore endoloris – et chacun rassurait l'autre sur la prospérité continuelle de ses affaires. Et puis Poe en vint au fait.

— Enzo, dit-il, il semble que vous et moi ayons été victimes d'un vol. Vous savez, je crois, à quoi je fais allusion.

— La formule ?

— Exactement. On vous l'a volée une fois et à moi deux fois – même si je suis disposé à passer là-dessus et à oublier le passé.

— *Bene, bene.* Vous et moi, nous sommes des hommes pratiques. Civilisés.

– Certes, Enzo. Et surtout, nous sommes des hommes d'affaires. Ce que je vous propose donc, c'est d'unir nos forces pour retrouver l'Anglais et la fille, de mettre en commun nos informations, ce genre de choses. Qu'est-ce que vous en dites ?

– Mon cher ami (Poe frémit de dégoût en entendant ce mot), c'est pour moi un grand honneur de travailler la main dans le gant avec un homme comme vous. (Il prit un ton de conspirateur.) Dites-moi, avez-vous de leurs nouvelles ? Y a-t-il eu un contact ?

Poe regarda les liasses de billets entassées devant lui.

– Pas un mot. Et vous ? Rien non plus ?

Tuzzi songea aux passeports qu'on était en train d'acheminer vers Polluce à Marseille et à l'intervention imminente de plusieurs officiers de police corses. Il poussa un bruyant soupir.

– *Niente.* Ils disparaissent dans l'air, pouf, sans rien nous laisser. Maintenant, nous devons chercher une aiguille dans une meule de foin, non ?

– Vous avez des hommes à leur recherche ?

– Bien sûr. Et vous ?

– Bien sûr. Eh bien alors, nous restons en contact, n'est-ce pas ?

– Les renseignements que j'ai sont à vous, mon ami. Sur la tête de ma mère.

Tuzzi avait un grand sourire en raccrochant. L'idée l'avait plus d'une fois traversé que Bennett et la fille auraient bien pu aller tout droit trouver Poe avec la formule, ce qui aurait été une sérieuse complication. Tout ce qu'il avait à faire maintenant, c'était de les trouver le premier et, avec Polluce et ses amis dans la police, la perspective semblait prometteuse. Il donna des ordres pour que le *Ragazza* regagne Marseille. Les filles d'Ibiza pourraient attendre.

Poe n'attendait pas grand-chose de la conversation et, en principe, il se méfiait de tout ce que disait Tuzzi. Mais il était certain que si l'Italien avait détenu un atout maître, il aurait été incapable de résister à y faire allusion ou à tenter de le lui vendre. C'était donc une course contre la montre pour retrouver Bennett et la fille : et ils avaient déjà pris contact. Poe, lui aussi, estimait que les perspectives étaient prometteuses. Il se résigna à passer le reste de la journée auprès du téléphone, à attendre des nouvelles.

Anna et Bennett avaient dormi tard et, lorsqu'ils descendirent à la cuisine en quête de café, ils trouvèrent le monastère désert. Les frères étaient tous au travail dans le vignoble : le halètement lointain de leurs tracteurs était aussi régulier et soporifique que le bourdonnement des abeilles dans les lavandes.

Anna attendait qu'une casserole d'eau voulût bien bouillir sur le poêle à bois tandis que Bennett s'acharnait sur les restes d'une boule de pain sans levain. Leur matinée, jusqu'à maintenant, avait été un mélange − quelque peu embarrassant pour tous les deux − d'intimité et de formalisme poli et contraint. Ils s'étaient succédé dans le grand bain en pierre au bout du dortoir, chacun restant discrètement dans la cellule tandis que l'autre s'aspergeait d'une eau d'un froid mordant. Ils avaient partagé le savon. Ils avaient partagé une serviette rugueuse. Une certaine tension s'était développée entre eux. Un Italien ou un Français aurait fait des propositions. Bennett fit des toasts.

Anna le regarda fixer d'un air concentré les morceaux de pain qui brunissaient lentement sur la plaque de fer forgé. Ses cheveux, encore humides après la douche, étaient peignés en arrière, dégageant son front hâlé, lui donnant l'air d'une photographie sépia des années 20. Elle l'imaginait vêtu d'un large pantalon blanc, maniant une raquette de tennis en bois. Il piqua le pain de la pointe d'un couteau et donna une chiquenaude sur les tranches.

— Ce n'est pas facile de faire les toasts, dit-il en levant les yeux vers elle. Il faut avant tout calculer son temps.

— Est-ce que ça n'est pas toujours le cas ?

Bennett la regarda un moment sans rien dire et se rendit compte qu'il souriait en la regardant lui sourire.

— Si, fit-il. Je pense que si.

L'eau se mit à bouillir dans la casserole et Anna détourna les yeux.

— Où pensez-vous que les moines rangent leur café ?

Ils prirent leur petit déjeuner sur un banc de pierre à l'ombre du cloître et envisagèrent l'étape suivante. C'était une chose de réclamer un million de dollars : c'en était une tout autre que de mettre au point un moyen sans risque de les récupérer. Poe aurait un homme qui surveillerait le ramassage des fonds, sans doute plus d'un. Un lieu public, comme une gare, assurerait une sécurité temporaire mais, dès l'instant où ils en seraient sortis, ils courraient des risques. Un endroit isolé, loin de tout témoin, serait encore plus dangereux. La matinée s'avançait, on examinait et repoussait diverses possibilités : ils commençaient à avoir l'impression de s'être eux-mêmes poussés dans une cage.

Avec un dernier frémissement de toute sa mécanique, un tracteur vint s'arrêter auprès du cyprès. Frère Yves, qui était de corvée de cuisine, était rentré de bonne heure du vignoble pour préparer le repas de midi. Bennett regarda le moine remonter à grands pas l'allée jusqu'à l'entrée, tout en s'épongeant le crâne avec un grand mouchoir à pois. Il doit faire fichtrement chaud sous cet habit, songea Bennett. Et ce fut alors que l'idée lui vint.

Il se leva et se mit à marcher de long en large, la tête baissée, les mains croisées devant lui.

— Anna, dit-il, écoutez ceci. Ça pourrait marcher. Nous disons à Poe de laisser l'argent dans une église : il y en a des douzaines par ici, de toutes les formes et de toutes les tailles, la plupart désertes, sauf le dimanche.

Anna se rembrunit.

— Je ne sais pas, dit-elle. Une église, ça ne serait pas mal, mais ils nous pinceraient à la sortie. (Elle vit l'expression du visage de Bennett.) N'est-ce pas ?

— C'est justement ça. Nous n'entrerons pas. Nous enverrons le père Gilbert récupérer l'argent pour nous. Ils s'attendent à voir un homme et une femme. Ils ne regarderont pas deux fois un moine entrer dans une église.

Anna hocha lentement la tête, puis souleva un chapeau imaginaire.

— Bennett, espèce de canaille, c'est un plaisir que de faire affaire avec vous.

— Il nous faut un guide des amateurs d'églises. Venez. On va en acheter un à Forcalquier.

Avec un guide des églises et des monuments historiques ouvert sur la table entre eux, ils étaient assis dans un café derrière la place du Bourget à boire du rosé et ils se permettaient de nourrir quelque espoir. Bennett avait sélectionné trois ou quatre sanctuaires possibles. Ils iraient en reconnaissance dans l'après-midi. Ils en choisiraient un, appelleraient Poe, puis se chargeraient de persuader le père Gilbert de devenir un collecteur de rançon en habit de moine. Malheureusement pour Bennett, Anna commençait à avoir des appréhensions.

– Ça fait une sacrée somme d'argent, dit-elle. Et c'est à peine si vous connaissez ce type. Est-ce que vous lui faites confiance ?

Bennett fixa son verre. Il avait été le premier à dire que Gilbert était une vieille crapule, un fraudeur du fisc, un homme d'affaires qui se déguisait en moine. Il se rappelait avoir confié son bateau à Brynford-Smith et soupira.

– Ma foi, je ne sais pas.

– Ça veut dire que vous ne lui faites pas confiance. (Anna secoua la tête.) Et moi non plus. Pas pour un million de dollars.

Le découragement les gagnait. Bennett termina son vin et fit signe au garçon d'en apporter un autre verre. Le café commençait à se remplir pour le déjeuner. De la cuisine parvenaient des relents d'ail, de steak et de pommes frites, un chien efflanqué s'arrêta sur le seuil, fronçant la truffe d'un air plein d'espoir jusqu'au moment où le serveur le chassa en l'injuriant.

Anna tout d'un coup éclata de rire au point de se couvrir la bouche avec sa main.

– Alors ? fit Bennett. C'était presque une grande idée ?

– Ça l'est encore. Vous ne voyez donc pas ? Tout ce qu'il nous faut, c'est le bon moine, un moine fiable, le genre de moine à qui on confierait un million de dollars. Il se trouve que j'en connais un. (Elle se pencha et lui posa une main sur l'épaule.) Frère Bennett.

Polluce et le capitaine Bonfils prirent une table à l'intérieur dans la salle du fond du Poisson d'Argent, un des restaurants groupés autour du Palais des Festivals, et commandèrent un Ricard. Bonfils était connu ici, connu pour utiliser le restaurant afin d'y tenir ses discussions d'affaires confidentielles. Le patron, qui appréciait le fait d'avoir des clients dans la police, s'assurait que les tables autour d'eux restent inoccupées.

« Tchin ! » Bonfils but une gorgée de pastis, son regard, après des années d'habitude, ne restant jamais immobile, surveillant toujours la salle. Sa progression de flic en uniforme réglant la circulation sur la Croisette au rang de capitaine en civil avait été rapide : aidée, il fallait en convenir, par Polluce et ses amis de l'Union. On avait fait jouer des relations. Parfois, il fallait renvoyer l'ascenseur. C'était normal. Il regarda l'élégant vieil homme assis en face de lui et inclina respectueusement la tête.

— Vous êtes venu de Marseille par cette chaleur. Il s'agit d'une affaire urgente, non ?

Polluce examina un instant ses mains soignées.

— Affaire urgente et peut-être délicate. On nous a volé, à mes amis et à moi, quelque chose de précieux, de très précieux. Il faut absolument le récupérer. (De son doigt, il traça un trait sur le verre embué posé devant lui.) Par chance, nous savons entre les mains de qui il se trouve : un homme et une femme qui voyagent ensemble. D'ici ce soir, vous aurez leurs passeports. (Il adressa à Bonfils un pâle sourire.) De précieux indices, me semble-t-il.

– S'ils sont authentiques. Bien entendu, monsieur Polluce, vous vous rendez compte qu'avec la Communauté européenne, les choses ne sont plus comme au bon vieux temps : l'Italie, l'Espagne, la Belgique, ils peuvent passer toutes les frontières, pas de contrôle. (Bonfils prit dans sa poche un paquet de Gitanes et retira le filtre d'une cigarette avant de l'allumer.) Mais les passeports nous aideront. Sont-ils Français ?

– Un est Anglais, l'autre Américaine.

Bonfils fit claquer sa langue contre ses dents. Il avait horreur de toute histoire impliquant des étrangers. Il fallait se montrer prudent. Il se souvenait du jeune connard qui s'était fait ramasser comme un vagabond l'année dernière et jeter en taule. Il s'était révélé que son oncle était l'ambassadeur d'Allemagne : le sergent de garde s'était fait passer un savon épouvantable et on l'avait remis à la circulation.

– Ça n'est pas bon... à moins qu'ils ne soient résidents en France. Vous savez ? Enregistrés. Si c'est le cas, ils seront dans les ordinateurs et nous pourrons tout savoir, de leur date de naissance jusqu'à la couleur de leur voiture.

– Naturellement, vous aurez leurs photographies. (Polluce se pencha en avant, tapant du doigt sur la table pour souligner son propos.) Il faut les trouver.

16

Cela faisait des années que Bennett n'avait pas mis les pieds dans une église. Comme bien des Anglais de son milieu, il estimait que tout problème dont il pourrait avoir à discuter avec le Tout-Puissant était susceptible de se régler avec un minimum de visites au bureau de la direction. Il s'arrêta un instant sur le seuil pour s'accoutumer à ce décor peu familier.

C'est souvent par l'odorat que les souvenirs reviennent. En respirant l'odeur du saint lieu, un mélange de vieille poussière, de livres de prières moisis et de pierres croulantes, Bennett retrouva aussitôt ses souvenirs vivaces de collégien. Il se souvint des matins dominicaux passés à s'agiter sur des bancs inconfortables tandis que l'aumônier tonnait du haut de sa chaire, prodiguant contre les péchés de la chair des mises en garde véhémentes qui ne servaient qu'à aiguiser la curiosité de ses jeunes ouailles. Le père de Bennett, un homme qui préférait les enterrements aux mariages – « Le service est moins long et on n'a pas à envoyer de cadeau » –, lui avait donné un piètre exemple de spiritualité les rares fois où il venait le voir au collège. Ces visites s'étaient terminées un jour où il avait annoncé à l'aumônier, devant un verre de xérès tiède, que la religion était responsable de plus de guerres, de tortures, de morts et de malheurs que tout ce qu'avait enregistré d'autre l'Histoire. Bennett avait alors connu une brève période de célébrité pour être le seul garçon dont le père avait été expulsé du collège.

Il secoua la tête pour chasser les fantômes et se mit à étudier les possibilités qu'offrait l'église en tant que zone de parachutage. Il arriverait et repartirait à pied : il leur fallait donc trouver une église isolée qui n'exigeât pas une longue marche risquée lesté de un million de dollars. D'un autre côté, une église animée, emplie de pèlerins dévots mais curieux et à l'œil vif, présenterait tout autant de périls. Celle-ci assurément ne faisait pas l'affaire. Il appela Anna, qui examinait un vitrail dépeignant la mortification de quelque saint obscur.

– Je ne crois pas que ça aille, vous ne trouvez pas ? C'est trop petit. Nous devrions peut-être chercher une cathédrale.

Ils passèrent le reste de l'après-midi à faire la tournée des églises. Ils s'arrêtèrent à Banon, à Simiane-la-Rotonde et à Saint-Saturnin avant de se diriger vers le mont Ventoux. Tandis que Bennett conduisait, Anna consultait le guide et la carte pour revenir au guide tout en choisissant un itinéraire qui leur fît visiter des douzaines de chapelles et d'abbayes, d'hospices et de basiliques. Elle finit par tomber sur ce qu'elle espérait être un trésor.

– Écoutez ça, dit-elle. Notre-Dame de Poulesc, dominant la grand-place d'un bourg au marché animé. (Elle secoua la tête.) Pourquoi les marchés doivent-ils toujours être animés ? Ils ne peuvent donc rien faire d'autre que d'être animés ? En tout cas, ça ne me paraît pas mal. Vous êtes prêt pour la visite guidée ?

Prenant un ton faussement professoral, elle se mit à lire : « Sainte Catherine était enterrée à Poulesc et la redécouverte de son corps à la fin du XIIe siècle est à l'origine de la construction de l'église. Celle-ci devint un lieu de pèlerinage si populaire qu'il fallut procéder à d'importants agrandissements au XVIe siècle. Le portail sud, bien que dépouillé de ses sculptures pendant la Révolution, est le vestige le plus remarquable de l'architecture romane et la nef est souvent considérée comme une des interprétations les plus éloquentes du style gothique en Provence. » Anna leva les yeux de son livre.

– J'espère que vous prenez des notes. Ça devient encore mieux.

« La nef a des chapelles latérales abritant de magnifiques vitraux du XVIIe siècle. Les reliques de sainte Catherine sont conservées dans la crypte restaurée du XIIe siècle. » Anna referma le livre.

– C'est donc une grande église, elle est située sur la place de la ville et elle a toutes ces petites alcôves sur le côté du bâtiment principal. Ça m'a l'air bien, vous ne trouvez pas ? Et nous y sommes presque. Restez sur la D 943 et dans huit kilomètres environ nous arrivons à Poulesc. Cette fois, Bennett, c'est la bonne : faites-moi confiance.

Son enthousiasme le fit sourire.

– C'est ce que j'ai fait. Regardez maintenant dans quel gâchis je suis.

– Vous ferez un moine très mignon, vous savez ? À une exception près.

– Si vous vous imaginez que je vais me faire faire une tonsure, n'y pensez plus. (Bennett vit l'expression étonnée d'Anna.) Une coupe de cheveux avec un trou au milieu.

– Ce n'est pas la peine. Vous porterez votre capuchon. Non, le problème est que vous êtes trop maigre. Les moines sont gras, n'est-ce pas ? Bien en chair, comme le frère Tuck et le père Gilbert. (Elle considéra un moment la silhouette efflanquée de Bennett puis donna une grande claque sur le tableau de bord, ce qui le fit instinctivement freiner.) Attendez ! Voici ce que nous allons faire : on va vous donner un peu d'estomac avec un paquet de vêtements. Vous vous en débarrassez dans l'église et vous mettez l'argent à la place. Vous êtes gros quand vous entrez, vous êtes gros quand vous sortez, rien dans les mains. Qu'est-ce que vous dites de ça ? Ah, qu'est-ce que vous feriez sans moi ?

Bennett haussa les sourcils à cette idée.

– Oh, je ne sais pas... j'aurais une vie calme et agréable à Monaco, je conduirais une Mercedes, je repousserais les assauts des filles, je ferais des repas de rêve, je dormirais dans un lit confortable.

Elle se pencha et l'embrassa sur la joue. Il sentit contre son oreille un souffle tiède et doux.

– Imbécile.

Poulesc reposait placidement à la lueur du soir qui tombait : une petite bourgade provençale attendant un photographe de cartes postales. À une extrémité de la place, un groupe d'hommes en casquettes et chemises fanées trichaient, discutaient et riaient au milieu de leur partie de pétanque sous l'ombrelle protectrice d'une rangée de platanes. Anna et Bennett s'arrêtèrent pour observer les échanges de plus en plus passionnés, les gestes de plus en plus agités.

– Moi qui croyais que c'était un jeu charmant et

tranquille pour des vieillards charmants et tranquilles, dit Anna. Regardez-moi ces types, on dirait qu'ils vont se massacrer.

— Je ne les ai jamais vus en arriver là. Mais c'est un jeu féroce. C'est pareil avec le croquet. Les joueurs font des choses atroces à leurs adversaires. (Bennett désigna un homme qui s'avançait jusqu'à la marque tracée sur le gravier.) Vous voyez ce type à la chemise verte ? Je crois qu'il va bombarder le camp adverse.

Chemise verte s'accroupit : la main tenant la boule se balança en arrière une fois, deux fois, puis lança son projectile. La sphère d'acier s'éleva suivant une trajectoire abrupte, comme de l'argent étincelant au soleil, avant d'atterrir avec un bruit sec au milieu des autres boules, écartant du coup l'une d'elles de sa position tout auprès de la petite boule en bois, le cochonnet. Jubilation dans un camp, consternation dans l'autre. Les hommes se précipitèrent pour évaluer la situation, prendre des mesures, discuter.

— Combien de temps est-ce que ça dure ? interrogea Anna.

— Des heures. Des jours. Jusqu'à ce qu'il fasse nuit ou que leurs femmes viennent les emmener de là.

— C'est facile ici de prendre du bon temps sans rien faire, n'est-ce pas ?

— Ce n'est pas ne rien faire : c'est vivre. Ça existe encore à la campagne.

— Comment ça ?

— Ils ont cette idée bizarre qu'il n'y a pas dans la vie que le travail et la télévision. (Bennett haussa les épaules.) Je ne dis pas qu'ils n'ont pas leurs problèmes — on peut les entendre geindre tous les jours dans les cafés à propos de tout, depuis le prix du pain jusqu'à la politique nucléaire du gouvernement –, mais ils savent s'amuser. Ils jouent aux boules, ils chassent, ils rient beaucoup, ils adorent la conversation, ils passent des heures à table. (Il sourit, suivant toujours du regard la partie.) Qui d'autres que les Français aurait un orgasme devant un sac de truffes ?

Anna regarda le sourire qui s'épanouissait sur son visage tandis qu'il observait les joueurs de pétanque qui se trémoussaient et elle se demanda ce qui leur arriverait quand cette intimité forcée arriverait à son terme, quand ils pourraient s'arrêter de courir. Allait-elle rentrer seule à New York ? Retournerait-il dans son village ? Elle ne voulait pas y penser. Elle glissa une main sous le bras de Bennett.

– Je suis navrée de vous le dire, mais nous avons une église à inspecter.

L'édifice était désert, caverneux, plein d'ombres : cette éternelle pénombre crépusculaire qui semble presque faire partie de l'architecture et dont on dirait qu'après quelques siècles elle s'installe sur les institutions religieuses. Anna et Bennett s'avancèrent le long de la nef, flanquée de rangées de bancs vides, puis se séparèrent pour explorer de chaque côté les petites chapelles encore plus obscures. Partout des cachettes discrètes : des renfoncements ténébreux, des recoins oubliés, des niches derrière de massifs arcs-boutants en pierre où la poussière se déposait depuis des mois, peut-être des années. Bennett griffonna quelques notes dans la marge du guide puis se dirigea vers l'autel.

– Psssstt.

Le sifflement traversa le silence, comme une flèche sonore : Bennett s'arrêta net.

– Par ici, fit la voix.

Dans un coin, tout au fond de l'église, il aperçut par une ouverture étroite et sombre la tache blanche du T-shirt d'Anna. Il gravit les marches derrière l'autel et franchit un seuil où ses épaules passaient à peine.

– Bennett, c'est absolument parfait. Regardez.

Ils étaient dans une minuscule pièce carrée, avec une table et une chaise contre un mur, une rangée de patères en bois délabrées clouées de l'autre côté : un vestiaire rudimentaire où le prêtre pouvait le dimanche passer ses vêtements sacerdotaux. Et, sur le mur extérieur, ce qui causait l'excitation d'Anna : une autre porte dont elle avait ouvert le verrou et qu'elle avait laissée entrebâillée. Bennett la poussa. Elle donnait sur une ruelle longeant l'arrière de l'église des deux côtés avant de rejoindre des rues qui menaient à la place. Cela lui permettrait d'entrer dans l'église sans être vu et d'en sortir de même. En effet, c'était parfait.

Ils fêtèrent cela en buvant une bière au café et, en rentrant au monastère, ils se mirent d'accord sur une cachette où dissimuler l'argent. Demain, ils appelleraient Poe pour lui donner des instructions. Ils ramasseraient le million de dollars et passeraient la frontière pour gagner l'Italie. Tout cela réglé comme du papier à musique.

Le dîner avec les moines fut plus joyeux que d'habitude : le père Gilbert avait décidé que le cru 92 était prêt pour un examen sérieux. Les bouteilles se succédaient. Quand Anna et Bennett quittèrent la table en s'excusant, ils avaient la tête qui bourdonnait. En sortant, Bennett prit la robe de rechange prêtée par le père Gilbert – non sans un haussement de sourcils et une malicieuse invitation à rallier les rangs de la fraternité à titre permanent –, et ils descendirent le sentier embaumé de lavande jusqu'à leur cellule.

Anna s'assit au bord de sa couchette, le regard brillant à la lueur de la bougie.

– Bien, jeune homme. Voyons quel genre de moine on peut faire de vous.

– Maintenant ?

– Bien sûr. Allez-y. Passez-la. Il faut que je voie quel espace il va falloir emplir sur le devant.

Ne gardant que son caleçon, il se glissa dans la robe de bure épaisse. Il avait l'impression d'être sous une tente pour une personne. Il prit une poignée de tissu, l'écarta de son ventre et se tourna pour qu'Anna pût le voir de profil.

– Cette année, déclara-t-il, fini les soutanes ajustées. La mode est au déstructuré, plus désinvolte, avec quelque chose d'un peu intrigant autour de la tête. (Il tira le capuchon en avant jusqu'au moment où le tissu lui masqua presque tout le visage.) Qu'est-ce que vous dites de ça ?

– J'avais raison. Vous faites un moine très mignon. Maintenant, tâchons de vous engraisser un peu.

Elle prit un jean, des T-shirts et un chandail de coton, en fit une boule qu'elle enfonça non sans mal par l'encolure de la robe. La boule se cala au niveau du torse. Ils se regardèrent, deux visages soudain graves séparés par la nouvelle poitrine de Bennett.

– Je crois qu'il y a de petites retouches à faire, Miss Hersh, fit Bennett d'une voix un peu rauque.

– Je sais. (Elle s'agenouilla et leva les yeux vers lui.) Il va falloir que je vous demande de soulever votre jupe.

Il se crispa tandis qu'elle glissait les mains jusqu'à sa poitrine. Il sentit son souffle qui lui chatouillait le ventre, le bout de sa langue qui courait sur sa peau. Un petit rire, étouffé par les plis du tissu.

— Il n'y a pas beaucoup de place là-dedans.

Il referma les doigts sur les cheveux courts de sa nuque et la remit doucement debout. Souriante, toute rouge, elle rabattit le capuchon sur son dos.

— Bennett? Vous voulez bien enlever ce foutu machin?

17

Le capitaine Bonfils, flairant l'avancement, n'avait pas perdu de temps pour interroger les ordinateurs. Polluce allait être content. Il ferma la porte vitrée de son bureau et utilisa sa ligne directe.

– Pas grand-chose sur la fille, annonça Bonfils. Passeport américain classique, entrée en France il y a quatre jours par Nice, pas de casier judiciaire. Mais nous avons eu plus de chance avec l'Anglais. (Il cassa le filtre d'une cigarette et l'alluma avant de lire les notes qu'il avait prises.) Bennett, Luciano, citoyen britannique résidant en France avec une carte de séjour toujours valide, paie des impôts, se décrit comme exerçant une profession libérale, adresse actuelle Saint-Martin-le-Vieux dans le Vaucluse, conduit une Peugeot 205 1993 blanche, immatriculée 29 SK 84. Casier judiciaire vierge.

Polluce poussa un grognement.

– Pas pour longtemps.

Quelle ironie du sort, songea-t-il, que la bureaucratie française, si souvent son adversaire, fût devenue une alliée provisoire. Du moins maintenant aurait-il quelque chose d'encourageant à dire à ses collègues de Calvi.

— C'est un début, Bonfils. Un début utile. Et maintenant ? demanda-t-il.

— Je fais le maximum, monsieur Polluce. Je fais déjà circuler les photos, le signalement, tout. Nous avons de bonnes chances de les retrouver, dès l'instant qu'ils n'ont pas quitté le pays. Je vous rappellerai dès qu'il y aura du nouveau.

— Bon. Vous vous êtes bien débrouillé. Je ne l'oublierai pas.

Bonfils raccrocha le combiné avec un sentiment de satisfaction, mais qui fut de courte durée. La porte de son bureau s'ouvrit et Moreau, une liasse de papiers à la main, entra et se planta devant lui, tirant sur la pipe qui semblait ne jamais quitter sa bouche. Moreau, c'était son chef : un étranger de Charente, à cheval sur le règlement et résolument incorruptible. Il n'y avait aucune sympathie entre les deux hommes. Moreau savait que Bonfils avait des amis influents qui l'aidaient à gravir les échelons de la hiérarchie et que son grade n'était pas le reflet de ses capacités. Cela agaçait Moreau. Cela l'amenait à garder sur le Corse un œil attentif et critique. Pour sa part, Bonfils détestait Moreau presque autant qu'il convoitait sa place.

Moreau lança les documents sur le bureau.

— Je suis sûr que vous avez une explication pour tout ça, dit-il en désignant du menton le paquet de feuilles d'imprimante. Il semble que le service a soudain donné la priorité à un prétendu cambriolage sans savoir ce qui a été volé. Ça ne nous avance pas beaucoup, n'est-ce pas ? Comment les hommes sont-ils censés savoir ce qu'ils recherchent ? Du travail bâclé, Bonfils. Tout à fait bâclé.

Comme d'habitude, Moreau faisait de son mieux

pour amener Bonfils à se sentir coupable ou incompétent. Voilà maintenant que ce salaud le dévisageait comme s'il avait été pris la main dans la caisse. Bonfils garda un ton neutre.

– Nous avons eu une information à propos du couple. J'attends une description détaillée des biens volés.

Tout en considérant Bonfils, Moreau émit de petits bruits de succion avec sa pipe.

– Moi aussi, capitaine. Moi aussi. Je compte sur vous pour que ce soit sans faute sur mon bureau cet après-midi.

Il reprit les papiers et sortit, secouant la tête en franchissant la porte.

Merde ! Bonfils décapita une nouvelle cigarette. Si Polluce ne lui avait rien dit, c'était parce que Polluce ne voulait pas le mettre au courant. Cela signifiait sans doute qu'il s'agissait de drogue. Voilà tout d'un coup que la matinée tournait mal. Il chercha le numéro de l'hôtel du Corse et décrocha le téléphone.

À quelque cent cinquante kilomètres de là, Anna et Bennett, coincés dans une cabine du bureau de poste de Poulesc, se prodiguaient mutuellement un réconfort moral de caractère physique tout en attendant leur communication. Quand il entendit au bout du fil la voix de Poe, Bennett interrompit les investigations prolongées de sa bouche sur le cou d'Anna.

La conversation fut brève, froide et précise. Suivant les instructions de Bennett l'argent serait déposé à l'église à cinq heures cet après-midi-là. Quand il aurait été récupéré, Poe serait informé de l'endroit où il pourrait reprendre le porte-documents. Tout cela ne nécessita pas plus de trois minutes.

Pour la seconde fois ce matin-là, ils traversèrent l'église, s'arrêtèrent auprès de la cachette prévue, ressortirent par la porte de derrière et inspectèrent la rue où Anna attendrait dans la voiture. Ils quittèrent Poulesc et descendirent à Simiane-la-Rotonde, jusqu'à un petit restaurant avec un panorama quatre étoiles pour leur premier déjeuner d'amoureux. Et, comme tous les nouveaux amoureux, ils firent des projets.

L'Italie serait leur première étape. Ils se feraient refaire des passeports et la Villa d'Este leur fournirait une retraite élégante. Une fois les passeports arrivés, ils partiraient pour la Suisse où ils trouveraient une petite banque discrète pour déposer l'argent. Et ensuite... eh bien, ensuite, le monde était à eux.

Anna tendit la main à travers la table et retira à Bennett ses lunettes de soleil.

— C'est mieux. Maintenant, je peux voir tes yeux. Tu sais qu'il faut que je rentre aux États-Unis, n'est-ce pas ? Pour quelque temps en tout cas. Tu viendras ?

Ce ne serait pas un problème de quitter Saint-Martin avec un Julian Poe assoiffé de vengeance à quelques kilomètres de là. Quitter la France, ce serait plus dur. Mais, Bennett s'en rendait compte, ce serait pire d'être séparés.

Il écarta le carafon de vin et posa sa main sur celle d'Anna.

— Bien sûr que je viendrai.

— Sûr ?

— Promets-moi juste une chose, dit-il. Ne me demande jamais de porter une casquette de base-ball.

Ils commandèrent le café et approchèrent leurs

fauteuils du mur de pierre qui bordait la terrasse. À leurs pieds, le terrain descendait en pente abrupte, puis se déroulait jusqu'aux montagnes du Luberon, dont on distinguait à peine la silhouette dans la brume de chaleur de l'après-midi. La campagne était comme un tableau : un lavis aux couleurs atténuées encadré de bleu. La tête d'Anna posée sur son épaule, Bennett regarda au loin : il s'imagina l'avenir et ce qu'il vit lui plut.

Ils s'arrêtèrent sur la route à la sortie de Poulesc. Bennett disparut dans les buissons et revint en moine : un moine replet, avec une taille substantielle soutenue par une ceinture de cuir. Ils avaient décidé qu'une bedaine en papier serait plus légère et plus fraîche que des vêtements roulés en boule et les pages froissées d'une demi-douzaine d'exemplaires du *Provençal* lui picotaient la peau. Il se glissa à la place du passager. Tendus et silencieux, ils entrèrent lentement dans le bourg, s'arrêtant à quelques rues de l'église.

Bennett prit une profonde inspiration : il était un peu nerveux.

– Souhaite-moi bonne chance.

Quiconque serait passé par là aurait été témoin du spectacle inhabituel d'une jeune femme plaquant fermement un baiser sur les lèvres d'un homme d'Église. Après avoir une dernière fois ajusté sa ceinture, Bennett rabattit son capuchon sur sa tête et s'engagea dans la ruelle derrière l'église, les mains jointes devant lui, la tête basse, son ventre de papier bruissant doucement au rythme de ses pas.

Quand il s'y engagea, la ruelle était plongée dans

l'ombre et il dut cligner des paupières pour habituer ses yeux à ce changement après l'éclat du soleil. Il atteignit la porte de l'église, jeta un bref coup d'œil à droite et à gauche. Personne. Il tourna la poignée et tira. Idiot : les portes s'ouvrent vers l'intérieur. Il tourna la poignée et poussa. Son estomac se noua. Quelqu'un depuis ce matin avait poussé le foutu verrou. Il allait devoir passer par le devant.

Sur la grand-place, Gérard et son équipier étaient assis dans la chaleur étouffante de la voiture : ils avaient baissé le volume du récepteur et un signal discret et régulier venait du boîtier émettant depuis le sac qu'ils avaient un peu plus tôt laissé dans l'église. Gérard aurait bien voulu voir son équipier cesser ses récriminations à propos de la chaleur.

— Tu trouves que c'est dur pour nous, dit-il. Imagine que tu sois ce pauvre diable enroulé dans une couverture. (Ils suivirent du regard la silhouette imposante d'un moine qui montait les marches et pénétrait dans l'église.) Il y a de quoi vous rendre athée. (Il regarda le visage vide et ahuri à côté de lui et secoua la tête.) Ça ne fait rien. Ne t'épuise pas à y réfléchir.

Bennett s'arrêta au bout de la nef. Devant l'autel, une vieille femme agenouillée se leva pour aller allumer un cierge. Il attendit. Elle se retourna, s'approcha de lui et le salua respectueusement. « Mon père », fitelle. Bennett connut un instant d'affolement. Que diable était-il censé dire ? Il lui rendit son salut. « Dieu vous bénisse, mon enfant, Dieu vous bénisse. » Elle eut un sourire reconnaissant. C'est merveilleux, le prestige de l'uniforme, se dit-il.

Il s'engouffra dans la deuxième des chapelles latérales et fouilla à tâtons le recoin derrière un reliquaire noirci. Ses doigts palpèrent du nylon : il poussa un long soupir de reconnaissance. Avec des gestes nerveux et maladroits, ils déboucla sa ceinture et remplaça les nouvelles de la veille par un million de dollars, fourrant les amas de papier journal hors de vue, là où se trouvait le sac. Se forçant à ne pas courir, il remonta la nef et sortit par la porte de derrière. Moins de deux minutes plus tard, il était dans la voiture, le sang chargé d'adrénaline. Il prit la main d'Anna et la posa sur le renflement bien serré de son ventre.

– Quel effet ça fait d'être millionnaire ?

Gérard augmenta le volume du récepteur. Le signal avait faibli : on avait dû déplacer le sac. Il mit la voiture en marche, puis sursauta quand le sifflement du signal augmenta soudain d'intensité. Une Peugeot blanche déboucha d'une rue latérale et traversa la place. Comme elle s'éloignait, le signal recommença à faiblir.

– Putain ! Il doit y avoir une porte derrière.

Il démarra et se lança à la poursuite de la Peugeot, mais en gardant ses distances.

Bennett déboucla sa ceinture, laissant le sac tomber entre ses jambes sur le plancher de la voiture. Il fit coulisser la fermeture à glissière et se mit à siffloter en contemplant les liasses de billets de cent dollars : c'était plus d'argent qu'il n'en avait jamais vu de sa vie. Arborant un grand sourire, Anna roulait vite sur la route sinueuse qui grimpait dans les collines vers la sécurité du monastère, ses doigts pianotant sur le volant au rythme de Bennett qui fredonnait *L'Homme qui a fait sauter la banque à Monte-Carlo*.

— On a réussi, dit-elle. Bon sang, on a réussi.

Bennett tourna la tête pour regarder par la lunette arrière. Rien que le miroitement de la chaleur montant d'un paysage désert. Il sentit la décharge d'adrénaline se dissiper et la griserie s'emparer de lui.

— Je crois savoir, dit-il, sa bouche tout près de l'oreille d'Anna, qu'à la Villa d'Este, ils ont des lits immenses avec des draps de fil.

— Et un service d'étage?

— Un service d'étage permanent. Demain soir, dîner au lit. Qu'est-ce que tu en dis? C'est mieux qu'une couchette?

— Voilà qu'il se plaint maintenant. Vous autres, les richards enfants gâtés, vous êtes tous les mêmes. (Elle ralentit et s'engagea dans l'allée qui menait au monastère.) Pour ma part, je trouve qu'on ne se débrouillait pas mal sur la couchette.

Bennett laissa Anna compter l'argent tandis qu'il se dépouillait de son habit de moine et, planté sous la douche primitive, laissait la fraîcheur de l'eau dissiper la tension des deux dernières heures. Demain à cette heure-là, ils auraient quitté la France, ils seraient loin de Poe et de Tuzzi, loin de tous les ennuis. Il se sécha, s'habilla et regagna la cellule, les dalles lisses et fraîches sous ses pieds nus.

Anna continuait à empiler les billets sur une des couchettes, vérifiant systématiquement chaque liasse pour s'assurer que Poe n'avait pas remplacé les dollars par du papier journal. Elle leva les yeux en voyant Bennett franchir le seuil.

– Jusqu'à maintenant, ça va, annonça-t-elle. Tu ne trouves pas que c'est un joli spectacle ?

Elle fouilla le sac pour y chercher au fond une dernière liasse : Bennett alors vit son sourire céder la place à un pli soucieux :

– Qu'est-ce qu'il y a ? dit-il. Il a oublié de laisser un pourboire ?

– Il y a quelque chose, là, dans le coin. (Elle retourna l'intérieur du sac.) Tu vois. Ici.

Ils regardèrent l'endroit où quelque chose était dissimulé dans la doublure. Bennett enfonça son doigt pour en tâter les contours.

– On dirait une boîte.

Anna alla prendre une lime à ongles dans sa trousse de toilette et défit la couture pour pouvoir détacher la doublure. Elle exhiba un objet oblong en plastique noir et le brandit à la lumière, le visage grave.

– J'ai déjà vu quelque chose comme ça en Israël. Des types en emportaient en patrouille.

– Qu'est-ce que c'est ?

– C'est un émetteur à faible portée. (Elle le jeta sur la couchette, par-dessus les paquets de billets.) Seigneur, ça veut dire que les gorilles de Poe ont suivi notre piste. Ils savent où nous sommes. Et ils ne sont pas loin.

18

Bennett fut le premier à rompre le silence, espérant découvrir le bon côté de la situation.

— Ça pourrait être pire. En tout cas, Poe ne sait pas que nous l'avons découvert. Et il ne va rien faire tant que nous ne lui aurons pas dit où nous avons caché le porte-documents. Sinon, ils nous auraient interceptés sur la route.

Anna n'avait pas l'air convaincue.

— Peut-être qu'ils attendent simplement la tombée de la nuit. Et puis ils nous sauteront dessus, nous emmèneront dans un endroit tranquille et... (Elle frissonna.) Crois-moi, c'est un vrai salaud. Il pourrait arriver à nous faire parler.

Bennett songea au pouce de Shimo perçant le bambou. Il prit le petit émetteur et le soupesa dans sa main.

— Et si on le cassait ?

— Si le signal s'arrête, ils viendront voir. Ils s'apercevront que nous l'avons découvert.

Le soir commençait à lentement céder la place à la nuit : la cellule et l'humeur de ses occupants ne cessaient de s'assombrir tandis qu'ils examinaient leurs options sans trouver grand-chose pour se remonter le moral. À moins de partir à pied, il n'y avait qu'un moyen de sortir du monastère : en descendant le sentier jusqu'à la route. Et quelque part là-bas, les hommes de Poe attendraient.

— Écoute, nous ne pouvons pas être vraiment sûrs, dit Bennett. Je veux dire, ils ont pu nous perdre. À ton avis, ça porte à quelle distance, ce truc-là ?

— Je ne sais pas très bien. Sept ou huit cents mètres.

— Bon. Alors pour rester à portée de l'émetteur, il faudra qu'ils nous attendent sur la route — s'ils nous ont bien suivis, et nous n'en sommes pas certains. C'est ce qu'il faut savoir. (Il se leva et ébouriffa les cheveux d'Anna.) Je m'en vais descendre jeter un coup œil. Mets l'argent dans ton sac de voyage. Je serai de retour dans quelques minutes.

— Bennett, sois prudent.

Il enfila ses chaussures, arborant ce qui pourrait passer, espérait-il, pour un sourire assuré.

— Chez les boy-scouts, j'ai suivi un stage de perfectionnement en progression furtive. J'ai obtenu un diplôme de marche sur la pointe des pieds.

Planté au bord du cloître, il guettait les bruits de la nuit, laissant son regard s'adapter à l'obscurité. Du bâtiment principal derrière lui, il entendait venir le rire du père Gilbert et le choc sourd d'une marmite qu'on posait sur le fourneau. Devant lui, le chemin cailouteux était une tache pâle entre les masses sombres des buissons et des arbres. Mieux valait ne pas emprunter le chemin. Si les hommes de Poe décidaient d'attaquer, c'est par là qu'ils arriveraient. Il commença à se frayer lentement un passage parmi les broussailles, posant un pied sur le sol, y transférant son poids avant de déplacer l'autre, les bras tendus devant lui comme un somnambule bien réveillé et plein d'appréhension.

Il lui fallut dix minutes pour atteindre un point d'où il dominait la route, avec son odeur de goudron chaud et de caoutchouc. Incapable de rien voir ni de rien entendre, il attendit dans l'espoir qu'une voiture allait passer. Dix minutes encore s'écoulèrent.

Enfin, deux faisceaux jaunes se dressèrent dans le ciel en même temps que lui parvenait le bruit d'un moteur peinant dans la montée. Il s'agenouilla, le regard fixé sur le tunnel de lumière qui approchait. Et soudain, pendant une fraction de seconde, il vit luire du verre au moment où les phares qui approchaient balayèrent le pare-brise de la voiture garée en retrait de la route, à demi dissimulée parmi de hauts buissons de genêts, à moins de cinquante mètres de là. Il en avait assez vu.

Anna entendit ses pas et vint l'accueillir à la porte de la cellule avec un soupir de soulagement.

– Je commençais à croire que tu m'avais plaquée.

– Il y a quelqu'un en bas, garé à côté de la route. Ils ne pourraient pas nous manquer si nous essayions de sortir, même sans allumer les phares. (Il fit une piètre tentative pour se montrer joyeux.) Qu'est-ce que tu dirais d'une petite marche ?

– Jusqu'où ?

– En Italie.

Il s'assit sur la couchette, en tripotant l'émetteur.

Anna se pencha et le lui prit des mains.

– Est-ce qu'on ne pourrait pas se servir de ça ? Tu sais, comme d'un leurre.

Bennett contempla l'objet en hochant lentement la tête.

– Bien sûr. On va le donner au père Gilbert en lui disant de prendre ses jambes à son cou.

Anna ouvrit de grands yeux et se mit à sourire.

– Bennett, déclara-t-elle en l'obligeant à se lever, tu es parfois plus malin que tu ne crois. Viens.

Le père Gilbert reposa son verre.

– Attendez que je sois sûr de bien comprendre, mes amis, dit-il. Vous voulez que je prenne ce sac vide et que je le transporte sur un tracteur à travers les champs...

– Parallèment à la route, dit Anna. C'est très important.

Le père Gilbert la regarda d'un air soucieux.

– C'est peut-être important, mon enfant, mais le terrain est très accidenté et, dans le noir... vous comprenez, nos tracteurs sont vieux et assez fragiles. Je serais navré d'en endommager un. Ça arrive si facilement, voyez-vous, au milieu des rochers.

Il s'interrompit pour boire une gorgée de vin.

– Simple curiosité, reprit-il avec un sourire malin, mais est-ce que cette mission nocturne que vous me suggérez n'aurait pas quelque chose à voir avec l'affaire des truffes ?

– Ma foi... si, fit Bennett. D'une certaine manière.

– Donc, j'ose le dire, il y a en jeu une somme d'argent considérable. (Le vieux moine contempla son vin d'un air pensif. Quand il releva la tête, une lueur avide pétillait dans ses yeux.) Si vous pouviez faire un geste pour aider le monastère...

Bennett saisit l'allusion au vol.

– Absolument. (Il regarda Anna.) Ce serait avec plaisir, n'est-ce pas ? À quoi pensez-vous, mon père ?

– Deux tracteurs neufs?
– Un, dit Anna.
– Un John Deere?
– Marché conclu.

Un quart d'heure plus tard, une liasse de billets de cent dollars à l'abri d'une dalle sous son lit et le sac contenant l'émetteur entre ses pieds sur le plancher du tracteur, le père Gilbert s'en alla. Il devait suivre aussi près que possible sur deux ou trois kilomètres la direction de la route qui passait au pied du monastère et laisser le sac sous un buisson avant de revenir.

Dès qu'il vit le faible faisceau de l'unique phare du tracteur balayer l'extrémité du vignoble, Bennett descendit lentement le sentier à pied; à cinquante mètres derrière lui, Anna conduisait presque à l'aveuglette la voiture tous feux éteints, se guidant sur la tache blanche de la chemise de Bennett.

Gérard referma sa braguette avant de se réinstaller derrière le volant. Ç'avait été une longue journée et il allait attaquer une longue nuit s'inscrivant dans une succession d'autres longues nuits. Son équipier, la tête renversée en arrière et la bouche grande ouverte, émettait des ronflements d'un bon niveau sonore. Gérard le secoua pour le réveiller, puis se pencha vers le récepteur. Était-ce son imagination, ou bien le signal faiblissait-il? Il augmenta le volume, pencha la tête. Merde! Ça devenait résolument plus faible. Ils ne descendaient donc pas le chemin et il n'y avait aucune route menant où que ce soit – du moins pas

sur la carte. Ils devaient passer à travers champs,
pour rejoindre la route un peu plus loin. Vers la
gauche ou vers la droite? Il ne tarderait pas à le
savoir. Il mit le moteur en marche et se dirigea vers
la droite.

Du petit monticule à mi-chemin entre le monastère et la route, Bennett vit les phares s'allumer,
descendre la route et prendre un virage en suivant à
peu près la direction empruntée par le tracteur du
père Gilbert. Il remonta en courant pour rejoindre
Anna dans la voiture. Ils se laissèrent descendre
jusqu'à la route, toujours tous feux éteints. Puis ils
attendirent que la dernière lueur de l'autre voiture
eût disparu du ciel.

Bennett avait suggéré qu'ils dorment quelques
heures à Cavaillon avant d'attaquer le long trajet par
l'autoroute jusqu'en Italie : mais il s'était trompé sur
l'empressement des patrons d'hôtel de province à
accorder l'hospitalité aux voyageurs attardés. Il était
minuit passé. Cavallon ne recevait plus de visiteurs.
Après avoir vainement tenté d'éveiller un quelconque
signe de vie dans tous les hôtels qu'ils avaient pu trouver, ils se résignèrent à passer la nuit sur le parking
municipal.

Anna posa sa tête sur l'épaule de Bennett.

— Tu as vraiment l'art de gâter une femme, n'est-ce
pas?

Bennett lui caressa les cheveux et sourit dans l'obscurité. Demain, ce serait différent.

Anna et Bennett s'extirpèrent de la voiture et ten-
tèrent de se dégourdir les muscles dans la fraîcheur de
l'air matinal. Du parking, ils apercevaient, presque en
face de la gendarmerie, un café sur le cours Bournissac
déjà envahi. Bennett trouva une table tandis qu'Anna
s'en allait explorer les dispositifs parfois complexes des
installations sanitaires.

Encore quelques heures, et ils seraient tirés d'affaire.
Bennett se demanda combien de temps les hommes de
Poe allaient rester en embuscade auprès d'un sac vide
sous un buisson. Ç'avait été de la chance qu'Anna eût
découvert l'émetteur, plus de chance encore qu'elle ait
su ce que c'était. La fortune semblait avoir changé de
camp.

À la table voisine, un homme aux cheveux coupés en
brosse avec des avant-bras comme de petites cuisses
feuilletait les pages sportives de l'édition de ce jour-là
du *Provençal*. Bennett jeta un coup d'œil nonchalant sur
la première page brandie à peine à un mètre de lui,
s'attendant à voir le mélange habituel au début de l'été
de nouvelles du Tour de France, de résultats de cham-
pionnats de boules et de politique locale. Au lieu de
cela, il se trouva pétrifié, contemplant avec horreur
une photographie de son propre visage.

Anna était là aussi, sous un titre en énormes caractères proclamant : « AVEZ-VOUS VU CE COUPLE ? »

Bennett détourna son regard, luttant contre une
envie de s'enfuir en courant : il se força à garder son
calme, tout en cherchant par la seule force de sa
volonté à obliger l'homme à replier la première page. Il
remit ses lunettes de soleil et garda la tête baissée. Où
diable était passée Anna ?

Elle émergea du fond du café et se rassit en secouant
la tête.

– Dis donc, moi qui trouvais les toilettes du monastère moyenâgeuses, je voudrais que tu voies cet endroit. Incroyable. (Elle remarqua l'air tendu de Bennett.) Qu'est-ce qui se passe ?

Il se pencha vers elle et lui murmura :

– Parle bas. Mets tes lunettes de soleil. Nous avons droit à la une des journaux. Fuyons.

Ils restèrent un moment plantés devant le café. De l'autre côté de la route, l'équipe du matin arrivait à la gendarmerie.

Détournant la tête, Bennett et Anna regagnèrent rapidement le parking. Il la laissa dans la voiture, rassembla tout son courage et entra d'un pas vif au bar-tabac, avec l'impression de porter sur la poitrine une grande pancarte annonçant « Recherché ». La femme installée derrière le comptoir, l'œil brouillé et l'air revêche, prit sans le regarder l'argent qu'il lui tendait pour le journal et haussa les épaules en le voyant partir sans ramasser sa monnaie.

Ils restèrent assis dans la voiture à lire l'article. Après l'excitation de l'ouverture – un couple étranger recherché pour prêter son concours à une enquête officielle concernant un vol important, la police mobilisée partout –, il y avait un paragraphe de remplissage sur le taux de criminalité en Provence, et puis un numéro à appeler. Quiconque avait une information serait mis en rapport directement avec le capitaine Bonfils à Cannes, qui était chargé de l'enquête. Il y avait de vagues allusions à une récompense dont on ne précisait pas le montant.

Pour une fois, les journalistes avaient réussi à obtenir des détails corrects. Tous les détails : leur nom, leur âge, leur taille, la couleur des yeux et des cheveux, la marque et la couleur de la voiture, le numéro d'immatriculation.

— Seigneur, fit Anna. Où est-ce qu'ils ont trouvé tout ça ?

— Nos passeports et les papiers de ma voiture. Tuzzi a dû les remettre à la police.

Bennett inspecta le parking. Cavaillon s'éveillait. Devant l'étalage du marchand de légumes, une femme en pantoufles et en tablier disposait ses produits en belles pyramides multicolores et abaissait le store pour les abriter du soleil. Un agent de la circulation contrôlait en bâillant les premiers parcmètres de la journée.

— Allons, fit Bennett. Nous ne pouvons pas rester ici. L'autoroute est à cinq minutes. Tu as envie de risquer le coup ?

— Est-ce qu'on a le choix ?

Ils sortirent de Cavaillon, franchirent le pont sur la Durance et amorcèrent la descente vers l'autoroute. Bennett apercevait les camions qui faisaient la queue pour franchir les guichets de péage et, juste après eux, un spectacle qui le fit freiner violemment et arrêter la voiture sur le bas-côté.

— Enfer et malédiction. Regarde ça.

Il y avait six guichets de péage marquant l'entrée de l'autoroute. À côté de chaque guérite était posté un gendarme, les bras croisés, faisant face aux véhicules qui se présentaient. Une rangée sinistre et bien alignée de six hommes, identiques avec leur képi, leurs lunettes de soleil et leur chemise bleue à manches courtes.

— Ce n'est peut-être pas nous qu'ils recherchent, dit Bennett. Ils font souvent ça en été. Mais c'est quand même une trop grande coïncidence. On ne peut pas prendre le risque.

Anna garda le silence tandis que Bennett faisait un demi-tour parfaitement illégal et reprenait la direction de Cavaillon. Poe les recherchait. Tuzzi les recherchait. Voilà maintenant que la police se mettait de la partie. Le dîner au lit à la Villa d'Este semblait bien loin.

19

Moreau tapota avec précaution le culot de sa pipe en bruyère de Cogolin que sa fille lui avait offerte pour son dernier anniversaire, la pipe qui le verrait prendre sa retraite. Une nouvelle fois, tout en bourrant son fourneau de tabac frais, il relut les notes qu'il avait prises pendant que le capitaine Bonfils lui faisait son rapport. (Polluce s'étant montré expansif, après que le capitaine lui eut décrit sa fâcheuse situation.) Oui, se dit-il. C'était possible. Tout à fait possible. Il se souvenait avoir lu quelque part que depuis des années le gouvernement essayait de trouver exactement ce que Bonfils lui avait décrit.

Il alluma sa pipe et regarda par le carreau cassé de son bureau le brillant soleil qui, à en croire l'office du tourisme, réchauffait trois cents jours par an les rues et les plages de Cannes. Comme il avait horreur du Midi : les couleurs violentes, la végétation ridicule, l'absence de neige, ces Méditerranéens souriants, retors et basanés. Il comptait les mois jusqu'au moment où il pourrait se retirer dans la maison que sa mère lui avait laissée en Charente. Le climat aussi bien que les habitants étaient dans l'ensemble plus tempérés, plus raisonnables. Et prendre sa retraite avec distinction, après un coup réussi, ce serait encore mieux.

Il ouvrit son carnet d'adresses, feuilleta les pages couvertes de sa petite écriture méticuleuse jusqu'à ce qu'il eût trouvé le numéro de son vieil ami Chevalier, un autre Charentais. Chevalier était fonctionnaire, un mandarin du ministère de l'Agriculture, un homme dont Moreau savait qu'il avait des relations haut placées et sérieuses.

Après avoir, comme il convenait, regretté qu'ils ne se soient pas vus depuis bien trop longtemps, Moreau en vint à la raison de son appel.

— Il semble, dit-il, que quelqu'un aurait pu réussir à mettre au point un produit pour la culture de la truffe. On me dit qu'il a été soigneusement testé et qu'on a obtenu des résultats, des résultats très convaincants. Dites-moi, mon vieux, à votre avis — votre avis d'expert, est-ce vraisemblable ?

Il y eut un moment de réflexion avant que ne lui parvînt la réponse mesurée de Chevalier, une réponse de politicien. Il parlait toujours avec des réserves, comme si ce qu'il disait risquait d'être noté et utilisé comme preuve.

— En principe, il n'y a aucune raison pour qu'une telle découverte n'ait pas pu être faite, même si je dois vous dire qu'ici, au ministère, nous avons dans le passé patronné de nombreuses expériences de nature similaire. (Il fit une audacieuse concession à la sincérité.) Toutes ont été décevantes.

Après avoir marqué une pause pour se remettre d'un aveu qui était si peu dans sa nature, il expliqua :

— Cela n'exclut toutefois pas la possibilité qu'une telle formule ait pu être mise au point par, disons, un spécialiste non autorisé, travaillant indépendamment du gouvernement. Et, bien entendu, si c'était le cas, nous serions extrêmement intéressés.

Nouvelle pause, cette fois pour souligner son propos :

– Si d'aventure cette formule était authentique, il est essentiel qu'elle ne tombe qu'en de bonnes mains.

Moreau n'eut aucune peine à deviner ce qu'il entendait par là.

– Les vôtres, par exemple.

Chevalier émit un petit gloussement.

– Absolument, mon cher Moreau, absolument. Si nous arrivions à réguler la production des truffes, cela éveillerait un intérêt considérable au plus haut niveau. (les derniers mots étaient énoncés avec des majuscules.) Comme vous le savez, notre président est originaire de Corrèze – on pourrait presque dire un garçon de la campagne, dès l'instant où on le dit très doucement, et je crois qu'il serait plus qu'enchanté de voir l'exploitation d'une des richesses naturelles de la France passer sous contrôle officiel. Il y aurait des félicitations à prodiguer ici et là, Moreau, principalement pour vous et pour moi. Quand pourriez-vous me procurer cette formule ?

Moreau détailla les circonstances, Chevalier l'interrompant de temps en temps pour demander une précision ou davantage de détails. Moreau sentait que l'homme du ministère était de plus en plus excité – pour autant que des politiciens de carrière se laissaient jamais aller à l'être – et leur conversation se conclut sur la promesse de Chevalier de rappeler après avoir, comme il le dit, tâté les eaux présidentielles.

À la stupéfaction de Moreau, cela se fit dans l'heure.

Le Président était intrigué. Non, plus qu'intrigué, il tenait à ce qu'on ne laissât pas cette arme secrète agricole échapper aux mains de la mère patrie. Il fallait déployer tous les efforts, déclara Chevalier, pour retrouver et appréhender les deux fugitifs et récupérer la formule. Ce pouvait être la gastronomie française qui en l'occurrence était en jeu et tous les moyens disponibles – y compris, s'il le fallait, toute la garnison stationnée sur la base militaire de Draguignan – devaient être mis à la disposition de Moreau.

Bonfils fut convoqué dans le bureau de celui-ci pour recevoir ses instructions. Il fallait faire appel à des effectifs plus nombreux, donner une priorité à l'affaire, distribuer des photographies à toutes les gendarmeries, renforcer les contrôles sur tous les grands axes, être vigilant partout et il y aurait de l'avancement pour ceux qui procéderaient à l'arrestation. Comme Bonfils se levait pour prendre congé, Moreau, sa pipe émettant un chapelet de signaux de fumée, appela Draguignan : Bonfils l'entendit demander l'officier commandant la place.

Bonfils était un homme préoccupé. Tout cela prenait des proportions considérables et échappait entièrement à son contrôle. Il s'assit à son bureau à émietter des cigarettes, reculant le moment où il lui faudrait faire son rapport à Polluce. L'armée, bon sang ! Toutes les polices disponibles du Midi. Des hélicoptères, des barrages routiers, des alertes rouges. Il n'y avait pas eu de chasse à l'homme pareille sur la Côte depuis que le légendaire Spaggiari, le pilleur de coffres-forts, avait sauté par la fenêtre du bureau du juge sur une motocyclette qui l'attendait et s'était échappé de Nice. On ne l'avait jamais repris, songea Bonfils avec un petit frisson d'admiration bien peu professionnel. Là-dessus, il décrocha son téléphone.

Polluce ne manifesta aucune compassion. Son ton qui n'était jamais chaleureux était aujourd'hui glacial.

– Je compte sur vous, Bonfils. Mes collègues aussi. Je dois être au courant de tout ce qui se passe. Dès que vous savez quelque chose, d'accord ? Dès que vous savez quelque chose.

Merde ! Que diable était-il censé faire maintenant ? Quoi qu'il arrivât, ce ne pourrait être pour lui que des ennuis, qu'ils viennent de Polluce ou de Moreau. Il était dans la merde jusqu'aux sourcils. Tout en commençant à exécuter les instructions qu'il avait reçues, Bonfils ne put s'empêcher d'espérer que ce putain d'Anglais, sa putain de petite amie et la putain de formule étaient tous en sécurité, hors de France.

La campagne autour du hameau de Buoux, au nord de Bonnieux, est remarquable pour la beauté de ses vallées secrètes, ses vastes horizons, sa solitude et pour les douzaines, peut-être les centaines de cabanons et de bories abandonnés – les petits abris de pierre utilisés par les chevriers et les fermiers des collines avant l'avènement de l'agriculture mécanisée. Nombre d'entre eux ne sont guère plus aujourd'hui que des murs (une construction avec un toit étant soumise à l'impôt) ou des entassements de pierres, et on était au milieu de la matinée quand Anna et Bennett découvrirent ce qu'ils cherchaient.

Ils avaient emprunté un chemin envahi d'herbe menant à une clairière où, quelques siècles auparavant, on avait construit un petit hangar de pierre qu'on avait ensuite développé, rafistolé et finalement laissé se défendre tout seul contre les éléments. La moitié du toit s'était effondrée, les murs étaient arqués par les ans et certains pans ne tenaient que grâce à d'épineux rouleaux de ronces. Il y avait à une extrémité un espace où dissimuler la voiture, il y avait de l'ombre pour se protéger du soleil et ils étaient à quelques confortables kilomètres des gendarmes les plus proches.

Depuis qu'il avait vu le barrage routier sur l'autoroute à la sortie de Cavaillon, Bennett était préoccupé : il se creusait la tête pour trouver un moyen de fuir qui ne dépende pas d'une voiture, qui ne les expose pas non plus à des contrôles dans les aéroports ou les gares. Quelques heures plus tôt, il avait parlé en plaisantant de gagner l'Italie à pied. Il fallait maintenant envisager cela comme une possibilité. À quoi cela ressemblerait-il de contourner les villages, d'éviter les grandes routes, de se cacher et de plonger derrière les buissons, de dormir à la dure ? La marche ne serait pas facile non plus. Et ils pourraient s'estimer heureux s'ils faisaient trente kilomètres par jour. Fichtre, le trajet leur prendrait des semaines. Il contemplait la carte quand il sentit les doigts d'Anna occupés à pétrir le nœud de tension qui s'était installé sur sa nuque.

— Tu sais que tu n'as pas dit un mot depuis dix minutes ?

— Désolé. (Il fit un effort pour sourire.) Je ne suis pas aussi pétillant que d'habitude, je sais. Mais nous sommes dans un drôle de pétrin.

Anna le regarda avec de grands yeux graves.

— Bennett, je sais que ce n'est peut-être pas le meilleur moment pour te le dire. (Elle se pencha et posa un baiser sur son front soucieux.) Mais je meurs de faim.

À quand remontait leur dernier repas ? Bennett n'arrivait pas à s'en souvenir et il se rendit compte que lui aussi avait l'estomac vide.

– Tu as raison. Nous ferions mieux de trouver quelque chose à nous mettre sous la dent.

La perspective d'avoir une activité, si insignifiante qu'elle fût, lui redonna quelque entrain.

– Bon. On va aller à Apt. N'oublie pas ta fausse moustache, ajouta-t-il.

Ils regagnèrent la voiture. Bennett s'accroupit, prit une poignée de terre, cracha dessus et frotta la pâte boueuse sur les deux plaques d'immatriculation jusqu'au moment où les lettres et les chiffres blancs furent moins apparents. Comme il s'installait au volant, son regard tomba sur le sac posé sur la banquette arrière, le sac d'un million de dollars. Il se pencha pour le prendre, l'emporta dans le hangar et l'enfouit sous une pile de débris dans un coin sombre, sous le regard étonné d'Anna.

Il revint en essuyant la terre et les toiles d'araignée qu'il avait sur les mains.

– Je n'ai pas envie de trimballer ça dans les rues d'Apt, le sac est plus en sûreté ici que dans la voiture. Sais-tu, dit-il en démarrant, qu'en été on vole une voiture toutes les cinq minutes dans le Vaucluse ? Les bandits ont hâte de voir arriver septembre pour avoir un peu de temps libre.

Son humeur avait changé. Quelque chose allait se passer, comme ça avait toujours été le cas au bon moment ces derniers jours. Il se sentait plus léger, plus optimiste : la chance était avec eux. Il posa une main sur la cuisse d'Anna et la pressa doucement :

– Bon. Je prends les commandes pour le petit déjeuner, le déjeuner et le dîner. Qu'est-ce que tu veux ?

– Des croissants, annonça-t-elle. Deux sandwichs au jambon, une pizza, un peu de ce gros poulet rôti dégoulinant de graisse qu'ils font ici, des frites, du fromage, une bouteille de vin rouge...

– Pas de saucisses ?

– Je garde ça pour le déjeuner.

Ils traversèrent la D 232 et descendirent la petite route en lacets qui menait à l'entrée sud d'Apt. Les abords de la ville grouillaient de voitures, de camionnettes et de ces petites motocyclettes dont la production de décibels compensait la faible puissance et qui étaient si chères au cœur des adolescents français. On était samedi, le jour du marché d'Apt, une bonne journée pour se perdre dans la foule, se dit Bennett.

Sur la suggestion d'Anna, leur première halte fut pour une petite boutique derrière le marché où on vendait des espadrilles, des paniers, de la poterie provençale presque authentique fabriquée à Taiwan, des tire-bouchons avec des manches en bois d'olivier tordu et toutes sortes de chapeaux. La théorie d'Anna, c'était que des chapeaux fourniraient au moins un premier élément de déguisement, quelque chose pour détourner le regard des deux visages dont les portraits s'étalaient si visiblement à la une des journaux. Elle choisit une capeline de paille à larges bords ; Bennett une casquette comme en portaient presque tous les vieux joueurs de boules de France. Leurs nouvelles emplettes rabattues sur leurs lunettes de soleil, ils se mirent en quête de nourriture : main dans la main, l'image du jeune couple savourant ses vacances d'été.

Le marché d'Apt s'étend et s'étale d'un côté de la ville à l'autre, débordant sur des petites places et des ruelles étroites : on y trouve tout, depuis des cartes postales et des souvenirs jusqu'à des tondeuses à gazon et des pièges à guêpes. Et sur les étals, sur les tréteaux, dans de petits magasins chargés d'arômes, il y a de la nourriture. Anna n'avait jamais rien vu de pareil. Il y avait des fromages de chèvre, humides et mous et d'un blanc laiteux, ou bien durs et d'un jaune pâle pour avoir passé des mois à mariner dans l'huile d'olive. Il y avait du thon frais qu'on vous débitait à la demande en épaisses tranches sanglantes sur un poisson entier grand comme le corps d'un jeune garçon. Il y avait du pain – de la fougasse, des ficelles, des boules, des pompes à l'huile – à base d'olives, de romarin, de fromage ou de lardons. Il y avait des arcs-en-ciel de fruits et de légumes. Des bouchers spécialisés dans la viande de bœuf, de porc ou de cheval. Et puis, déambulant au milieu de cette aimable abondance sous le soleil du samedi, sinistre et sur ses gardes, la police.

Bennett remarqua que les gendarmes locaux avaient été renforcés par des hommes qu'on utilisait en général contre les émeutiers et les terroristes, des CRS : visages durs, chaussures à semelles de caoutchouc et pistolets d'un noir terne. Il remarqua aussi quelque chose qui le fit s'arrêter net avant de pousser brusquement Anna à l'intérieur d'un café.

– Je suis idiot, dit-il, j'aurais dû y penser plus tôt. (Ses doigts pianotèrent nerveusement sur la table tandis qu'il regardait par la vitre du café.) Là-bas, de l'autre côté de la rue. Tu vois ce car ? Il va en Espagne. En été, il y a un service régulier.

Ils regardèrent l'autocar démarrer.

– Prochain arrêt, Barcelone, déclara Bennett. On ne demande pas de passeport. J'ai connu quelqu'un qui l'a pris une fois. Les toilettes se sont bloquées à la sortie de Perpignan mais, à part ça, il a dit que c'était très bien. Qu'est-ce que tu en penses ?

Anna regarda le visage enthousiaste, rayonnant sous la casquette bleue : un collégien avec une barbe de deux jours. Elle sourit à son tour.

– Je vais emballer mes castagnettes.

Bennett s'en alla à l'office du tourisme, laissant Anna commander. C'était étrange de penser que voilà une semaine elle ne le connaissait pas : elle avait l'impression maintenant qu'ils étaient comme des frères siamois, qu'ils formaient un couple. Elle demanda au garçon du café et des croissants et observa les lents remous de l'humanité dehors. Malgré ce que disaient les guides, il n'y avait pas ici une telle animation. Elle essayait d'imaginer Bennett à New York, dans son petit appartement de Wooster Street. Était-il propre dans une maison ? Probablement pas. D'après ce qu'elle avait vu, c'était une catastrophe sur le plan domestique. Est-ce que cela avait de l'importance ? Pas la moindre.

Dix minutes plus tard, il était de retour, moins heureux que quand il était parti. Il n'y avait plus de cars aujourd'hui, aucun dimanche et, comme lundi était la fête d'un saint particulièrement bien considéré, donc jour férié, il n'y avait pas de cars lundi : aucun partant d'Apt, d'Avignon ou de Cavaillon. Il n'y avait rien d'autre à faire que de se terrer dans la ruine en attendant mardi. Ils griffonnèrent une liste de courses au dos d'un sous-bock et s'en allèrent rejoindre le reste du monde sur le marché.

Bennett remonta avec Anna la petite rue en pente qui menait à la place où ils avaient garé la voiture. Il portait plusieurs sacs à provisions en plastique bleu qui contenaient assez de vivres et de vin pour un pique-nique de trois jours. Ce retard était décevant, mais sans plus, et au moins ils n'auraient pas à vivre comme des fugitifs. Tout en observant le renflement des fesses d'Anna sous le tissu moulant de son jean, il songea à la rivière qui courait au fond de la vallée au pied de Buoux. À la nuit tombée, ils pourraient descendre là se baigner, prendre dans la voiture une couverture et une bouteille de vin, et s'allonger nus sous les étoiles. Ma foi, se dit-il, un week-end à la campagne, ça n'est pas si mal. Il fredonnait doucement tout en hâtant le pas pour la rejoindre.

Ils installèrent les sacs en plastique sur le toit de la voiture. Bennett la regarda en souriant tout en cherchant les clefs dans sa poche.

– Tu recommences, fit-elle.

– Quoi donc?

– À me lorgner d'un air paillard. (Il abaissa ses lunettes de soleil jusqu'au bout de son nez et lui fit un clin d'œil.) Inspiré par les courbes spectaculaires de ton derrière, dit-il, j'envisageais une baignade au clair de lune, tout nus comme l'a voulu la nature, suivie d'un pique-nique de minuit. À moins que tu ne sois déjà prise?

Elle n'avait pas eu le temps de répondre que la porte de côté d'une fourgonnette banalisée garée en face s'ouvrit en coulissant. Ils regardèrent et se trouvèrent nez à nez avec quatre gendarmes.

20

— Les lunettes et les chapeaux. Enlevez-les.

Les gendarmes, musclés dans leur tenue bleue d'été, formaient un vague demi-cercle devant la voiture. Les miroirs opaques des verres de leurs lunettes de soleil — des lunettes de motards, impénétrables et sinistres — étincelaient sous la visière de leurs képis. Tandis qu'Anna et Bennett étaient là, tête nue et clignotant sous le soleil aveuglant, un des gendarmes tira de la poche de sa chemise une feuille de papier, la déplia, compara les photos avec leur visage et grommela :

— Bon. Pas de doute. Vérifie qu'ils sont nets.

Des mains méfiantes les palpèrent, lentement, méthodiquement, terminèrent leur inspection sans rien trouver de plus dangereux que les clefs de voiture de Bennett. Le plus gradé désigna de la tête la fourgonnette.

— Montez ! (Il se tourna vers le plus jeune gendarme.) Desfosses... tu nous suis dans leur voiture.

La fourgonnette était un panier à salade minable, avec un solide grillage séparant le compartiment avant des passagers. Pas de siège à l'arrière. À hauteur de la tête, une barre courait au milieu du toit, à laquelle on

pouvait attacher par des menottes tout individu considéré comme dangereux ou turbulent. Le conducteur
démarra : Anna trébucha et se rattrapa au bras de Bennett. Ils échangèrent un regard horrifié. Ça s'était passé
si vite. Maintenant, c'était fini. Par-dessus le crépitement et le sifflement des parasites, ils entendirent le
chauffeur qui parlait à la gendarmerie.

— L'Anglais et la fille, on vient de les ramasser. Pas
de problème. Prépare les médailles, hein ? Dis-le au
capitaine. On sera là dans dix minutes.

La fourgonnette prit de la vitesse en quittant Apt et
s'engagea sur la nationale 100 en direction de l'ouest.
Les trois gendarmes assis à l'avant allumèrent des cigarettes et se mirent à discuter des chances de Marseille
pour la prochaine saison de football. Anna et Bennett
auraient aussi bien pu être deux sacs de patates à
l'arrière, des colis sans grand intérêt à livrer.

— Qu'est-ce qu'on va dire ?

Bennett secoua la tête.

— J'aimerais bien le savoir. À mon avis, le moins
possible. Il faut plaider l'ignorance. Exiger de voir le
consul britannique. Je ne sais pas.

— Et si on leur disait la vérité ? (Anna resta un
moment songeuse.) Tout ce que nous avons fait, c'est
essayer de récupérer un bien volé pour le rendre à son
propriétaire.

— Le rendre ?

— Enfin, quelque chose comme ça.

Ils sombrèrent dans un silence découragé qui se
poursuivit pendant le reste du voyage et il n'y avait rien
pour leur remonter le moral quand ils arrivèrent à des-
tination. La gendarmerie des Beaumettes, malgré ses
fenêtres ornées de bacs à fleurs, eut le même effet sur

Bennett que tous les bâtiments officiels. Cela lui donna l'impression d'être coupable. Et cette fois, c'était le cas.

On les emmena dans une pièce sans fenêtre au fond du bâtiment et on leur demanda de confirmer qu'ils s'appelaient bien Hersh, Anna, de nationalité américaine, et Bennett, Luciano, de nationalité britannique. On nota leurs réponses monosyllabiques. Puis on les enferma là et on les laissa seuls à attendre. Une heure pénible s'écoula.

Pour le capitaine de la gendarmerie, ç'avait été une heure de triomphe, une heure à savourer. Là-bas, à Cannes, Moreau n'avait pas ménagé ses compliments sur la diligence et la vigilance des hommes des Beaumettes. Le capitaine avait fait de son mieux pour jouer les modestes. Il y avait toujours, avait-il dit, une question de chance, mais il se laissa aller à reconnaître qu'il avait bien formé ses gars. Discipline, discipline et encore discipline. Rien ne pouvait remplacer la routine obstinée du travail d'un policier. Le petit Desfosses, un jeunot sans expérience, l'avait bien prouvé. Après avoir examiné les plaques de toutes les Peugeot 205 blanches qu'il avait pu trouver – plus d'une trentaine –, il avait mis dans le mille.

Ce qui était mieux que tout, du point de vue du capitaine, c'était qu'un hélicoptère arrivait de Cannes pour embarquer les deux suspects et le soulager de toute autre responsabilité. C'était pesant, la responsabilité, surtout si des étrangers étaient impliqués dans une affaire qui avait l'air d'être importante. On ne pouvait jamais savoir. Il regarda sa montre, se félicitant d'avoir alerté les gars de Cavaillon. Le photographe et le reporter auraient dû être arrivés maintenant, prêts à enregistrer un épisode important dans la lutte contre le crime.

Le capitaine avait parfaitement conscience de l'effet stimulant de la publicité sur la carrière d'un officier de police et cette histoire, sans aucun doute, allait faire la une des journaux. Dommage que ce soit trop tard pour l'édition du dimanche. Il s'approcha du petit miroir accroché à la porte de son bureau. Est-ce qu'il devrait mettre sa veste d'uniforme ? Peut-être pas : mieux valait qu'on le vît comme le policier en plein travail, se souciant peu des apparences. Il lissa délicatement sa moustache et sortit pour ajouter son autorité au chaos contrôlé qui avait pour théâtre la nationale 100.

Le problème avait été de trouver un endroit où l'hélicoptère puisse se poser. La colline derrière la gendarmerie : impossible. Le vignoble de l'autre côté de la route était sacré, intouchable. On avait donc pris la décision de barrer la route dans les deux sens pour permettre à l'hélicoptère d'atterrir à vingt mètres du bâtiment. La nationale 100 étant un axe routier important et samedi étant jour de marché, la perturbation que cela provoquait dans la circulation était, comme l'observa d'un œil approbateur le capitaine, impressionnante.

L'appareil fit du sur-place, descendit et se posa avec précaution, comme s'il tâtait la température du goudron. Faisant un signe de tête en direction du photographe – ce serait tragique s'il manquait ce moment-là –, le capitaine donna l'ordre de faire sortir les suspects. Lui-même prit la tête de l'escorte, lançant au passage à l'objectif un long regard impitoyable de combattant du crime.

Anna et Bennett avaient l'impression d'être tombés en pleine zone de guerre. Entourés d'hommes armés et en uniforme, ils s'avancèrent jusqu'à l'hélicoptère militaire ventru, à la peinture vert olive sombre et terne sous le soleil. À l'intérieur de l'appareil, d'autres hommes armés et en uniforme les poussèrent jusqu'à deux sièges à monture métallique à l'arrière et les y attachèrent. L'hélicoptère décolla et repartit en se penchant vers l'est. À leurs pieds, ils apercevaient les silhouettes de plus en plus petites des gendarmes qui ôtaient les cônes et commençaient à laisser passer les voitures. Personne ne leur avait adressé la parole. C'était à peine s'ils avaient échangé un mot. Il n'y avait pas grand-chose à dire.

La une de l'édition de samedi du *Provençal* avait attiré plus d'intérêt que d'habitude chez certains de ses lecteurs du Vaucluse. Tout le village de Saint-Martin se perdait en conjectures sur les activités de son résident britannique. La table des vieux au café s'était cotisée et, pour la première fois dans le souvenir de Léon, elle avait bel et bien acheté un journal. Ils étaient penchés dessus comme des buses autour d'une carcasse, secouant la tête et suçant l'air entre ce qui leur restait de dents. Des *étrangers*. Une bande imprévisible, ces étrangers, plus que probablement ne mijotant rien de bon. Qu'est-ce qu'il avait volé, ce Bennett?

À la poste, Papin, qui assurait à lui tout seul le service de renseignements, avait ses idées qu'il se faisait un plaisir de confier à sa clientèle, laquelle se faisait un plaisir de l'écouter. Affaire de drogue, disait-il, avec la conviction que donne une totale ignorance. Il avait l'air assez tranquille, l'Anglais, mais les apparences étaient souvent trompeuses. Il faut se méfier de l'eau qui dort.

Georgette, à qui ses rapports domestiques intimes avec le fugitif conféraient une certaine autorité, devait en savoir plus que n'importe qui, ce qui était le cas. La caisse enterrée sous le gravier dans sa cave, voilà, elle en était certaine, l'article volé. Ayant fermé les volets, poussé le verrou de sa porte pour se protéger de l'insupportable curiosité de ses voisins – pourquoi ne pouvaient-ils pas s'occuper de leurs propres affaires ? –, elle déterra la caisse et passa une demi-heure extrêmement frustrante à essayer de trouver la combinaison qui lui en révélerait le secret. Elle était absolument convaincue que son Anglais, son petit *milord*, n'avait rien commis de plus sérieux qu'une peccadille. Ce n'était pas dans sa nature. Et pourtant... Ah, on ne faisait jamais d'omelette sans casser des œufs. Elle secoua la caisse avec agacement, espérant trouver un indice – le tintement de pièces de monnaie, le cliquetis somptueux de bijoux qui s'entrechoquaient –, mais le contenu, quel qu'il fût, avait été trop soigneusement emballé. Elle s'agenouilla sur le sol de la cave, remit la caisse dans le petit trou qu'elle avait creusé et ratissa le gravier par-dessus. Elle ferait une nouvelle tentative plus tard, quand elle risquerait moins d'être dérangée par des gens qui n'avaient rien de mieux à faire que de fourrer leur nez partout.

Julian Poe avait lu avec grand intérêt mais sans inquiétude particulière l'article sur Anna et Bennett. Après tout, il savait où ils étaient. Il les savait coincés en Haute-Provence, sous étroite surveillance. Gérard avait appelé pour dire que les signaux de l'émetteur lui parvenaient toujours, réguliers comme un battement de cœur. Néanmoins, cette attente était fatigante. S'ils n'avaient pas bougé d'ici à la tombée de la nuit, il enverrait Gérard les ramasser pour les lui ramener. En règle générale, il évitait de recourir à la violence. Mais sa patience avait des limites et il avait décidé que Bennett devrait passer quelques heures en tête à tête avec Shimo, un homme irrésistiblement persuasif quand il s'y mettait. Demain à cette heure-ci, le porte-documents aussi bien que l'argent seraient de retour là où ils devaient être. Avec le sentiment de satisfaction que donne un problème élégamment résolu, Poe consacra son attention à Tuzzi et à la vengeance. Ce plouc d'Italien avait besoin d'une leçon.

Deux cars de police attendaient l'hélicoptère à l'aéroport de Mandelieu et le trajet jusqu'à Cannes, avec les voitures qui s'écartaient docilement devant les hurlements des sirènes, ne fut pas bien long. Anna et Bennett, encore abasourdis par la rapidité avec laquelle ils étaient devenus officiellement des criminels capturés, encore ahuris par un traitement de haute sécurité qui convenait plus à des terroristes qu'à des voleurs amateurs, s'étreignaient les mains pour se réconforter à l'arrière de la voiture, trop pétrifiés pour éprouver quoi que ce soit. On aurait aussi bien pu les conduire vers leur lieu d'exécution.

On les amena dans ce qu'on appelle par euphémisme la réception du commissariat central de Cannes, un endroit peu accueillant. Et là, on procéda aux formalités habituelles : on leur vida les poches, on prit leurs empreintes. On les traita comme deux épaves humaines. Le sergent de garde tendit la main vers le tableau d'affichage où s'étalaient leurs photographies, il arracha la feuille et la jeta dans une corbeille à papier. Encore une chasse à l'homme de terminée, encore une affaire de réglée.

Le capitaine Bonfils, nonchalamment vêtu d'un jean et d'une chemise à col ouvert, sortit de son bureau au fond et se planta devant eux, l'air mauvais. S'il fallait arrêter ces crétins, pourquoi n'avaient-ils pas pu se laisser appréhender un jour de semaine au lieu de lui gâcher son week-end ? De la main il leur fit un geste agacé et les entraîna dans le couloir jusqu'au bureau de Moreau.

Moreau s'estimait, non sans quelque raison, comme un homme doué pour les interrogatoires. Au cours des nombreuses années et des milliers d'heures qu'il avait passées à arracher des renseignements à des criminels, à faire le tri entre les mensonges et les demi-vérités, à encourager les aveux, il avait développé sa technique, affiné le rythme de ses questions, aiguisé ses dons d'observation. Une main qui se crispe instinctivement, un œil qui cligne soudain, un changement de position involontaire sur une chaise : tout cela lui en disait autant que des mots. Il considérait l'interrogatoire comme une partie d'échecs, une série de mouvements progressifs, souvent indirects, qui finissaient par acculer l'adversaire dans une impasse. Échec et mat. Il aimait prendre son temps, ce dont Bonfils semblait incapable. Bonfils, assis maintenant en face de lui, bloc-notes sur un genou, était essentiellement un homme qui criait, qui menaçait, un homme qui portait sa violence sur son visage.

Moreau examina le couple assis en face de lui. Pas mal, se dit-il, pas mal tous les deux, mais avec des signes de tension autour de la bouche et des yeux. Voilà qui était encourageant. Il retira sa pipe de sa bouche et sourit.

— Alors, monsieur Bennett. Il paraît que vous n'avez plus la Rolls-Royce ?

Bennett ne savait pas à quoi s'attendre mais certainement pas à ça.

— La Rolls-Royce ? (Il avait la bouche sèche, la voix frêle, le ton défensif.) Quelle Rolls-Royce ?

Moreau, du tuyau de sa pipe, désigna les objets disposés sur son bureau : passeports, argent liquide, cartes de crédit et, attachées à une chaînette de cuir et d'émail bien usée décorée du symbole RR, les clefs de voiture de Bennett.

— Oh, ça. C'est juste un cadeau que quelqu'un m'a fait à Londres, il y a bien longtemps.

Moreau se tourna vers Anna et son expression se teinta de compassion.

— Il faut que je vous présente mes regrets, mademoiselle. J'ai cru comprendre que votre mère ne va pas très bien.

Anna ressentit exactement ce que Moreau voulait lui faire éprouver : elle était prise à contrepied, ébranlée.

— Comment le savez-vous ?

— Nous avons le téléphone. J'ai à New York des collègues très obligeants. Il est facile de nos jours d'obtenir des renseignements, maintenant que le monde s'est rapetissé. La vie privée est une chose qui n'existe pratiquement plus. C'est terrible... n'est-ce pas, Bonfils ? (Le maître jeta un coup d'œil au novice.)

Boucle-la et continue, pontifiant vieux connard.

— Oui, chef. Terrible.

Moreau parut soudain trouver passionnant le contenu de sa pipe : il en gratta le fourneau avec un outil ayant la forme d'une étroite cuillère, en tapota les fragments calcinés dans un cendrier, soufflant doucement par l'embouchure. À part les petits bruits qu'il faisait, la pièce était silencieuse. Bonfils était dans son coin, l'air mauvais. Anna et Bennett échangeaient des regards intrigués. Était-ce pour cela qu'on les avait précipitamment amenés jusqu'à Cannes ? Pour voir un inspecteur de police en train de curer sa pipe ? Bennett s'éclaircit la voix. Moreau l'ignora et se mit à bourrer sa pipe d'un tabac qu'il prélevait dans une blague en toile cirée froissée.

Bennett finit par ne plus pouvoir supporter davantage ce silence.

— Pourriez-vous nous dire pour quelle raison on nous a arrêtés ? Qu'avons-nous fait ?

Moreau leva les yeux d'un air légèrement surpris, comme s'il avait oublié qu'ils étaient là.

— Si vous me l'expliquiez ?

Bennett réfléchit un moment avant de donner ce qu'il espérait être une réponse inoffensive.

— Eh bien, on nous a demandé d'aller prendre à bord de ce bateau une mallette.

— Qui vous l'a demandé ?

— Un vieil ami de Mlle Hersh. En fait, il s'agissait d'un travail. Nous devions être payés.

— Par le vieil ami ?

— C'est exact.

— Et ce vieil ami, qui est-ce ?

— Un nommé Poe. Julian Poe.

– Ah, oui. (Moreau revint à sa pipe, utilisant trois allumettes avant d'être bien sûr que le tabac se consumait régulièrement.) Et cette mallette qui se trouvait sur le bateau, cette mallette que M. Poe payait pour que vous la rapportiez, qu'y avait-il dedans ?

Bennett hésita avant le premier mensonge.

– Elle était fermée à clef. Je ne sais pas.

– Vous ne savez pas ! (Moreau prit les deux passeports sur son bureau.) Vous avez laissé ça sur le bateau. (Il les rangea dans un tiroir.) C'est négligent de votre part. Avez-vous quitté le bateau à l'improviste ? Dans une certaine précipitation ?

Il prit dans sa poche un trousseau de clefs et ferma le tiroir où il avait fourré les passeports.

– J'ai dû les oublier.

Second mensonge.

– Je vois. Quelle heure était-il quand vous avez quitté le bateau ? Approximativement.

– Oh, je ne sais pas. C'était un peu après le dîner.

– Avec la mallette ?

– Oui.

– Voyons, ça devait être... quand donc ? Il y a deux jours ? Trois ?

Bennett, sincèrement, n'arrivait pas à s'en souvenir.

– Oui, quelque chose comme ça.

– Et ensuite, bien entendu, vous avez apporté la mallette à M. Poe et il vous a réglé ?

– Eh bien, nous n'avons en fait pas eu l'occasion de...

– Bennett. (Anna l'interrompit en secouant la tête.) Laisse tomber. C'est dingue. Ça ne marchera pas.

Moreau la dévisagea à travers un nuage de fumée et hocha la tête d'un air approbateur.

— Quelle jeune femme raisonnable vous êtes. Voyons, monsieur Bennett, nous allons reprendre depuis le début. Mais, avant cela, je m'en vais vous dire certaines choses qui devraient influencer votre déposition. (Il retira la pipe de sa bouche et en braqua le tuyau sur Bennett.) Un : la mallette contient une formule pour la culture des truffes, ce que, j'en suis certain, vous savez. Deux : vous avez volé la mallette.

— Mais elle avait déjà été...

Moreau leva la main pour réclamer le silence.

— Je vous énonce simplement les faits tels que nous les connaissons. Vous pouvez préciser les renseignements que nous possédons déjà et, dans votre intérêt à tous les deux, j'espère que vous n'y manquerez pas. Pour l'instant, vous êtes tous les deux soupçonnés de vol. Je ne doute pas que nous parviendrons à trouver les preuves de l'accusation qui pèse sur vous, mais les préparatifs prendront plusieurs mois et, évidemment, durant cette période, vous serez en prison. (Moreau s'affaira sur ses allumettes et ralluma sa pipe.) Ensuite, vous serez condamnés... et, en l'occurrence, les circonstances ne plaident pas en votre faveur. Dès l'instant où le gouvernement français s'intéresse à une affaire, comme c'est le cas cette fois-ci, il ne s'agit plus simplement d'un vol banal. Les choses deviennent plus sérieuses et entraîneront manifestement une condamnation plus lourde.

— Mais c'est scandaleux. Tout cela n'a rien à voir avec le gouvernement.

— Maintenant, si. (Moreau eut un sourire, un sourire sans humour qui plissa ses lèvres minces.) Je vois dans votre dossier que vous avez vécu de nombreuses années en France, monsieur Bennett. Vous aurez remarqué, j'en suis convaincu, que les autorités de ce pays disposent de pouvoirs considérables – des pouvoirs que certains étrangers estiment parfois très exagérés. Mais qui nous sont fort utiles, à nous, dans la police, je dois en convenir.

Moreau laissa le temps à la menace de produire son effet. Il avait exagéré un peu, mais seulement un peu. Les deux visages en face de lui semblaient hagards, découragés. Il sentit qu'il touchait presque au but. C'était le moment de faire briller la promesse d'une alternative plus plaisante :

– Si d'aventure vous décidiez de coopérer pleinement avec nous, on peut s'arranger pour laisser tomber l'affaire. Comme nous le savons tous, des malentendus se produisent de temps en temps, il s'agirait en l'occurrence d'un regrettable exemple d'erreur d'identité, avec des excuses officielles pour tous les désagréments que vous auriez pu subir.

Bennett regarda Anna. Tout ce qu'il voulait, c'était l'emmener, laisser Poe, Tuzzi et toute cette foutue police française s'expliquer entre eux.

– Alors ? Qu'est-ce qu'on fait ? (De la main, il lui effleura la joue.) Je te suis.

Elle eut un long soupir qui parut chasser tout l'air qu'elle avait dans le corps. Elle se pencha, tournant le dos à Moreau, et posa la tête sur l'épaule de Bennett : l'image même de la défaite. Faiblement, très faiblement, il entendit – il crut entendre – son murmure, à peine plus faible que son souffle contre son cou :

– Ne lui parle pas du sac.

21

Bennett commença par le commencement, prenant peu à peu confiance tandis qu'il racontait les premiers innocents détails de sa recherche d'un emploi. Moreau l'écoutait, penché sur son bureau, le menton appuyé sur ses doigts jaunis, des bruits de tuyauterie assourdis provenant de la pipe qu'il serrait entre ses dents. Anna restait silencieuse, tête basse, souhaitant de toute son âme que Bennett ait bien entendu la phrase qu'elle lui avait murmurée à l'oreille. Bonfils, l'air maussade, prenait des notes. Il préférait les méthodes d'interrogation musclées où on maniait la matraque plutôt que ces discours interminables.

Le récit que fit Bennett de ses premiers jours à Monaco et de la disparition du porte-documents n'amena pas d'autre réaction que de temps en temps un haussement de sourcils de Moreau. Ce fut seulement quand il en arriva à l'évocation du Domaine des Rochers et à la description que lui fit Poe du contenu de la mallette que la pipe de Moreau sortit d'entre ses lèvres, suivie d'une question.

— Cet homme, fit Moreau, cet expert en truffes employé par Poe, comment s'appelle-t-il? Quels sont ses antécédents?

Bennett secoua la tête.

— On ne m'a jamais dit son nom. Il travaillait dans je ne sais quel organisme officiel avant que Poe le découvre, au ministère de quelque chose... de l'Agriculture, j'imagine. Je n'en suis pas sûr.

— Un fonctionnaire ?

— C'est cela. Je me souviens avoir entendu Poe parler d'un ministère, qui n'appréciait pas son travail, quelque chose comme ça. Apparemment, c'est pour ça qu'il est parti.

— Vous ne l'avez jamais rencontré au cours de vos visites à la propriété de M. Poe ?

Bennett haussa les épaules.

— Ç'aurait été difficile : il est mort. Poe m'a dit que c'était dans un accident de voiture. Une défaillance des freins.

— Comme c'est commode qu'il ait d'abord terminé ses travaux. (Moreau se tourna vers Bonfils.) Vérifiez lundi auprès du ministère de l'Agriculture : les démissions dans le service des recherches au cours des quatre dernières années, leurs dossiers de travail, la routine.

Il se tourna vers Bennett. C'était mieux que ce qu'il avait espéré. Toute recherche effectuée sur le temps du gouvernement et – en appliquant la loi de façon un peu abusive, mais pas trop – tous les résultats provenant de ces recherches devenaient propriété de l'État. Les avocats s'en assureraient. En outre, l'homme était mort : il n'était donc pas en mesure de discuter. Tout cela se présentait plutôt bien. Moreau commençait à s'imaginer une petite décoration l'accompagnant dans sa retraite. Pour services rendus à la France. Cela ferait bien dans son village de Charente : cela établirait aussitôt sa réputation d'homme sérieux, cela ferait peut-être même de lui un candidat éventuel pour la mairie.

– Continuez, monsieur.

Bennett raconta comment on lui avait remis la fausse mallette, puis sa rencontre avec Anna à Nice et leur arrivée à bord du *Ragazza* pour les enchères en mer. Bonfils griffonnait avec diligence et Moreau se mit à prendre des notes.

– Donnez-moi des noms, dit-il. Tous ceux dont vous pouvez vous souvenir.

– Il y avait Tuzzi, le propriétaire du yacht, et son associé, Lord Glebe. Un Américain du nom de Penato, Kasuga, de Tokyo, et un homme plus âgé, je crois qu'il a dit qu'il venait de Corse. Polluce ? Quelque chose comme ça.

En entendant mentionner le nom de Polluce, Bonfils se pencha avec encore plus d'application sur ses notes. Son esprit bouillonnait d'un certain nombre de possibilités, dont aucune n'était plaisante. Il voyait s'éloigner ses chances d'avancement, mais ce n'était rien auprès des autres conséquences que pourrait entraîner le fait de ne pas avoir remis le porte-documents à Polluce et à ses amis. Ils pourraient le faire remettre à la circulation, à distribuer des contraventions pour stationnement illicite. Ou pire encore. L'Union corse n'était guère connue pour sa bienveillance envers ceux qui avaient échoué dans leur mission. Merde !

– Bonfils ? (La voix de Moreau le fit sursauter.) Un de vos compatriotes. Vous ne savez rien sur lui, sur ce Polluce ?

– Jamais entendu parler de lui, chef. Je vais me renseigner.

Merde encore.

– Alors, monsieur Bennett, reprit Moreau en consultant son carnet : vous étiez donc là, à bord du

Ragazza, avec votre mallette bidon. Que s'est-il passé ensuite ?

Bennett passa aussi rapidement qu'il put sur les événements aboutissant à la mainmise sur le porte-documents et à leur fuite en mer.

— Ensuite, quand nous sommes arrivés à Cassis, nous... eh bien, nous avons emprunté une voiture et...

— Emprunté une voiture ?

Bennett ne dit rien. Moreau ajouta le vol d'une automobile aux infractions dont s'était rendu coupable Bennett et qui s'accumulaient de façon extrêmement satisfaisante : complicité dans une affaire de fraude fiscale, usurpation d'identité avec tentative d'escroquerie, vol qualifié... Il lut la liste tout haut d'un ton calme et songeur, en regardant Bennett s'agiter sur son siège, mal à l'aise. Après s'être de nouveau occupé un moment de la bonne condition de sa pipe, Moreau poursuivit.

— Il me semblerait logique alors, dit-il, qu'avec votre voiture empruntée vous vous soyez directement rendu chez M. Poe, que vous lui ayez remis la mallette et perçu la somme qui vous était due. Mais vous n'en avez rien fait. Pourquoi cela ?

Pour la première fois depuis que Bennett avait commencé son récit, Anna intervint.

— C'était mon idée. Je n'avais pas confiance en Poe : je pensais qu'il ne nous paierait pas. Il n'est pas... enfin, il est un peu...

Les sourcils de Moreau se haussèrent jusqu'au milieu de son front.

— Malhonnête, peut-être ? Serait-ce le mot que vous cherchez ?

Anna acquiesça, vigoureusement.

– Vous l'avez dit. Ce type est un véritable serpent.

– Tiens. Et pourtant vous travailliez pour lui. Quelle confiance de votre part. (Moreau regarda Bennett.) Alors, il n'a pas payé?

Anna retint son souffle. Ne bousille pas tout, Bennett. Réfléchis que tu peux sortir d'ici avec un million de dollars. Pense au service en chambre de la Villa d'Este. Pense à tout ce que tu veux, mais, pour l'amour du ciel, ne bousille pas tout.

– À vous dire la vérité, reprit Bennett, nous ne l'avons même pas vu... nous étions trop occupés à nous assurer d'échapper à Tuzzi. Nous nous sommes cachés, en essayant de décider ce que nous allions faire.

Anna murmura une silencieuse action de grâces.

– Alors, vous ne lui avez pas remis le porte-documents.

– Bonté divine, non.

Soulagé de constater que Moreau n'avait pas insisté sur la question du paiement, Bennett alla de l'avant :

– Naturellement, je sais qu'il est en sûreté. Tout à fait en sûreté. Caché. Nous avons réussi à arranger cela. Nous ne voulions pas le laisser dans la Peugeot, avec toutes ces histoires qu'on entend de vols dans les voitures. C'est scandaleux, vraiment... dans un endroit aussi agréable que le Midi de la France...

Moreau l'interrompit.

– Où est la mallette?

Bonfils se pencha en avant, son stylo suspendu au-dessus de son bloc. S'il pouvait donner assez vite l'information à Polluce, il serait peut-être tiré d'affaire. Bennett prit un moment pour réfléchir. Il ne fallait pas mêler Georgette à tout cela, ne pas l'impliquer auprès de la police. La pauvre vieille en aurait une crise cardiaque.

– En fait, dit-il, je ne sais pas. Pas exactement. Je l'ai confiée à un ami. Mais si je pouvais passer un coup de téléphone, je pourrais très rapidement la faire déposer à ma maison de Saint-Martin.

– Bien.

Moreau s'assit, la tête basse, examinant ses options, sa pipe refroidissant. Remettre la main sur le porte-documents, c'était capital. Cela lui vaudrait toutes les manifestations de reconnaissance, de reconnaissance au plus haut niveau. Il pourrait même y avoir une prime, peut-être une décoration plus importante pour services rendus à la France. Ce Julian Poe, qui certainement fraudait le fisc, coupable de s'être approprié aux dépens de l'État des secrets agricoles vitaux, peut-être impliqué dans un complot pour meurtre : l'arrêter en flagrant délit de recevoir ce qui était techniquement des biens volés, ma foi, voilà qui serait le couronnement approprié d'une opération parfaitement réussie.

– Bien, répéta-t-il. Voici ce que nous allons faire...

Il consulta sa montre et s'aperçut que l'après-midi touchait à sa fin. Il faudrait quelque temps pour mettre tout cela en place : le filet devait être bien tendu sans possibilité pour Poe de passer à travers les mailles. Mais rien ne pressait. Le porte-documents était en sûreté, bien caché. Il serait bien assez tôt demain. Il poussa un de ses téléphones à travers le bureau en direction de Bennett.

– Je veux que vous passiez deux coups de téléphone. Le premier pour que demain matin, on vous apporte la mallette chez vous. C'est possible, n'est-ce pas ?

Bennett acquiesça.

– Le second appel sera destiné à M. Poe, pour lui préciser les conditions dans lesquelles il pourra reprendre le porte-documents. Voulez-vous que nous disions dix heures ? Après tout, ce sera dimanche. Nous ne voulons pas le tirer de son lit trop tôt. (Moreau se frotta les mains avec un bruit de cuir desséché, et sourit.) Ça pourrait bien être sa dernière nuit confortable pour quelque temps. (Il poussa encore un peu le téléphone.) Allez, monsieur Bennett. N'oubliez pas : ces coups de fil vous assureront la liberté.

Georgette décrocha à la seconde sonnerie. Bennett entendait en fond sonore le vacarme de sa radio.

— C'est moi, Bennett.

— Et alors ! Vous avez vu le journal ? Qu'est-ce qui se passe ? Où êtes-vous ?

— Je vais bien. Je suis à Cannes. Écoutez, il faut que je vous demande de faire quelque chose pour moi.

— Attendez. (Georgette posa le combiné et alla éteindre la radio. Bennett entendit des pas précipités sur le parquet.) Bon. C'est sans doute l'affaire de la mallette, non ? Tout le village me demande ce que je sais. Ce salaud de Papin, Mme Joux. Tout le monde. Mais je ne leur dis rien. Je suis muette comme une carpe. Quand allez-vous revenir ici ?

— Bientôt. Mais avant cela, j'aimerais que demain matin vous preniez le porte-documents et que vous le laissiez chez moi, sur la table du salon. Ne fermez pas à clef la porte de la rue, d'accord ? Quelqu'un passera le prendre à dix heures.

— Ah bon ! Et ensuite, vous allez revenir ?

— Je l'espère. N'oubliez pas. Demain matin dix heures, ensuite ne restez pas dans la maison ; rentrez chez vous.

— Bien entendu, fit Georgette. Je ferai comme vous le demandez.

Bien entendu, elle n'avait aucune intention de manquer un moment aussi intense, excitant, un moment qu'elle pourrait décrire plus tard à tout le village. Mais Bennett n'avait pas besoin de le savoir.

— Merci. Merci beaucoup, fit Bennett. Je vous expliquerai tout quand je vous verrai.

Il raccrocha et regarda Moreau.

— Le porte-documents sera là-bas.

Moreau avait remarqué que Bennett avait pris soin de ne pas mentionner de nom. Sans doute un copain du village. Il décida de laisser passer.

— Excellent. Passons maintenant à M. Poe.

Ce fut Shimo qui répondit et qui passa la communication. Poe ne s'embarrassa pas de préliminaires.

— Où est le porte-documents?

— Il est en chemin pour être porté à ma maison de Saint-Martin, au 3, allée des Lices. Shimo sait où c'est. La porte de la rue ne sera pas fermée à clef. Le porte-documents sera sur la table du salon. Dix heures demain matin. D'accord? On l'apportera à dix heures.

— Ça vaudrait mieux.

Il raccrocha.

Bennett repoussa le téléphone vers Moreau. Bonfils s'agitait sur sa chaise : il finit par se lever et se dirigea vers la porte.

— Chef? Pipi. Je reviens de suite.

Plongé dans ses préparatifs, Moreau l'ignora. Il tendit à Bennett une feuille de papier et un crayon et lui demanda de faire un plan sommaire du village. Tout semblait se passer comme sur des roulettes. Il avait hâte d'appeler Chevalier pour le mettre au courant des derniers développements. De combien d'hommes aurait-il besoin? Une demi-douzaine devrait suffire :

des policiers en civil, un hélicoptère prêt à intervenir en cas de besoin. Il leva les yeux pour donner quelques instructions à Bonfils et fronça les sourcils. Combien lui fallait-il de temps pour vider sa vessie, bon sang ?

Debout près de son bureau, le téléphone collé à l'oreille, les yeux fixés sur la porte vitrée, Bonfils attendait. Allons, salopard, décroche. Enfin, il entendit la voix froide qu'il connaissait si bien.

– Monsieur Polluce ? Bonfils. Il faut que je sois bref. La mallette va être livrée dans un village du nom de Saint-Martin ; l'adresse est 3, allée des Licés. On l'apportera à dix heures demain matin. Quoi ? Non, impossible : Moreau m'a à l'œil. Il en fait tout un plat, une véritable opération. Il faut que je reste avec lui. Je sais. Je suis désolé, je ne peux pas faire mieux.

Bonfils regagna précipitamment le bureau de Moreau, la transpiration lui collait la chemise à la peau.

Polluce but une gorgée de Cynar et regarda vers la mer, étincelante maintenant sous le soleil du soir. Tout cela tournait à la pagaille : un fatras peut-être dangereux, pas le genre de situation où il comptait s'impliquer personnellement. Son influence au sein de la police, même si elle était harmonieusement répartie parmi les Corses, ne s'était jamais étendue jusqu'à Moreau. Il avait bien fait dans le passé des ouvertures discrètes et subtiles, mais ce vieux schnoque constipé n'avait jamais même accepté une invitation à déjeuner, encore moins un honnête pot-de-vin. Et c'était lui qui

dirigeait l'opération. Peut-être serait-il possible d'intervenir, mais c'était peu probable. Ça ne valait pas la
peine de faire courir des risques à un homme précieux.
Heureusement, songea Polluce, il avait sous la main
quelqu'un qui ferait l'affaire, quelqu'un qui n'était
absolument pas irremplaçable. Il appela le *Ragazza*,
mouillé à moins d'un mille de là.

— Tuzzi, j'ai de bonnes nouvelles. Nos gens ont travaillé dur et divers arrangements ont été pris.

Une idée soudain traversa l'esprit de Polluce. Si
Tuzzi récupérait le porte-documents, il ne serait que
juste et bien normal de lui faire payer le renseigne-
ment.

— Ces arrangements ont nécessité quelques frais,
mais je peux vous dire que la mallette sera remise
demain matin. Et je peux vous dire où.

— *Bene, bene*, mon ami. Je suis très heureux pour
vous. Cela me fait grand plaisir.

— Mais il y a encore quelques détails à régler. Pour
obtenir ces renseignements, nous avons dépensé une
certaine somme d'argent qui, à mon avis, devrait venir
en déduction du prix. Un petit rabais entre amis.

Tuzzi garda le silence. Il avait horreur de se séparer
de l'argent d'autrui.

— Cent mille dollars... lança Polluce.

Tuzzi respira un bon coup. Quelle cupidité chez ce
faux jeton de porc de Corse. Que pouvait-il faire ?

— Mon ami, ça me semble très raisonnable. Vous
aurez un chèque lundi matin, sur la tête de ma mère. Je
suis enchanté que tout se soit si bien terminé pour
nous.

— Bon, fit Polluce. Vous apportez le chèque avec le
porte-documents.

— Le porte-documents? Moi?

— Au terme de notre accord, ce n'est qu'à vous qu'on le remettra. Il n'y a personne sur qui on puisse plus compter. Vous avez toute ma confiance. Maintenant, écoutez bien.

Cinq minutes plus tard, Tuzzi rapportait la conversation à Lord Glebe qui, après tant d'années de duplicité, flaira une entourloupette. Il s'empressa de prendre ses distances.

— J'aimerais bien pouvoir venir avec vous, mon vieux, dit-il. Mais malheureusement le devoir m'appelle à Londres. Je me demande parfois comment la Chambre des lords arrive à boucler une journée de travail sans moi. (Il se pencha et tapota le bras de Tuzzi.) D'ailleurs, vous n'avez pas besoin de moi. C'est une simple course à faire. Emmenez le jeune Benito.

— Vous pensez que c'est clair? Pas de coup bourré?

— Fourré, mon vieux. Non... je pense que Polluce a mis en branle tous ses équivoques amis et que ça a payé.

— Alors pourquoi ils ne viennent pas reprendre la mallette?

Glebe prit un cigare tout en essayant de trouver une bonne raison.

— Ils sont drôles, ces Corses, finit-il par dire. Ils attachent énormément d'importance au respect — comme d'ailleurs vous autres Italiens, hein? — et Polluce estime, à mon avis, que c'est à vous de réparer le... désagrément qu'il a subi.

— Ah, fit Tuzzi. *Rispetto.*

— Voilà, c'est le mot que je cherchais. Ah, c'est dommage qu'il n'y en ait pas davantage en Angleterre. On voit toujours un clown de politicien qui se fait prendre dans une situation gênante et ces foutus journaux en font une affaire d'État. Aucun respect pour les classes gouvernantes. De vous à moi (Glebe prit un ton confidentiel), c'est pour cette raison qu'il faut que j'aille à Londres demain. Un vrai scandale. Un distingué député sans portefeuille, un personnage éminent, qu'on a retrouvé à Hyde Park en minijupe avec des talons hauts. Sale affaire. Très embêtante. Encore un qui n'était pas dans un bon collège, vous comprenez? Ça finit toujours par ressortir.

Moreau avait une soirée bien remplie en perspective. On pouvait laisser Bonfils se charger de certaines dispositions, mais les subtilités, les détails importants – sans parler des coups de fil à des gens haut placés à Paris –, tout cela, il s'en chargerait personnellement. Il examina le croquis de Saint-Martin que Bennett lui avait remis. Comme dans beaucoup de ces petits villages des collines du Vaucluse, aucune route ne le traversait. On aurait dit qu'il avait été construit tout exprès en vue de cette opération. Une demi-douzaine d'hommes postés aux bons endroits pouvaient boucher le village comme une bouteille. Excellent.

Assis sans rien dire en face de lui, Anna et Bennett montraient des signes de fatigue. Moreau commençait à les trouver sympathiques : ils s'étaient montrés étonnamment coopératifs et c'était grâce à eux que sa carrière allait s'achever sur une note triomphante. On pourrait même faire allusion aux services qu'ils avaient rendus aux autorités de Paris.

— Bien, dit-il, je crois que ce sera tout pour aujourd'hui, mais il faudra que nous partions de bonne heure demain matin. Ce soir (il eut un haussement d'épaules pour s'excuser), je vais devoir vous demander d'être nos hôtes. Bonfils va vous installer le plus confortablement possible. La cellule la plus tranquille pour eux, Bonfils, étant donné qu'on est samedi soir. Et arrangez-vous avec le restaurant du coin pour qu'on leur apporte quelque chose à manger.

Les congédiant d'un geste de la tête, il tendit la main vers le téléphone.

Bonfils leur montra le chemin jusqu'aux cellules : il était fou de rage à l'idée d'être traité comme un putain d'employé d'hôtel. Il poussa la porte de la cellule – deux couchettes, des barreaux aux fenêtres, l'âcre odeur du désinfectant – et s'écarta pour les laisser passer.

– On va vous apporter à manger, dit-il.

Et il tourna les talons.

– Capitaine ? (La voix de Bennett l'arrêta dans son élan. Nous aimerions voir un menu. Il inclina la tête.) S'il vous plaît.

Bonfils réprima une violente envie de filer un gnon à l'Anglais. Il s'en alla engueuler le sergent de garde. Un menu, bon Dieu !

Bennett prit Anna dans ses bras. Elle leva vers lui un regard grave.

– C'est presque fini, n'est-ce pas ?

Bennett acquiesça.

– À condition de ne pas nous évanouir de faim.

Ce fut un repas qu'ils n'oublieraient jamais : surtout en raison des circonstances. Le garçon du restaurant, un jeune Algérien qui travaillait en France sans posséder de papiers officiels, était manifestement terrifié de servir à dîner dans un commissariat de police. Le plateau tremblait dans ses mains, il manqua le col de la bouteille de vin avec son tire-bouchon et se piqua un doigt. Quand Bennett s'excusa de ne pas être en mesure de lui donner un pourboire, il sortit de la cellule à reculons en suçant sa blessure, roulant des yeux stupéfaits. Était-ce comme ça qu'on traitait les criminels en France ? C'était en vérité un étrange et merveilleux pays, tout comme le lui avait dit son père à Oran.

Bennett leva son verre en direction d'Anna.

– Je t'avais promis un service d'étage, non ?

Un jeune gendarme vint débarrasser, leur remit des serviettes au tissu rugueux et les conduisit jusqu'au paradis parfumé au phénol d'une douche chaude. Le ventre plein, propres et épuisés, ils s'effondrèrent sur leurs couchettes. À l'heure où l'on jetait dans les autres cellules la première fournée d'ivrognes du samedi soir et de blessés ambulatoires, ils dormaient comme des souches.

22

Anna et Bennett suivirent Bonfils le long d'un couloir bordé de cellules. Il était six heures du matin.

Trois grosses Citroën banalisées, de cette couleur bleu Gauloise que préfère la police française pour circuler incognito, étaient garées devant le commissariat. Moreau, Anna et Bennett allèrent rejoindre le chauffeur de la voiture de tête. Bonfils contrôla les passagers des deux autres véhicules : sept gendarmes en tenue de week-end, jean, blouson et lunettes de soleil. Avec leur coupe de cheveux réglementaire, cela leur donnait l'air d'un groupe de jeunes soldats en permission. Ils étaient de fort bonne humeur, ravis à l'idée de passer une journée loin de la monotonie des patrouilles, pour une opération clandestine payée en heures supplémentaires. Bonfils, nerveux et renfrogné, prit place dans la deuxième voiture et le convoi s'engagea sur la Croisette en direction de l'autoroute.

Moreau, l'adrénaline coulant à flots dans ses veines et sa pipe gargouillant au vent, était assis à l'avant : il utilisa avec une abondance quelque peu superflue le téléphone de voiture pour revenir sur des détails dont on avait longuement discuté la veille au soir. Il rappela

à l'officier commandant la base aérienne de Salon
d'avoir un hélicoptère prêt à décoller. Il rappela aussi
au capitaine de la gendarmerie des Beaumettes de garder ses hommes en alerte – « mais discrètement, mon
vieux, discrètement. Il ne faut pas effrayer les pigeons,
hein ? » – au cas où l'on aurait besoin de renforts sur
place. Il réveilla Léon au café Crillon de Saint-Martin
pour lui rappeler qu'un centre de commandement
allait être installé dans la resserre derrière le bar. Et,
quand il eut épuisé son stock de cibles, il appela Bonfils
dans la deuxième voiture pour le harceler une fois de
plus.

— Oui, chef, les hommes sont armés. Oui, chef, ils
connaissent les consignes. Non, chef, il n'y a pas de
problème.

Bonfils, la main crispée sur son téléphone, fixait d'un
regard sombre la route devant lui. Dans quel merdier
s'était-il fourré ? Et si Polluce survenait ? Il était sûrement trop malin pour ça. Mais si ce n'était pas le cas ?
Si, dans sa détermination à mettre la main sur la mallette, il allait tenter sa chance ? On l'arrêterait à titre
préventif et il se retrouverait dans une cellule si vite que
ses pieds n'auraient même pas le temps de toucher
terre. Ce serait la fin d'une carrière prometteuse pour
le capitaine Bonfils. Il se retourna pour ordonner aux
hommes assis à l'arrière de la boucler. Ils bavardaient
comme une bande de collégiens. On se serait cru dans
un putain de pique-nique.

Les trois voitures, n'étant pas gênées par les
contraintes de limitation de vitesse imposées au
commun des mortels, maintenaient un cent quatre-
vingts kilomètres à l'heure régulier, faisant la course
avec le soleil qui se levait lentement derrière elles.

Anna et Bennett avaient du mal à ne pas laisser éclater leur joie. Au cours d'une conférence à mi-voix avant le lever du jour, ils étaient convenus de se conduire comme s'ils éprouvaient une appréhension bien compréhensible à être impliqués dans une opération de police. C'était dur. Chaque fois qu'ils se regardaient, pour échanger des coups d'œil de délicieuse complicité, il leur fallait lutter contre une terrible envie de sourire. Ils serraient les poings et s'obligeaient à ne pas se regarder mais à examiner le paysage.

Le convoi franchit la sortie vers l'aéroport de Marignane et traversa comme une flèche la campagne qui devenait de plus en plus sauvage et chaotique, offrant un brutal contraste avec la douce luxuriance des palmiers et les pelouses bien tondues qu'ils avaient laissées à Cannes. Pour la vingtième fois, Moreau consulta sa montre puis, avec un petit hochement de tête satisfait, il appela les deux autres voitures et ordonna un bref arrêt à Cavaillon. Il fallait acheter des journaux et les distribuer aux hommes : un camouflage, pour qu'ils aient bien un air de dimanche matin en attendant au café de Léon que le piège se referme. Mais, attention, pas le même journal. Une sélection. Pas question que tout le monde se cache derrière *France-Dimanche*. Et c'était vrai, se dit Moreau, que c'était aux détails qu'on reconnaissait Dieu. Dieu et le travail des policiers.

Ils arrivèrent à Cavaillon pour huit heures. Les hommes descendirent pour se dégourdir les jambes pendant que Bonfils supervisait le choix et l'achat des journaux. Certains demandèrent à prendre un café mais on leur refusa l'autorisation ; Moreau était impatient d'arriver à Saint-Martin et de s'installer à son quartier général du bistrot. Ils pourraient alors prendre du café, dit-il à ses hommes, du café et des croissants chauds. Avec un sentiment d'excitation qui ne cessait de croître, Moreau donnait des instructions au chauffeur – qui n'en avait aucun besoin puisque, suivant les consignes de son chef, il avait déjà appris l'itinéraire par cœur – pour prendre la D2 à la sortie de Cavaillon. Dans quinze minutes, ils seraient à Saint-Martin.

Enzo Tuzzi était allé se coucher dans sa cabine avec un problème ; il s'était réveillé avec une solution. Le rabais de cent mille dollars réclamé par Polluce lui restait sur l'estomac : c'était déraisonnable et excessif. Au matin, les brûlures d'estomac s'étaient dissipées et un plan simple lui était venu à l'esprit. Il allait facturer à Polluce cent mille dollars de frais de livraison et, si le misérable *stronzo* corse n'aimait pas ça, Tuzzi vendrait la formule ailleurs. Bravo, Enzo, bravo, se dit-il tout en se gominant les cheveux avant de les rassembler avec soin en un chignon brillant sur sa nuque.

Quant à sa tenue, rien de trop voyant. Il choisit une chemise de sport à carreaux avec un pantalon de coton bleu marine. À titre de précaution – inutile, il en était certain –, il prit sur sa table de nuit son 9 mm à crosse chromée dans son étui de chamois et le fixa à sa ceinture, sous les pans de sa large chemise. Il s'aspergea généreusement d'eau de Cologne, lissa une dernière fois sa moustache, se pavana une ultime fois devant la glace : il était prêt. Glebe avait raison. C'était une simple course à faire. Peut-être emmènerait-il ensuite le jeune Benito déjeuner pour fêter cela. Ce garçon se donnait du mal et il avait un oncle dans le bâtiment à Naples qui pouvait être utile.

Il arriva sur le pont pour trouver Lord Glebe en tenue de voyage — costume de toile gris colombe et mocassins de velours brodé — qui donnait au steward des instructions détaillées sur la façon de soigner et de nourrir Genghis pendant l'absence de son maître. Tuzzi le prit à part pour lui expliquer son idée des cent mille dollars.

— Ça vaut la peine d'essayer, dit Glebe. Mais, à mon avis, nous devrions nous attendre à une certaine résistance de la part de Polluce. Ça ne va pas lui plaire.

— Et alors? (D'un geste désinvolte, Tuzzi fit glisser sur le pont et plonger dans la Méditerranée le déplaisir de Polluce.) C'est nous qui aurons la mallette. Il la veut, il paye. Sinon, nous nous adressons ailleurs.

Tuzzi eut un grand sourire et, dans son enthousiasme, se mit à pétrir l'épaule de Glebe.

Inspectant les faux plis qui venaient gâcher le tissu de son costume, Glebe s'éloigna hors de portée de Tuzzi.

— Bah, je vous l'ai dit, ça vaut la peine d'essayer. Ça ne peut pas faire de mal. Mais, si j'étais vous, mon vieux, j'attendrais d'être revenu à bord avant de passer ce coup de téléphone. Ils ont la tête près du bonnet, ces Corses.

— Comment ça : du bonnet?

Glebe soupira. Ce serait un soulagement de passer quelques jours dans un pays où les gens parlaient anglais, ou du moins ce qui de nos jours passait pour de l'anglais.

— Ça veut dire émotif, mon vieux. Coléreux, emporté, ce genre de choses.

— Ah, fit Tuzzi. *Vulcanico.*

— Exactement. Bon, il faut que j'y aille. Bonne chance... peut-être devrais-je dire *buona fortuna.*

Glebe se dirigea vers l'arrière, pour embarquer sur la vedette qui devait l'emmener à terre.

Tuzzi lui cria :

— Mon ami, je compte les jours en attendant votre retour.

Dieu du ciel, songea Glebe en agitant son cigare en un geste d'adieu alangui, dans sa bouche, tout ressemble à une aria de second ordre.

Tuzzi demanda du café et fit venir Benito.

— *Don* Tuzz', je suis prêt.

Le robuste jeune homme était planté devant Tuzzi, la poitrine gonflée d'enthousiasme. Tuzzi tressaillit en lisant le message qui s'étalait en travers du T-shirt de Benito : *Per favore, non mi rompere i coglioni.* Voilà qui lui rappelait de pénibles souvenirs. C'était d'ailleurs une expression qui ne convenait guère à un dimanche matin, un jour où l'on allait honorer le Seigneur. « Veuillez ne pas me casser les couilles. » Tuzzi secoua la tête. Ces jeunes, il fallait les guider dans l'existence. Il envoya Benito se changer et but son café à petites gorgées. Demain, il partirait pour Ibiza prendre un repos et des distractions bien mérités avec ces jeunes Espagnoles, dodues comme des figues mûres.

Planté sur sa terrasse, Julian Poe admirait la lumière matinale qui baignait les sommets du grand Luberon. Il avait été tenté de se rendre de bonne heure à Saint-Martin, mais il avait finalement décidé de ne rien faire qui risquât d'inquiéter le messager arrivant avec le porte-documents. Les amateurs s'affolaient facilement. Ce serait certainement le cas de Bennett et de la fille, se dit-il, dès l'instant où Shimo les aurait pris en main dans cette pièce froide et nue près de la cave. Gérard – ce pauvre Gérard bloqué dans une voiture pendant des jours – avait reçu l'ordre d'aller les prendre à dix heures et de ne pas le faire avec trop de douceur.

Dans l'ensemble, la journée promettait d'être des plus agréables. Il allait récupérer la formule, l'argent et il aurait en prime la vengeance. Poe consulta sa montre et s'aperçut qu'il avait tout le temps de prendre un petit déjeuner civilisé, un petit déjeuner anglais. Ce matin, il allait finir les saucisses du Cumberland de chez Harrods. Ensuite, il appellerait Chou-Chou à Paris pour organiser son retour. Peut-être préférerait-elle le retrouver à Londres, pour quelques jours au Connaught. Oui, ça allait être une belle journée. Il revint vers la maison et aperçut Shimo qui attendait comme une statue sur le pas de la porte.

– Bonjour, Shimo. Vous êtes sur votre trente et un, à ce que je vois.

Pour une fois le Japonais avait renoncé à son costume : il était vêtu d'un ample pantalon de cotonnade noire, d'une tunique dans le même tissu, de chaussures noires avec d'épaisses semelles de crêpe. La tenue de combat : le pantalon assez vague pour lancer des coups de pied, les semelles de crêpe assurant une bonne adhérence. Poe ne prévoyait jamais de difficulté : Shimo, toujours. C'était une des raisons pour lesquelles il avait duré si longtemps.

Il inclina la tête.

– Bonjour, monsieur Julian. Le petit déjeuner est prêt.

– Magnifique. (Poe tapota l'épaule de Shimo : il sentit sous le tissu les muscles durcis par l'entraînement intensif.) Je ne pourrais pas vous tenter avec une saucisse, non ? Elles sont très bonnes.

Shimo secoua la tête.

— J'ai pris mon petit déjeuner à six heures. Du riz et une soupe de soja. Une nourriture saine.

Poe sentit dans la voix de Shimo un soupçon de désapprobation, comme toujours quand il s'agissait de son régime. Shimo serait plus heureux si son maître s'accommodait de pousses de haricots, mais l'odeur qui émanait de la cuisine ôtait à Poe tout regret de ne pas en goûter.

— Vous avez raison, dit Poe. Je sais que vous avez raison. Mais j'adore une bonne saucisse.

Il s'attabla, savourant le contact de la serviette de batiste, la délicatesse de la porcelaine de Limoges presque translucide, le poids bien équilibré de l'argenterie ancienne, la merveilleuse texture, luxueuse et bien ordonnée, de son existence de privilégié. Et, songea-t-il, on dit que le crime ne paie pas. Les imbéciles.

Georgette s'était levée peu avant l'aube, réveillée par l'impatience et la curiosité, et incapable de retrouver le sommeil. Elle s'était empressée de s'habiller et s'en était allée jusqu'à la maison de Bennett, pour s'assurer qu'aucun cadavre de mouches, qu'aucun grain de poussière errant n'était tombé pendant la nuit pour ternir la perfection des carrelages, des vitres, du bois bien astiqués. Elle était bien décidée : le visiteur attendu ce matin — fût-ce le président de la République en personne — trouverait la résidence Bennett immaculée, pour faire honneur à ses efforts, pour faire honneur au village. Son inspection la satisfit.

Elle rentra chez elle et prit le porte-documents dans sa cachette sous le gravier. Après une dernière et vaine tentative pour démêler les mystères de la serrure à combinaison, elle frotta et fourbit les cannelures d'aluminium jusqu'à leur donner le doux éclat du vieil étain. Elle prit son petit déjeuner en compagnie de la mallette, posée là sur la table tandis qu'elle trempait dans son café crème une tranche grillée de la baguette de la veille, qu'elle suivait la lente progression des aiguilles sur le cadran de l'horloge et qu'elle songeait avec plaisir à la façon dont elle allait annoncer la nouvelle de la matinée à Papin et aux autres. Elle allait leur distiller ça, un fascinant détail après l'autre, en gardant le meilleur – quoi que ce puisse être – pour la fin. Ayant terminé son repas, elle lava la vaisselle et attendit.

L'un après l'autre, les premiers habitués arrivaient au café Crillon. Anny et Léon, vigilants et impatients derrière le comptoir, s'efforçaient de donner l'impression que tout était comme d'habitude, que c'était un dimanche comme les autres. Mais ils ne parvenaient pas à convaincre le plus âgé des vieillards, le vieux tyran que Léon appelait « le chef des pépés ». Après tout, c'était lui qui s'était érigé président de la table du fond.

Et lui sentait bien que quelque chose se préparait. Le seuil à peine franchi, il s'arrêta et promena autour de lui un regard plein de méfiance, comme un vieux chien de chasse qui flaire la piste d'un chat caché.

Depuis que son médecin lui avait prescrit de renoncer aux petits coups de marc après dîner, il se levait de bon matin : le fait d'être privé de tord-boyaux, ce qui lui donnait des insomnies, l'avait rendu bourru. Il resta là, appuyé sur sa canne, la tête en avant, les fanons de

son cou tendus dans l'attente de nouvelles désa-
gréables.

— Et alors, dit-il. Et alors, qu'est-ce qui se passe ?
Anny feignit l'innocence.

— Qu'est-ce que vous voulez dire, pépé ?

De sa canne, le vieil homme désigna le vase de fleurs
sur le comptoir, les tables et les chaises disposées dans
un ordre inhabituel, chaque table décorée d'une seule
capucine de couleur vive dans un petit verre à cognac.

— Tout ça, dit-il. Tout ce tintouin.

Il se dirigea lentement vers sa table du fond, le bout
ferré de sa canne apportant un contrepoint au frottement de ses pantoufles sur le carrelage.

— Et les prix, ajouta-t-il. Ils ont sûrement augmenté
pour payer toute cette friperie.

Il posa une main sur les alentours de son foie, poussa
un gémissement et s'installa sur sa chaise.

— Pas du tout, fit Anny. Les fleurs c'est pour égayer.
D'ailleurs, on est dimanche.

— Bof, dit le vieil homme. On s'attend à voir le
Tout-Puissant passer après la messe, c'est ça ? (Il
ricana.) Des fleurs. Bientôt, sans doute, il y aura des
bougies sur les tables. Apporte-moi un petit rosé. Où
sont les dominos ?

La recherche des dominos tourna court : on entendit
des voitures devant l'établissement.

— C'est eux !

Léon émergea de derrière le comptoir et se précipita
dehors.

— C'est qui ? (Le vieil homme tapa de sa canne sur le
sol tout en regardant Anny suivre Léon sur la place.)
Doux Jésus, est-ce qu'on doit mourir de soif ici ?

Léon guida les trois voitures jusqu'à la cour derrière

le café où les camions de bière de chez Mutzig et Kronenbourg faisaient leurs livraisons. Il étreignit Bennett, serra respectueusement la main de Moreau et, par une porte de derrière, les fit entrer dans la resserre.

— Voilà, fit-il. Ça n'est pas confortable, mais on est tranquille. D'ici (il poussa le volet d'une petite lucarne) vous pouvez voir tous ceux qui arrivent au village. (Il invita Moreau à inspecter la vue qu'on avait sur la grand-rue et le parking.) Vous voyez, monsieur, c'est comme je vous l'ai dit au téléphone. J'espère que ça vous satisfait ?

Moreau regarda par la fenêtre, en faisant discrètement claquer ses lèvres autour du tuyau de sa pipe. Il hocha la tête. C'était bien.

— Bonfils, faites sortir les hommes des voitures. Nous allons en installer quatre aux tables en terrasse. Attention : pas ensemble. Et le reste à l'intérieur, sur le devant de la salle. (Il se tourna vers Anna et Bennett.) Vous, vous restez avec moi, ici. (Il s'interrompit, la tête penchée.) Qu'est-ce que c'est que ça ?

Le martèlement régulier de la canne du vieil homme sur le carrelage se faisait plus bruyant et plus insistant. Léon ouvrit la porte qui donnait sur le bar.

— J'arrive, j'arrive ! Anny, vois donc ce que nos amis voudraient prendre : un *pastaga*, peut-être un petit calva ? (Les coups sourds continuaient. Léon secoua la tête.) Merde ! J'arrive !

Le pépé, qui ne pensait plus à ses dominos, regarda d'un œil noir cette brusque invasion de jeunes hommes qui venaient s'asseoir avec des journaux sur le devant du café. Des étrangers, tout ça. Léon posa devant lui un verre de rosé.

— Quelle cohue, grommela-t-il. On ne peut même

pas prendre un verre tranquille un dimanche. Qui sont-ils ?

– Des touristes, fit Léon. Juste des touristes.

– Des étrangers.

Le comité de surveillance des vieilles dames de Saint-Martin était maintenant installé sur des chaises devant leurs maisons autour de la place : elles surveillaient les allées et venues matinales et elles se passionnaient pour la clientèle inhabituelle du café. Tous ces jeunes gens bien propres, et de si bon matin. Et pourquoi donc, chaque fois qu'une voiture arrivait dans le village, baissaient-ils leurs journaux à l'unisson ? Ça n'était pas normal. Pas normal du tout.

Anna et Bennett restaient à leur poste auprès de la fenêtre dans la resserre. Ils buvaient du café en essayant d'ignorer le crachotement spasmodique de la pipe de Moreau et la présence maussade de Bonfils. Moreau était assis sur un baril de bière : deux cartons de vin lui faisaient office de bureau improvisé, ses notes et sa blague à tabac étaient disposées devant lui ; il ne cessait de regarder sa montre, et sa main rôdait au-dessus de son téléphone cellulaire. Au bout d'un moment, n'y tenant plus, il appela Chevalier.

La conversation fut brève mais manifestement couronnée de succès. L'excitation montait avec chaque « Ah bon ? », jusqu'au moment où il eut presque une voix de fausset. Il s'approcha de la fenêtre pour faire partager sa bonne humeur à Anna et à Bennett.

– Paris est enchanté des progrès de cette affaire, dit-il. Tout à fait enchanté. On s'y intéresse personnellement au plus haut niveau. On reste à son bureau pour avoir de nos nouvelles. C'est amusant, ce rapprochement, vous ne trouvez pas ? L'arrière-salle d'un bistrot de campagne et le palais de l'Élysée.

Il consulta sa montre et se mit à fredonner doucement. Ça n'allait pas tarder.

La tête de Georgette apparut par l'entrebâillement
de sa porte, son regard inspecta les fenêtres des maisons voisines. Tout était calme, les rideaux de dentelle
pendaient, immobiles.

S'étant ainsi assurée que son déplacement passerait
inaperçu, Georgette rabattit sur ses yeux la visière de sa
casquette, s'empara du sac à provisions en plastique
renfermant la mallette et tourna à pas pressés le coin de
l'allée des Lices. Elle s'introduisit dans la maison et
posa le porte-documents sur la table, comme Bennett
le lui avait dit, prenant bien soin de ne pas rayer le bois
que l'encaustique faisait briller comme un miroir. Elle
vérifia que le verrou n'était pas mis à la porte d'entrée.
Elle passa les mains sur le canapé, pour lisser des faux
plis inexistants, et entra dans la cuisine. Là, elle
attendit.

La Range Rover vert foncé pénétra dans le village et
vint se garer à côté du monument aux morts de la Première Guerre mondiale. Devant le café, les journaux se
mirent en berne. Tout autour de la place, les vieilles
dames interrompirent leurs conversations à mi-voix
pour inspecter les passagers. Le mécanisme de l'horloge de l'église se mit à toussoter en grinçant pour égre-
ner les coups de dix heures.

Bennett regarda les portières de la voiture s'ouvrir, il
vit Shimo mettre pied à terre, puis Poe : il fit signe à
Moreau, planté juste derrière lui.

– C'est Poe.

Anna regarda son ancien amant, très élégant en beige et noir, et prit la main de Bennett. Il lui sourit.

– Ponctuel, ce salaud, hein ? dit-il.

Moreau ne quittait pas Poe des yeux.

– Bonfils ? On lui laisse cinq minutes, et puis on l'embarque. Je le veux avec la mallette entre les mains, d'accord ?

Poe et Shimo remontèrent la rue et tournèrent dans l'allée des Lices. Shimo poussa la porte du numéro 3 et ils s'avancèrent à l'intérieur. Dans la cuisine, Georgette retenait son souffle : elle écoutait le bruit étouffé de leurs pas sur le sol carrelé.

Poe se pencha sur le porte-documents.

– Assurons-nous que tout est bien là, n'est-ce pas ?

Il fit tourner les cylindres de la serrure, on entendit claquer les deux fermoirs et il ouvrit la mallette, dont il rabattit le couvercle sur la table.

L'oreille tendue, Georgette entendit les clics successifs, le léger crissement des gonds. *On était en train d'ouvrir la mallette.* À moins de trois mètres d'elle, voilà que se révélait le secret, le secret qu'elle seule dans tout le village pourrait voir et décrire plus tard dans tous ses fascinants détails. Comment résister ?

– Bonjour, bonjour, bonjour ! (Elle jaillit de la cuisine, les yeux fixés sur le porte-documents ouvert.) Un petit café pour ces messieurs ?

Les deux hommes se retournèrent d'un bond, Shimo prenant d'instinct la position d'un homme qui s'apprête au combat : puis il aperçut la courte silhouette résolument peu menaçante sous sa casquette de toile jaune.

– Qui diable est-elle ? fit Poe.

Shimo se détendit.

– La femme de ménage.

Il s'avança pour empêcher Georgette de voir la mallette.

– Pas de café. (De sa tête il désigna la cuisine.) Entrez là.

En ouvrant de grands yeux, Georgette battit en retraite. Poe reprit son examen du contenu du porte-documents.

– Bon, fit Moreau. Allons-y.

Les gendarmes reposèrent leurs journaux et se levèrent comme un seul homme. Puis le groupe sortit du café pour s'engager dans la grand-rue, tous les regards de Saint-Martin braqués sur eux. Vraiment, c'était un drôle de dimanche.

La Mercedes de Tuzzi, pilotée avec beaucoup de brio par le jeune Benito, déboucha par la route du village et stoppa avec une grande embardée devant le café.

– Vous ! cria Tuzzi depuis la voiture. Où est l'allée des Lices ?

Le gendarme stupéfait eut à peine le temps de lui montrer le chemin que Benito écrasait la pédale d'accélérateur et repartait, laissant sur la chaussée des traces de pneus. Bennett était bouche bée.

– Mais c'est Tuzzi, dit-il à Moreau. Qu'est-ce qu'il fiche ici ?

Benito arrêta la voiture à l'entrée de l'allée et haussa les épaules. Trop étroit.

– Reste ici, dit Tuzzi. J'en ai pour deux minutes.

Dans sa hâte, il laissa ouverte la portière du passager et, comme Benito se penchait pour la refermer, il aperçut, se reflétant dans le rétroviseur, un groupe de gens qui remontaient la rue. Quel endroit animé pour un petit village. Benito brancha Radio Monte-Carlo et se mit à penser aux filles.

La porte du numéro 3 était entrebâillée. Tuzzi la poussa, s'arrêta dans le vestibule, puis le traversa pour gagner le salon, ses pieds chaussés d'espadrilles ne faisant aucun bruit sur le sol. Il était presque dans la pièce quand Poe et Shimo remarquèrent sa présence.

Pendant une seconde, peut-être deux, ils restèrent tous immobiles. Poe planté là, le porte-documents à la main, Shimo d'un côté, la masse de Tuzzi s'encadrant sur le seuil. Poe fut le premier à réagir. Avec un geste sec de la main droite, comme pour repousser un chien indésirable, il lança :

– Shimo, occupez-vous de lui.

Le Japonais s'accroupit et pivota. Il ne pouvait recourir à son coup préféré : une lobotomie frontale obtenue par un crochet du pied à la tempe. Tuzzi était protégé par le chambranle de la porte. Il allait devoir utiliser le *mawashi-geri-gedan*, un coup de pied à l'os pubien suivi d'un *hadaka-jime*, la strangulation à mains nues. Il fit deux pas en avant et vit comme au ralenti la main de Tuzzi remonter de sa hanche en tenant un pistolet.

Par la suite, des années durant et devant des audi-toires fascinés, Georgette décrirait les événements des quelques secondes qui suivirent, tels qu'elle les avait vus depuis la porte de la cuisine. Avec une inimagi-nable vélocité, acquise grâce à des années d'entraîne-ment, le pied de Shimo frappa l'Italien au point voulu. Tuzzi se plia en deux et il y eut une explosion : la balle libérée par le spasme involontaire de son doigt posé sur la détente passa à quelques centimètres de l'épaule de Shimo, sa trajectoire s'élevant avant d'atteindre la des-tination que le hasard lui avait fixée. Poe se retrouva avec un troisième œil dans la tête et mourut sans avoir perdu son expression stupéfaite.

Les gendarmes déboulèrent dans la maison comme un torrent, braquant leurs armes sur tout ce qu'ils voyaient. Shimo alla s'adosser à la cloison et croisa les bras. Georgette leva les mains. Poe saignait sans bruit sur le tapis. Tuzzi, comme un gros fœtus, geignait sur le sol.

Moreau n'aurait guère pu souhaiter conclusion plus dramatique à l'opération. Oubliant sa pipe, il avança jusqu'au milieu de la pièce et s'agenouilla auprès du corps de Poe.

— Bonfils, appelez la Criminelle d'Avignon. Le pho-tographe. Une ambulance. La routine.

Georgette, le premier choc passé, vit là une nouvelle occasion de prendre part aux événements.

— Monsieur ? Mon cousin Aristide est l'ambulancier du village. Il peut prendre le mort. Et l'autre aussi, celui qui gémit par terre. C'est une grande ambulance pour quatre corps.

Moreau se remit debout et considéra Poe.

– Madame, il représente une pièce à conviction. On
ne doit en aucun cas le bouger avant qu'on ait pris des
photographies et des mesures.

Georgette s'approcha pour regarder le corps de plus
près.

– Et mon tapis ? Qu'est-ce que vous faites de mon
tapis ? Regardez les taches que ça fait.

Un soupir d'exaspération échappa à Moreau.

– Calmez-vous, madame. L'État vous le rempla-
cera. Bonfils ! Prenez note pour le tapis. (Il se tourna
vers Bennett à l'autre bout de la pièce.) Maintenant,
monsieur, selon vous, est-ce bien le porte-documents
original ?

Bennett laissa Anna sur le seuil et enjamba le
cadavre de Poe.

– Je crois. Est-ce que je peux l'ouvrir ?

Georgette se démanchait le cou pour mieux voir
tandis qu'il manipulait la serrure : 90.60.90. Les flacons étaient là, bien calés sur leur lit de mousse de
caoutchouc, les dossiers et les listings : tout était comme
il en gardait le souvenir avant d'avoir confié la mallette
à Georgette. Il leva les yeux et fit à Moreau un signe de
tête affirmatif.

Laissant deux hommes pour garder le cadavre, ils
quittèrent la maison. Les villageois de Saint-Martin
eurent alors droit au spectacle d'un cortège progressant
à pas lents, avec à sa tête la silhouette traînante et cour-
bée de Tuzzi, soutenu par Benito et suivi de Shimo,
tous trois tenus en joue par les gendarmes. On abandonna bientôt les activités du dimanche matin : le boucher, le boulanger et Mme Joux de l'épicerie vinrent se
joindre à l'arrière du groupe, bombardant Georgette
de questions auxquelles, avec un immense plaisir, elle
refusa de répondre.

Bennett passa son bras autour des épaules d'Anna et sentit ses muscles crispés.

– Ça va?

– Ça va aller. Il ne s'est rendu compte de rien, n'est-ce pas?

Bennett se rappela l'expression incrédule de Poe, le trou bien net au-dessus d'un sourcil, la bouche béante de surprise.

– Non. Absolument pas.

– Est-ce qu'on peut s'en aller d'ici? J'en ai par-dessus la tête des pistolets et des policiers.

Mais, comme le leur expliqua un Moreau jubilant quand ils arrivèrent au café, il y avait certaines formali-tés à remplir, dont la première était de téléphoner à Chevalier. Il laissa Georgette, Anna et Bennett au bar où Léon insista solennellement pour leur servir des coupes de son moins mauvais champagne.

Le café n'avait jamais connu pareille affluence: un petit groupe de villageois ne tarda pas à se former autour de Georgette qui, dans son rôle vedette de témoin oculaire, ménageait plus soigneusement ses réponses que sa consommation de champagne. Les vieux au fond de la salle n'arrivaient pas à entendre: ils lui criaient de parler plus fort. Anna et Bennett s'enfuirent pour trouver le calme relatif d'une table en terrasse.

Moreau vint les rejoindre, rayonnant de satisfaction.

– Je ne crois pas que nous ayons besoin de vous retenir plus longtemps... (Il posa sur la table les clefs de voiture et leurs passeports.) Un chauffeur va vous conduire aux Beaumettes pour que vous repreniez votre véhicule. Il ne me reste qu'à vous dire...

– Monsieur Moreau? (Ouvrant de grands yeux, tout ému, Léon l'appelait du pas de la porte, sa main contre son oreille prenant la forme d'un téléphone.) C'est le bureau du Président.

Le silence se fit dans le café : tout le monde tendait l'oreille pour écouter Moreau prendre la communication. Au garde-à-vous. Il hocha la tête à plusieurs reprises. Lorsqu'il raccrocha, on aurait dit qu'il avait grandi de plusieurs centimètres.

– Bon! fit-il en s'adressant à Anna et à Bennett. Je dois vous dire que le président de la République est satisfait. Non seulement de la totale réussite de l'opération (il marqua un temps et eut un haussement d'épaules modeste), mais aussi de l'aide que vous nous avez apportée dans cette affaire. (Il baissa le ton.) Entre nous, on parle d'un témoignage officiel de reconnaissance pour les services que vous avez rendus à l'agriculture française. N'oubliez pas de laisser une adresse au capitaine de gendarmerie des Beaumettes. (Il consulta sa montre et poussa un soupir théâtral.) Il faut que vous m'excusiez. J'ai encore beaucoup à faire. Un cadavre, ça fait de la paperasserie, vous savez.

Après leur avoir serré la main à tous les deux, il se replongea dans la mêlée autour du comptoir : Georgette, sa casquette maintenant légèrement de guingois, décrivait comment elle avait senti contre sa joue le vent – le souffle mortel – de la balle fatale au moment de son passage.

Anna et Bennett quittèrent la gendarmerie en voiture, s'attendant presque à entendre le vacarme d'une sirène de police. Bennett ne cessait de jeter des coups d'œil dans le rétroviseur, le tic coupable du fugitif. Ce fut seulement quand ils arrivèrent à la ruine au-dessus de Buoux qu'ils commencèrent à croire à leur liberté.

Bennett épousseta le sac et le lança sur la banquette arrière. Un million de dollars, moins le prix d'un tracteur.

– Nous avons de quoi nous payer à déjeuner, dit-il. Je crois que nous l'avons bien mérité.

Il y avait souvent songé au cours de ces derniers jours – où ils iraient, quelle impression ça ferait d'être ensemble et en sûreté –, jusqu'au moment où la chose avait pris une importance qui dépassait celle d'un repas. Cela marquerait une conclusion et un commencement, une célébration et une récompense. Et, pour ce genre d'occasion, nulle part au monde ne vaut la France à midi par un beau dimanche d'été. Le seul problème, c'est l'embarras du choix. Bennett avait fini par se décider pour un de ses établissements préférés, le Mas Tourteron : une solide ferme en pierre sur la route en dessous de Gordes, sa cuisine et le décor de sa cour offrant une combinaison à laquelle on ne pouvait pas résister.

Il entra dans le parking et glissa la Peugeot entre une Jaguar avec des plaques suisses et une Renault 5 du pays passablement délabrée. Anna descendit de voiture et regarda la cour depuis l'entrée : tables décorées de blanc et de bleu, lumière qui filtrait à travers le feuillage, grands pots de fleurs alignés contre les murs, et les clients qui étudiaient leurs menus comme des livres de prières. Elle se passa une main dans les cheveux, s'inspecta brièvement et secoua la tête.

– Un endroit pareil. On ne va jamais me laisser entrer.

Bennett considéra ses bottes poussiéreuses, son jean froissé, son T-shirt qui manifestait des signes d'épuisement. Puis il regarda son visage et la lueur qui brillait dans ses yeux. Il faudrait être aveugle pour résister, songea-t-il.

— Tu as l'air affamée, dit-il. Ils te laisseront entrer.

Il ramassa le sac et lui prit la main. Ils furent accueillis dans la cour par le souriant mari d'Élisabeth, le chef, qui les escorta jusqu'à une table d'angle où ils avaient pour plus proches voisins des géraniums.

— Voudriez-vous que je vous débarrasse du sac pendant que vous déjeunez ?

Bennett regarda Anna avec un grand sourire.

— Non, répondit-il. Je vous remercie. Je pense que nous allons le garder avec nous.

Cet ouvrage a été réalisé par la
SOCIÉTÉ NOUVELLE FIRMIN-DIDOT
Mesnil-sur-l'Estrée
en mars 1999

Imprimé en France
Dépôt légal : mars 1999
N° d'édition : 99PE14 – N° d'impression : 45617
ISBN : 2-84111-118-0